남유진은
경제다

한강의 기적을 낙동강의 기적으로

남유진은 경제다

남유진 지음

1판 1쇄 발행 | 2017. 12. 15.

발행처 | **Human & Books**
발행인 | 하응백
출판등록 | 2002년 6월 5일 제2002-113호
서울특별시 종로구 삼일대로 457 수운회관 1009호
기획 홍보부 | 02-6327-3535, 편집부 | 02-6327-3537, 팩시밀리 | 02-6327-5353
이메일 | hbooks@empas.com

ISBN 978-89-6078-458-1 03810

남유진은

경제다

한강의 기적을 낙동강의 기적으로

남유진 지음

Human & Books

목차

5부 백년 후 경북을 위하여

경제가 답이다˙

경제정책으로 불황에서 탈출하고 국민의 삶을 향상시킬 수 있다고 믿는 사람들이 있다. 물론 그럴 수 있다. 박정희 대통령의 경우가 그랬다. 박정희 대통령은 국민들에게 '우리도 할 수 있다'는 신념을 심어주는 동시에 '새마을운동'을 추진하면서 정신 개조와 국민 소득 향상을 위해 최선의 노력을 기울였다. 또한 자원은 없지만 손재주 있는 노동력이 많은 우리나라의 현실을 감안하여 노동집약적인 산업을 집중 육성하여 경제의 기반을 닦는 한편 중화학공업을 일으켰다. 여기서 생산된 물품들은 세계로 수출되면서 '메이드 인 코리아'의 가치를 점차 높여나갔고, 결과적으로 우리의 국민소득은 비약적으로 늘어났다. 또한 세계와 경쟁할 수 있는 한국의 기업들이 등장하고 육성되었다. 그런 과정에서 한국의 경제력과 국력은 세계 사람들이 '한강의 기적'이라고 일컬을 만큼 크게 성장했다.

세월이 지나 절대적 빈곤에서 벗어난 지금, 학자들이나 관료들 그리고 정치인이나 정책입안자들은 분배가 우선이냐 성장이 우선이냐를 두고 많은 토론을 거듭하고 있고, 정권에 따라서 경제정책이 상당히 달라지기도 한다. 하지만 분배에 우선순위를 두고 기업 활동에 제약을 가하는 정책은 '포퓰리즘'이라는 의심에서 비켜갈 수 없다. 정치인은 '표'를 의식하지 않을 수 없고, 따라서 분배 중심의 정책을 들고 나오는 것을 이해하지 못하는 것은 아니다. 그러나 긴 세월을 두고 거시적 안목으로 보면 과연 그러한 정책이 국민 다수의 삶의 질을 향상시킬 수 있는지 묻지 않을 수 없다. 당장은 조금 고통스럽더라도 전체적인 '파이'의 확대가 미래에 우리 국민을 더 잘 살게 하는 것임에도 불구하고 눈앞의 인기에 영합하는 근시안적인 태도는 비판받을 수 있는 것이다.

문제를 경북과 같은 광역지자체로 좁혀보자. 과연 지자체의 역할은 무엇인가? 또한 지자체 단체장의 역할은 무엇인가? 거시적인 경제정책은 중앙정부에서 담당한다. 지자체의 단체장은 거시적인 경제정책에 대해 왈가왈부하기보다 현실적으로 지역민들의 피부에 와 닿는 실질적인 일을 해야 한다. 대통령의 경제가 다르고 도지사의 경제가 다르고, 시장이나 군수의 경제가 다른 것은 바로 그런 이유 때문이다.

남유진은 과감히 말한다. 경제가 바로 답이라고. 남유진이 구미시장 시절 지구를 12바퀴를 더 돌며 구미공단에 기업을 유치하러 다녔고, 대통령에게 건의하여 공단을 넓혔고, 시정의 체질을 기업 지원을 위한 맞춤형으로 바꾼 이유 또한 구미 시민들의 '밥'을 위해서였다고. 박정희 대통령이 한강의 기적을 이루었다면, 이제 '낙동강의 기적'을 우리 손으로 만들어 가자고.

시민들의 밥이 바로 경제다. 경북도민들의 밥이 바로 경제다. 조선의 실질적인 설계자였던 경세가 정도전은 『맹자』에 나오는 "나라는 백성을 근본으로 삼고, 백성은 먹는 것을 하늘로 삼는다(國以民爲本, 民以食爲天)"는 말을 평생의 좌우명으로 삼았다. 남유진 역시 그렇다. 경북도민의 밥이 남유진의 하늘이다.

이 책은 남유진의 꿈을 담았다. 꿈을 펼치기 위해 상봉 정도전이나 퇴계 이황과 같은 존경할 수밖에 없는 선인들의 발자취도 살펴보았다. 성장기의 일들이나 공무원 생활 때 느낀 점들, 구미시장 시절의 여러 어려운 일도 가감없이 적었다. 또한 남유진의 꿈을 위해, 실질적인 밥을 위해, 낙동강의 기적을 일으키기 위한 평소의 신념도 담아 보았다. 경제가 바로 답이다.

2017년 12월

남유진

프롤로그

경상북도를 향한 일편단심(一片丹心)

경상북도를 향한 일편단심(一片丹心)

무릇 사람은 조상의 음덕으로 태어나서 부모의 훈육으로 자란다. 심성이 바른 부모 밑에 악인이 태어나지 않음은 그와 같은 이치다. 더 커서는 여러 스승을 만나면서 세상을 이해하는 지혜와 지식을 배우고 자신이 세상에 나온 뜻을 세운다. 공자 때 편찬된 『예기(禮記)』에는 15세는 지학(志學), 20세는 약관(若冠), 30세는 입지(立志)라 했다. 시대에 따라 나이는 조금씩 달라지지만 인간 세상에서 사람이 성장하는 과정은 비슷하다.

한국의 교육제도에서 대학 학과의 선택은 입지와 밀접한 관련이 있다. 어느 학과를 선택하느냐 하는 것은 자신의 미래 직업에 대한 선택이기도 하지만, 무엇을 할 것인가와 함께 어떻게 살 것인가도 어렴풋이 정해지기 때문이다. 나도 그랬다.

고등학교를 졸업하고 나는 대학에 입학할 때 처음 정치학과를 지망했다. 당시 서울대학교 입학은 1지망, 2지망이 있어 1지망에서 떨어지면 2지망에 지원한 학과에 합격될 수도 있었다. 2지망 학과는 철학과였다.

왜 내가 정치학과에 지망했던가? 당시 정치가 무엇인지는 몰랐지만 어렴풋하게나마 인간의 삶을 개선하기 위해서는 정치가 할 일이 많겠구나 하는 생각이 들었기 때문이었다. 중고등학교 시절 내가 가장 좋아한 과목이 역사였는데, 역사를 보면 정치가 혼란하면 가장 큰 피해를 보는 사람들은 힘없는 민초들이었고, 젊은 시절의 의협심에 불탔던 나는 정치가가 되어 힘없는 백성을 위하는 정치가가 되면 좋겠다고 막연히 생각했다.

내가 정치가가 되어야겠다는 생각을 하게 된 배경에는 제갈공명이 있었다. 초등학교 시절엔 장군이 꿈이었다. 이순신 장군, 나폴레옹, 조지 워싱턴, 아이젠하워 등의 위인전을 읽고서는 전장에서의 영웅이 꿈이었던 것이다. 하지만 고교 시절에 재미있게 읽은 『삼국지』에서 공명이 그렇게 멋있게 보일 수 없었다. 백면서생이 유비의 삼고초려로 세상으로 나와 천하삼분지계를 제시하면서 적벽대전을 승리로 이끈다. 조조의 백만대군을 화공으로 섬멸하고 자신의 임금인 유비에게 촉나라를 선사하는 『삼국지』 앞부분은 그야말로 어린 나를 사로잡았다. 물론 『삼국지』는 소설이지만, 나는 그것이 전부 진짜라고 믿었다. 공명은 장군이라기보다는 전략가, 지략가, 경세가다. 하지만 어린 나는 그게 다 정치가인 줄 알았다. 제갈공명 같은 인물이 되어야지 하는 생각이 정치가를 희망하게 된 결정적 계기가 된 것이다.

나중에도 여러 번 『삼국지』를 읽었다. 나이가 들면서 읽는 『삼국지』는 조금씩 달라진다. 관우가 더 좋아지기도 하고 조조도 이해할 수 있기도 한다. 하지만 그렇다 하더라도 공명에 대한 나의 애정은 고교 때나 지금이나 별반 다름없다. 다만 고교 때는 공명의 눈부신 활약 때문에 그를 좋아했다면, 나이가 들어서는 그의 올곧은 충성심이 내 마음을 붉게 적셨기 때문이다.

막연하게나마 꾸었던 정치가의 꿈은 제 1지망했던 정치학과에 낙방하면서 좌절되고 말았다. 아니 당시의 어린 나는 그렇게 생각했다. 정치가가 되려면 꼭 정치학과에 가야 하는 것도 아니기에 지금 생각하면 우습기도 하다. 하지만 나는 철학과에 마음을 붙이기로 했다. 철학이란 삶의 근본을 다루는 학문이기에 그 또한 삶의 근본을 알면 삶의 더 나은 가능성을 모색해볼 수 있지 않은가? 한편으로는 행시에 도전해서 행정 관료가 되는 것도 나쁘지 않다고 생각했다. 열심히 하다 보면 언제나 길은 열리게 마련이다. 좀 우회하겠지만 나는 나에게 주어진 길을 가기로 작정했다.

『삼국지』는 어린 시절 나의 삶의 방향 선택에 도움을 주었고, 대학 입학 후 철학과에 다니면서 익힌 인문학 소양은 후일 구미를 문화도시로 만드는 데 큰 도움이 되었다. 내가 대학에 다니던 1970년대 시절의 구미 모습이 기억난다. 산업단지가 조성된 후 구미는 하루가 다르게 변화했다. 당시 현재의 구미시에는 산업현장에서 일할 사람들을 수용할 집이 크게 부족했다. 많은 근로자가 선산읍에서 세 들어 살았다. 아침이면 선산에서 구미로 향하는 출근버스가 꼬리를 이었다.

대학시절 고향에 내려와 이런 모습을 보면서 시대의 변화를 절감했다. 그것은 단군 이래 가장 드라마틱한 범국민적인 변화였다. 가난에서 벗어나려는 근면과 자조(自助)와 도전정신이 공기처럼 선산과 구미 지역에 흘러 다녔다. 그 시절은 한국 현대사의 큰 전환기이기도 했다. 오래 된 농업국가가 제조업 중심의 산업국가로 변화하던 순간이었던 것이다. 정신적인 면에서는, 오랜 가난 때문에 잠재의식화된 패배주의, 좌절감이 '하면 된다'는 자신감으로 바뀌던 시절이었다. 국가산업단지가 들어선 구미는 대한민국 그 어느 도시보다 그 거대한 변화의 에너지가 약동하고, 그 변화가 가져다줄 미래의 서광이 선명하게 떠오르는 도시였다.

한국의 국토를 몸에 비유한다면, 1970년대는 그 몸이 긴 잠에서 깨어나 새로운 새벽을 맞던 시절이었다. 그리고 구미는 그 새벽 여명 속에서 유독 반짝이는 눈동자와 같은 도시였다. 나는 이 감격적인 변화의 도시에서 태어났다는 것이 자랑스러웠다. 그 긍지는 지금도 여전하다.

이러한 구미의 변화를 보면서 나는 내 꿈, 즉 정치가가 되겠다는 꿈이 단지 꿈만이 아닐 수 있다는 자각을 하게 되었다. 박정희 대통령의 리더십이 구미를 이렇게 변화시킨 게 아닌가? 앞으로도 누군가가 박정희 대통령의 리더십을 이어받아 더욱 잘 사는 구미, 나아가 선진국으로 환골탈태하는 대한민국을 만들어야 할 것이 아닌가? 그 방법은 무엇인가? 그때 내린 결론은 바로 행정고시였다. 행시에 합격하여 관료 혹은 공무원으로서 지역이나 국가의 변화에 추동력을 제공한다는 것은 정말 할만한 일이 아닌가? 이런 결론을 내린 것이었다.

결심 이후에는 실행이다. 영천시 신령면에 있는 수도사의 암자 등 전국여러 곳의 절에서 공부했다. 모든 걸 공부에 쏟아부었다. 구미시장이 된 후에도 꿈에 고시 공부할 때의 모습이 나타날 정도로 열심히 했다. 노력은 보답을 받았다. 1978년 22회 행정고시에 합격한 것이다. 시험을 치른 직후, 합격을 자신할 정도로 성적이 좋았다.

중앙공무원교육원에서 교육을 받는 것으로 나의 공직생활은 시작되었다. 교육이 끝나고 수습사무관으로 공직 생활을 시작했다. 경제기획원, 법무부 등에서 수습을 받았다. 지방 수습은 경상북도 도청과 칠곡 군청, 대구 시청에서 했다. 수습 과정이 끝난 후 문교부(현 교육부)에 발령받았다. 첫 보직은 경북대학교 도서관 수서과장이었다. 문리대 철학과 출신이라는 전공이 반영된 인사였던 것으로 생각한다. 바라던 보직은 아니었다. 하지만 최선을 다했다. 이 또한 소중한 경험이 될 거라고 생각했기 때문이다.

그 생각은 맞았다. 이때의 경험은 훗날 구미시장이 되었을 때 범시민이 참여하는 책읽기 운동을 기획하고, 구미를 '도서관 도시'로 만드는 데 큰 도움이 되었다. 공직에 들어선 후 정부 여러 부처에서 다양한 경험을 하였다. 문교부, 새마을운동중앙본부(파견), 산림청 기획관리관실, 내무부(장관비서실장, 지방재정국, 민방위본부 소방국, 지방자치기획단), 대통령비서실 행정수석실 행정관, 청송군수, 내무부(감사담당관, 기획과장), 행정자치부(지방재정세제국 교부세 과장, 공기업 과장), 대통령 비서실 정무수석실 국장, 구미시 부시장(2001년 2월 ~ 2003년 9월), 국가청렴위원회 홍보협력국장 등이 내가 거친 공직이다.

이 경험들은 내가 행정 분야에서 누구에게도 뒤지지 않는 지식을 갖추는 데 도움이 되었다. 내무부에서 근무하면서는 어릴 때부터의 나의 꿈이 실현될 수 있다는 생각을 했다. 정치가 바로 그것이다. 하지만 정치 중에서도 국회의원은 내 적성에 맞지 않았다. 나는 행정가로서 시, 군, 도에서 주민들의 일거수일투족을 살피면서 그들의 삶의 질을 높이는 데 더 관심이 많았다. 군수나 시장이 되어 군정이나 시정이 나의 천직이라는 생각을 굳혔다. 내가 공직생활을 하던 때는 지방자치제도를 실시하기 전이어서, 정부에서 단체장을 임명하였다. 중앙 부처에서 경력을 쌓으면 젊은 나이에 군수, 시장도 할 수 있었다.

빨리 출세하고 싶다는 욕망 때문만은 아니었다. 나는 한 조직을 완전하게 책임진 리더가 되고 싶었다. 나의 역량으로 조직에 큰 변화를 이끌어내고 싶었다. 그 변화가 내가 리드하는 공동체의 발전으로 이어지는 근사한 상황을 만들어내고 싶었다. 여러 부서에서 근무하며 행정 경험을 쌓은 후인 1993년 3월, 나는 경북 청송군의 군수가 되었다.

　신임 군수로서 나는 청송군을 대한민국 최고의 승지(勝地)로 만들고 싶었다. 승지는 경치가 좋고 사람이 살기에 편안하고 평화로운 곳을 말한다. 청송은 절경의 주왕산을 품고 있고 임란이나 6.25와 같은 전란 때도 큰 피해가 없었으니 그야말로 대한민국 최고의 승지가 아닌가! 그래서 명확한 군정 방침을 정하였다. '승지 청송 건설'이었다. 방침을 정한 후엔 다양한 사업을 추진했다. 장학재단을 만들었고, 군민헌장을 제정하였다. 주왕산 진입로 수 킬로미터 구간에 벚꽃을 식재하였다. 먼 훗날 주왕산 일대가 국내 최고의 벚꽃축제가 열리는 공간이 되는 것을 염두에 둔 사업이었다. 그리 길지 않은 시간이었지만 청송군수 시절은 지금 생각해도 보람된 시간이었다. 이후 내무부로 복귀, 장관비서실장으로 바쁜 일과를 보내던 중에 1995년 8월 치러진 해외유학 시험에 합격하였다. 당시 내무부에 할당된 국비유학생은 4명이었다. 성적에 따라 2명이 미국으로 갈 수 있었는데, 그 중 한 명에 들었다. 내가 유학한 학교는 미국 워싱턴DC에 있는 조지타운대학이었다. 1789년 개교한 대학으로, 미국의 수도에 있는 학교인지라 외교, 정치, 행정 분야는 아이비리그 대학을 능가하는 명문대학이었다. 1996년 8월에 떠나, 1998년 8월까지 2년간 그곳의 공공정책대학원(Public Policy Program)에서 공부했다. 대학에서 듣는 강의 외에도 나는 국회 의사당 등 여러 기관을 방문하여 유의미한 체험학습을 하였다. 또 2년간 매일 〈워싱턴 포스트〉를 읽으며 미국 정치와 행정의 흐름을 읽었다. 그것은 살아있는 공부, 입체적인 공부였다.

　그 과정에서 나의 눈은 단순히 내무부 소속 유학생 차원에서, 크고 넓은 세계를 직간접적으로 체험하는 차원으로 높아졌다. 내가 요즘도 자주 하는 말이지만, "동산에 올라가면 마을밖에 안 보이지만, 태산에 올라가면 천하가 보인다"는 말을 실감했던 시절이었다. 한편 유학 때 배우고 느낀 점을 책으로 남기리라 마음먹고 원고를 준비했다. 그냥 공부하는 것과 책을 집필하겠다는 자세로 공부하는 것은 그 넓이와 깊이 그리고 체계가 달라진다. 유학 중 2권의 원고를 다 정리할 수 있었다. 그 하나는 『미국 정치와 행정』(나남, 1999)이고 그 둘은 『미국 지방자치의 이해』(집문당, 2005)이다. 미국 유학의 결실이라 하겠다.

2001년 2월, 구미시 부시장 발령을 받았다. 미국에서 한국으로 돌아온 지 약 3년 후였다. 당시 구미시장은 김관용 현 경상북도 지사님이었다. 부시장 발령 후, 구미로 내려오며 여러 마음이 교차했다. 먼저 기뻤다. 구미시 선산읍에서 태어난 사람이, 장성하여 고향에서 일을 하게 된 그 소중한 인연이 기뻤다. 복된 운명이라고 생각하였다. 기쁨과 더불어, 책임감을 느꼈다. 막연한 책임감이 아니라, 큰 무게로 다가오는 책임감이었다. 나를 키워준 구미임에도, 공직생활 동안 직접적으로 구미를 위해 일한 적은 없었다. 때론 그것이 고향에 대한 부채의식이 되기도 하였다. 그러하기에 구미에선 최선 그 이상의 최선이 필요하다고 생각했다.

부시장 취임 후 지역의 지인 몇몇 분들에게 인사 편지를 보냈다. "길가에 피어 있는 풀 한 포기, 꽃 한 송이는 물론 귓가에 스쳐가는 바람소리조차 정겹게 느껴지는 내 고향 구미에서 일하게 되었습니다"로 시작하는 편지였다.

부시장으로 일하는 동안 원리원칙에 따라 엄정하게 업무를 보았다. 일에 관한 한, 아래의 공무원들도 엄격하게 대하였다. 그때 만약 구미시장을 해보고 싶다는 생각을 염두에 두었더라면, 주변의 평판에 신경을 썼을 것이다. 그러다보면 '좋은 게 좋은 것이다' 식의 무골호인형 공직자가 되었을지도 모른다. 하지만 나는 그러지 않았다. 그것이 내 고향 구미를 사랑하는 길임을 잘 알고 있기 때문이다. 지자체 부시장 치곤 오래 근무한 탓에, 구미의 시정을 꿰뚫게 되었다. 이 경험은 훗날 구미시장이 되었을 때, 별 시행착오 없이 막중한 소임을 시작할 수 있게 해주었다.

부시장으로 일할 때는, 구미시장으로 일하는 나의 미래상은 생각하지 않았다. 내 역할에만 최선을 다했다. 다만 구미시의 현장 곳곳을 돌아다니면서 문득문득 "내가 만약 시장이라면 저건 이렇게 바꾸면 좋겠다", "구미가 더 발전하려면 이런 게 필요하지 않을까" 같은 생각은 간혹 하였다. 이건 어느 조직에 몸담고 있는 사람이라도 누구나 해보는 상상일 것이다. 그런 사람에게 발전이 있다고 나는 생각한다.

시장 출마를 생각한 것은 부패방지위원회 국장으로 재임하던 2004년 무렵이었다. 행정관료 중에는 훗날 국회의원 되는 걸 바라는 사람들이 있는데, 나는 거기엔 관심이 없었다. 현장에서 뛰면서 무언가를 새롭게 만드는 일에 더 관심이 많았다. 시장 선거는 2006년에 있었다.

"내가 시장 선거에 나간다?"

만약 그게 현실이 된다면, 그것은 내 인생의 새로운 도전일 터였다. 또 그것은 내 삶의 좌표가 행정관료 영역에서 정치 영역으로 확장되는 것이기도 했다. 그것은 어릴 대의 꿈의 실현이기도 하다.

"나는 준비되어 있는가?"

자주 이런 물음을 나에게 던지며 스스로를 점검하였다. 이 과정을 거친 후에 결심을 굳혔다. 이런저런 눈치를 보지 않고 사표를 내고 출사표를 던졌다. 목표를 세우면 빨리 실행하는 게 나의 스타일이다. 다행히 여러분들의 지지와 격려로 치열했던 한나라당 당내 경선을 통과했고, 열심히 구미시민들에게 지지를 호소했다. 선거일은 2006년 5월 31일이었고 그날 밤

개표 결과가 나왔다. 득표율 75.9%. 압도적인 승리였다. 이로서 나는 민선 4기 구미시장이 되었다.

당선 확정 후, 나를 지지해준 분들이 환호했다. 나도 기뻤다. 그러나 높은 득표율은 또 다른 의미로 다가왔다. 그것은 구미시민들이 나에게 기대하는 것이 그만큼 많다는 뜻이기도 했다. 내가 기대에 부응하지 못한다면, 실망도 클 것이다. 리더의 자리는 그런 것이다. 박수는 짧고, 책임은 길다.

그래서 승리의 기쁨은 오래가지 않았고, 이런 상념이 뇌리를 울렸다.

"나는 나를 선택한 시민들의 기대에 온전히 부응할 수 있을까? 나를 선택하지 않은 분들에게도 구미 발전의 혜택을 돌려드리는 시장이 될 수 있을까? 어떻게 이 큰 책임을 온전히 완수할 것인가!"

태어나 가장 큰 책임감을 느꼈다. 그리고 다짐하였다.

"나는 선거운동을 하며 경제시장, 문화시장, 교육시장이 되겠노라고 시민들에게 약속하였다. 이 마음, 변함없이 지켜나가리라! 그리하여 구미 시민이 함께 성장하고, 함께 발전하는 미래를 만들어나갈 것이다."

2006년 구미시장이 된 이후 두 번의 선거를 더 했고, 지금까지 12년 동안 구미시장으로서 초심을 잃지 않고 열심히 일했다. 물론 하고자 한 일을 모두 완수하지는 못했다. 하지만 구미의 미래 100년 기본 도시 구상을 하고, 100년 동안은 유지·발전될 수 있는 기반을 조성하고자 했다. 그 중 몇 가지 분야로 나누어 말한다면 크게 네 가지 정도로 나눌 수 있다.

첫째 산업다각화와 산업단지 확충 및 이를 통한 일자리 창출이다. 그러기 위해서 신성장 산업을 유치했다. 산업을 유치하기 위해서는 여러 국책사업을 유치해야 하고 공단 조성이 필요하다. 이제 구미는 1,100만 평에 이르는 내륙 최대 규모 산업단지를 보유하게 되었다. 이런 노력의 결과로 2016년 구미의 수출액은 248억 불에 달했고, 이는 경북 전체 수출액의 65%를 차지하며 전국 기초자치단체 중에서 2위의 실적에 해당한다.

둘째 그린시티 사업이다. 산업단지 하면 굴뚝, 회색지대를 연상한다. 하지만 그런 공단은 주민들의 삶의 질을 떨어뜨린다. 그래서 나는 푸른 구미 가꾸기 운동을 시작했다. 전국 기초자치단체 최초로 '일천만 그루 나무 심기 운동'을 추진하고 탄소제로도시 선언했다. 그 일환으로 구미는 세계 최초의 무선충전 전기버스가 대중교통으로 정식 운행되고 있다. 이런 노력으로 구미는 2016 환경부 그린시티 평가 전국 1위를 차지하기도 했다.

셋째 문화·교육도시를 지향했다. 공단이 들어서 일자리가 생기면 인구가 늘고, 인구가 늘어나면 삶의 질의 문제가 대두된다. 그린시티운동도 물론 삶의 질과 관계되지만, 또한 질 높은 문화, 교육 서비스도 반드시 필요해진다. 그런 점에서 인구당 도서관 열람석수는 전국 1위로, 정서 보유량은 전국 3위에 오를 정도로 도서관 시설과 내용을 업그레이드시켰다. 음악으로 시민들의 심성을 부드럽게 하기 위해 '구미국제음악제'를 개최했다. 인간의 가장 밑바닥에 있는 심성을 음악을 통해서 정화하고자 한 것이다. 또한 한 도시 한 책 읽기 운동으로 시민들의 문화예술에 대한 향유를 가능하게 했다. 구미장학재단을 발족시켰고, 서울에 '구미학숙'을 오픈하여 시민들의 자긍심을 고취시켰다.

넷째 상생과 조정을 통해 '함께 하는 구미'라는 의식을 심었다. 'We Together 운동'을 통해 노·사·민·정이 다함께 참여하여 범시민 협약을 체결했고, 매립장과 소각장, 화장장 등의 님비 시설을 주민 협조 속에서 건설했다.

이런 일들 외에도 수많은 시정을 처리하면서 나는 늘 태종 이방원을 생각했다. 세종의 태평성대는 태종의 정지작업이 있었기 때문에 가능했다. 태종은 임금이 된 후에 훗날을 위해 심지어는 세종의 장인어른인 심온과 처남인 민무구 형제들도 제거했다. 그래서 세종에게 완벽하게 정비된 체제를 물려주었다. 나도 그런 생각을 했다. 3D, 님비현상이 있는 시설들 내 손으로 다 끝낸다. 그래서 시립화장장, 쓰레기 소각장, 매립장까지, 이 3개는 어느 자치단체도 핸들링하기 어려운 시설들인데, 나는 소통을 통해 주민들의 화합을 이끌어내면서 다 끝냈다. 또한 앞으로 최소 100년은 구미가 먹고 살 수 있는 큰 그릇을 만들어냈다. 70년대 이후 내 임기 이전까지 40년간 조성된 공업단지가 750만 평이고 내 임기 동안 5공단 및 4공단 확장단지 사업으로 새로 375만 평을 조성한 것이다. 그러니 딱 반을 조성한 것인데, 나는 당당하게 벽돌 한 장 한 장을 쌓는다는 마음으로 공단 조성에 최선을 다했다. 이제 그 공단에 맛난 음식을 담으면 된다. 내 후임으로 어떤 시장이 와도 내가 쌓은 그릇에 다양한 산업이라는 맛난 음식을 담으면 된다. 그 토양을 만들고 단초를 제공하고 또 실제로 대한민국 국책사업으로 많은 사업을 유치했다. 이것은 초심을 잃지 않고 미래를 위해 한 걸음 한 걸음 노력한 결과다.

 구미를 가로질러 낙동강은 유유히 흐른다. 만고의 세월 동안 유장하게 흘렀을 낙동강변에 서서 그동안 낙동강을 젖줄 삼아 살아왔던 경북인의 삶을 생각한다. 경북이 어떤 곳이던가? 경북인이 어떤 사람이었던가? 삼국시대에는 3국 중에서 가장 힘이 약했던 변방의 땅이었지만 수많은 역경을 이겨내고 기어이 삼국을 통일한 주역이 되었다. 고려 사회에서도 경북인은 주역으로 활약했다. 『삼국사기』를 편찬한 김부식도, 『삼국유사』를 편찬한 일연스님도 경북인이고 경북인의 후예였다. 그 두 책은 우리 민족의 정체성을 확인하려 한 우리 민족 최고 수준의 보물이다. 고려 말 권문귀족의 전횡으로 국민이 도탄에 빠지자 성리학으로 백성을 구하려고 한 신진사대부 중 핵심적 역할을 한 사람들도 바로 경북인이었다. 고려 말 삼은(三隱)으로 일컬어지는 목은 이색, 포은 정몽주, 야은 길재가 모두 경북인임은 다만 우연이었을까? 조선의 설계자인 정도전 역시 경북인임은 또 무슨 이유일까? 점필재 김종직과 퇴계 이황과 같은 거유(巨儒), 임진왜란 때 국난을 벗어나게 한 명재상 류성룡도 경북인이다. 일제에 의한 국권 상실의 시대에서도 전국에서 가장 많은 독립지사를 배출한 곳이 바로 경북이다. 현대에 들어서도 조국 근대화를 위해 온몸을 바쳤던 리더 박정희 대통령도 역시 경북인이었다.

경북은 면적은 넓지만 평야가 좁다. 풍족한 곳이 아니다. 산지가 많고 들판은 좁다. 비록 물질적으로 풍요롭지 못하더라도 경북인들은 정기와 의기가 넘쳤고 정신력이 강했다. 조국이 위급할 때는 기꺼이 온몸을 바쳤고, 이웃과 모든 사람들의 화평한 삶을 위해 개인을 넘어서 공동체의 삶을 생각했다. '나'보다는 '우리'를 먼저 생각하고, '나라'를 위하는 것이 우리 경북인의 본성이다. 하지만 지방자치시대를 맞이하면서 우리 경상북도는 각 시군 위주의 단속적이고 개별적인 이익을 앞세우는 경향도 없지 않았다. 경상북도라는 하나의 정체성을 형성하는데 공동의 노력은 없었다. 땅덩이 큰 경북이, 그곳에 사는 경북 300만 도민이 머리를 맞대고 하나의 경북의 정체성을 형성하려는 노력이 부족했다. 경북을 다니다 보면 경북은 어쩌면 고을고을마다 인물이 그렇게 많고, 명승지가 많은지 감탄할 정도이며, 인물과 승지의 고장인 것을 온몸으로 실감했다.

이제 경북은 이 자랑스러운 역사와 전통을 현대에 맞는 창조적 지혜로

변모하여 더욱 앞으로 나아가야 한다. 그러기 위해서는 우리 경북도민에게는 무엇보다 자신감과 자긍심, 그리고 이를 한 데 묶을 수 있는 리더십이 필수적이다.

경북을 전체적으로 보면 낙동강 700리, 백두대간(낙동정맥) 800리, 동해안 1,300리다. 강과 산과 바다가 절묘하게 어우러져 있는 지리적 조건을 가진 것이다. 여기에 자존심 강하고 의리 있는 사람이 살고 있다.

낙동강은 공동체의 정신을 함양한다. 같은 물을 먹고 사는 300만의 인구는 어떻게 보면 한 동네 사람이다. 한자로 동네는 '洞'으로 표기한다. 삼수변은 바로 물이다. 즉 동네란 물을 함께 하는 사람들의 모임이다. 우리는 유장하게 흐르는 낙동강의 물을 함께 먹는 한 동네 사람이다. 한 동네 사람은 같은 역사를 가졌다는 것이고 같은 문화의식을 가진다는 것이다. 경북도민이 동일한 역사와 문화의식을 가지고 있다는 것은 동질적 집단이라는 말이다. 우스개 소리에 "우리가 남이가?"라는 말이 있다. 우리는 남이 아니다. 우리는 같은 낙동강 물을 마시며 오래도록 역사와 문화를 공유해 온 '남이 아닌 우리'다. 이런 '우리 정신'으로 우리는 더욱 더 단합해야 한다. 협동하고 양보해서 더 나은 '우리'가 되어야 한다. 그 바탕에 유장하게 흐르는 낙동강이 있는 것이다.

또 우리는 물에서 많은 것을 배울 수 있다. 노자는 『도덕경』에서 상선약수(上善若水)라 했다. 최상의 선은 물과 같다는 말이다. 왜 그런가? 물은 사람들이 싫어하는 낮은 곳에 머물고자 한다. 겸손하다는 뜻이다. 노자는 물의 성질을 7가지로 말했는데, 이 모두 낙동강과 연관하여 배울 것이 있다. 거선지(居善地)는 물은 낮은 땅에 머물기를 좋아한다는 것이니, 늘 민심을 살피라는 것이다. 심선연(心善淵)은 마음은 깊은 연못과 같아야 한다는 것으로 처음 먹은 초심이 변하지 않아야 하는 것으로 나는 받아들인다.

여선인(與善仁)은 물의 어진 성품을 닮자는 것이며, 언선신(言善信)은 물이 그릇에 따라 담기듯이 말도 진실에 따라 담기기에 진실한 말을 하라는 것이며, 정선치(正善治)는 물이 평형을 이루듯 정치는 공평하게 하라는 것이며, 사능선(事善能)은 물처럼 순리를 따라 살면 능히 이루지 못할 것이 없다는 말이다. 순리를 따르라는 말이고, 마지막 동선시(動善時)는 행동은 때를 맞추어 하라는 것이다. 물과 낙동강 700리에서 바로 삶과 정치의 기본원리를 발견할 수 있는 것이다.

산은 또 어떠한가? 백두산으로부터 시작한 백두대간은 태백산으로 이어지다가 동쪽으로 뻗어나가 소백산, 지리산에 이르고 또 한 줄기는 태백산에서 남쪽으로 이어져 낙동정맥을 형성한다. 경북은 백두대간과 낙동정맥 사이에 위치한 안온한 땅이다. 그만큼 산도 많다. 경북도민은 이 산의 정기를 받으며 호연지기를 길러 주체성을 함양하고 호방한 기상을 자랑했다. 이런 정신적인 자세는 나라가 위급할 때마다 호국의 주역이 되고, 대한민국의 정통성을 지켜나가는 원동력이 되었다. 경북도민을 보수적이라 하지만 그 보수는 나라를 지켜내는 보수, 내 고장과 내 나라를 걱정하는 충심에서 우러나온 보수다.

경북은 또한 1,300리 바다를 향해 열려 있다. 위로는 울진으로부터 아래로는 경주까지, 그리고 무엇보다 울릉도와 독도를 경북은 품고 있다. 이것은 세계로 나갈 수도 있고, 세계인이 들어올 수도 있는 커다란 관문을 가지고 있다는 것이다.

신라 지증왕 때(512년) 장군 이사부는 울릉도를 신라의 영토로 편입시켰다. 지금으로부터 약 1500년 전이다. 이 사건은 한 섬을 영토에 편입시키는 의미보다는 동해의 제해권을 신라가 가졌다는 의미다. 역사적으로 본다면 이때부터 신라의 국운이 팽창한다. 6세기 초 동해 제해권 장악 이

남유진은 경제다

후 가야 병합, 한강 유역 진출, 이후 7세기 중반 삼국통일로 이어지는 것이다. 동서양을 막론하고 바다로 나갈 때 국운은 팽창한다. 통일신라시대에도 지금의 경주 감은사 앞은 국제적인 항구였다. 멀리 아라비아 상인들이 동해의 항구를 통해 신라와 무역했고, 신라는 서역의 문물을 흡수하면서 찬란한 고대왕국을 건설할 수 있었다. 또 가까이는 경북의 자랑인 포항제철을 들 수 있다. 영일만의 외진 곳에 당시로서는 불가능에 가까운 철강공장을 건설하면서 포항은 세계 제일의 제철도시로 우뚝 설 수 있었다. 포철이 포항에 들어선 이유는 여러 가지가 있겠지만 바다라는 입지가 첫째 조건이다.

이렇게 바다는 전 세계를 향해 열려 있기에 웅지를 품고 잘만 활용한다면 경북 도약의 원천으로 삼을 수 있다.

우리 경북도민이 경북의 지리적 조건을 활용하고 문화 역사적 동질성을 가지면서 공동체 정신으로 굳센 기상과 능력을 믿고 협동하면, 얼마든지 새로 도약할 수 있다. 이렇게 되면 경북도민은 보수 꼴통이 아니라 늘 그래왔듯이 대한민국의 정통성을 지켜나가는 정치, 경제, 문화의 굳건한 세력으로 거듭나는 것이다.

1부

보수의 중심에 서서

박정희 대통령의 영전에 고하는 글

존경하는 박정희 대통령님!

대통령님의 영전에서
구미시장 남유진 삼가 추석 인사드립니다.

생전에 대통령님께서는 "이 시대에 이 나라의 국민으로 태어나서
우리 세대에 조국을 근대화해서 선진열강과 같이
잘 사는 나라를 만드는 것이 평생의 소원"이라고 하셨습니다.

그리하여 6,70년대 대부분의 개발도상국이 선호하는
내부지향적인 경제모델을 탈피하고, 과감히 외부지향적,
수출지향적 성장을 채택하여, 시기상조이자 역부족이라는
국내외의 극심한 반대에도 불구하고 포항제철을 준공하는 등

조선, 전자, 기계, 제철, 자동차, 석유화학, 원자력 등
기술집약적인 산업을 진흥하여 오늘날의 경제대국 대한민국을
건설할 수 있었습니다.

또한 독일의 광부와 간호사로, 월남참전 용사로,
중동의 사막에서 땀 흘리신 모든 분들의 피와 땀의 결과로
오늘이 있음을 잊지 않고 있습니다.

미국은 최근 고등학교 세계사 교과서에 '한강의 기적'을 싣고
한국의 기적적 고도성장의 비결을 가르친다고 합니다.
세계가 칭송하는 새마을운동도 유독 우리나라에서만
외면하고 있습니다.

새마을 깃발도 내린다고 합니다. 자기 것의 소중함을 모르는
이 어리석음은 어떻게 합니까?
요즈음 일부 젊은 세대들 중에는
님을 독재자로만 인식하고 있다고 합니다.
그러나 신세대들의 진보적 성향을 이해한다 하더라도
지금의 잣대로 생존이 먼저였던 산업화시대를 평가하는 것은
매우 안타깝게 생각합니다.

"개발도상국에서 정치의 초점은 경제건설이며,
민주주의도 경제건설의 토양위에서 자랄 수 있다"고 하신
대통령의 말씀을 상기해볼 때 지금의 민주주의는

민주화세력 자체보다 민주주의의 토양인 경제건설을 위하여
피땀 흘려 일한 산업역군들의 노력이 있었기에
가능했다고 생각합니다.

이렇게 부모님 세대의 피와 땀으로 이룩한 자랑스러운 대한민국은
좌초 직전의 난파선처럼 위기를 맞이하고 있습니다.
지역 간 이념 간 대결은 도를 지나치고
심지어 부모 자식 간에 세대 간 갈등까지 나타나고 있습니다.

시대감각을 잃어버린 보수는 사분오열. 지리멸렬하고 있습니다.
부패한 보수, 생각 없는 보수는 진보에게 모든 걸 다 내줬습니다.
보수정치권은 생업정치를 한다고 비아냥 받습니다.

두 주먹 불끈 쥐고 이념대결의 불길 속으로 뛰어든
열혈 정치인은 별로 눈에 보이지 않습니다.

보수는 한 귀퉁이에서 쪼그리고 앉아
국민들로부터 외면받고 있습니다.
누구를 탓하겠습니까?
다 제 탓이고 우리 탓입니다. 통절히 반성합니다.
지금이야말로 다시 시작해야 합니다.
보수는 가치를 먹고 삽니다.
이승만 대통령의 건국정신과 대통령님의 근대화정신을 되살려야 합니다.
이승만 대통령은 해방이후 극도의 혼란기를 추스르면서

자유대한민국을 세웠고 공산주의자들의 남침을 막아냈습니다.
한미동맹을 혈맹으로 다졌습니다.

님은 5천 년 이어져오던 가난을 이 땅에서 몰아냈습니다.
산업화에 성공했습니다. 오늘의 선진한국은 님의 산업화정책에
그 기반을 두고 있습니다.

올해는 대통령님의 탄생 100돌이 되는 해입니다.
휘호집 · 사진집 전시회도 가졌습니다.
며칠 전 추풍령 경부고속도로 준공기념탑에 다녀왔습니다.
님이 이룩한 산업화의 상징은 그 자리에 우뚝 서있었습니다.

지난 9월에는 구미에 전남도민의 숲을
목포에는 경북도민의 숲을 준공하였습니다.
이렇게 국민은 오손도손 사이좋게 살고 있는데
대한민국 정부는 아무런 이유도 없이
100주년 기념우표 발행계획을 취소하였습니다.

전직대통령의 기념우표 한 장 못 만드는 나라가
자유 민주 국가입니까?

5천만이 5천만 가지의 목소리를 내도 소음이 아니라
화음이 되는 나라! 그게 자유대한민국이라고 생각합니다.
참 부끄러웠습니다. 우리의 수준이 이것인가 하고 말입니다.

다 우리 보수가 못난 탓입니다.

6·25전쟁 당시, 낙동강전선에서 북한의 남침을 저지해
반격의 기회를 만들었던 우리 대구경북인들의 희생을 상기하면서,
대구·경북인을 중심으로 보수우파의 전열을 가다듬고
좌파들과의 이념전쟁의 최전선에 나서도록 하겠습니다.

생가를 지키는 구미시장으로써 님의 뜻을 이어받아
대구·경북의 영광을 되찾고 자유민주주의를 수호하고,
대한민국의 정통성을 확립하여 정의로운 대한민국,
자랑스러운 선진 국가를 만들 것을 영전 앞에 다짐합니다.

2017년 10월 4일
구미시장 남유진

보수의 횃불을 높이 들고

보수주의의 사전적 의미는 '급격한 변화를 반대하고 전통의 옹호와 현상 유지 또는 점진적 개혁을 주장하는 사고방식'을 말한다. 진보주의와 대립되는 말이다. 진보와 마찬가지로 보수도 시대에 맞게 변한다.

근대 이후 우리나라의 보수는 초대 이승만 대통령으로부터 시작한다. 일본의 항복으로 2차 대전이 끝난 뒤, 동아시아의 정세는 어떠했는가? 소련의 붉은 군대는 일본 참전을 명목으로 일본의 북방 섬을 점령하고, 한국의 38도선 이북에 진주했다. 중국은 치열한 내전을 거쳐 모택동의 공산주의 세력이 장개석을 대만으로 몰아내고 중국 본토를 공산화시키는 데 성공했다. 일본과 독일이 패망하자 세계는 소련 주도의 공산주의와 미국 주도의 자유주의 세계로 양분되었다. 특히 동아시아는 중국과 소련과 소련이 세운 괴뢰정부인 북한정권과 미국과 일본과 자유대한민국이 첨예하게 대립하는 양상이었다. 당시 해방정국은 극심한 좌우갈등을 겪었다. 박헌영 중심의 남한의 공산주의 세력은 1946년 10월 대구에서 폭동을 주도했고, 이어 여순반란사건을 획책했다. 여운형, 김규식 등의 좌파세력들도 자유 대한민국의 수립에 부정적이었다. 이 당시 이승만 박사는 세월이 지나서 생각해보면 대단한 혜안을 가졌다고 아니할 수 없다. 이승만 박사는 친미와 반공을 토대로 새로운 나라 건설에 매진했다. 우여곡절 끝에 1948년 대한민국은 이승만 박사의 주도로 탄생했고, 그는 초대 대통령에 취임했다.

만약 당시 탁월한 국제적 안목과 역사를 이해하는 이승만 대통령과 같은 분이 아니 계셨더라면, 해방정국의 주도권은 좌파세력에게 넘어갔을지도 모른다. 그랬다면 우리 대한민국은 아마도 지금도 공산주의 체제하에서 온 국민이 신음하고 있을 것이다. 하지만 이승만 박사는 미국과의 관계를 잘 유지하면서 반공을 국시로 삼고 자유 대한민국의 기초를 다졌다.

대통령에 취임하면서 이승만 박사는 남한의 농지개혁에 착수했다. 해방 직후 남한의 농경지 소유 현황은 농민의 자작지가 전체 37%, 구(舊) 일본인 소유 10%, 조선인 지주 소유가 54%였다. 1차 농지 개혁은 미군정이 주도했는데 1948년 일본인이 소유했던 농지를 농민에게 분배했다. 이승만 정부는 1950년 3월부터 5월까지 한국인 지주 소유 토지를 본격적으로 분배했다. 6·25 직전 농지개혁을 완수한 것이다. 이러한 농지개혁을 농민은 크게 환영했고, 전근대적인 지주제가 해체되는 결과를 가져왔다. 이는 6·25전쟁 시기 농민들이 북한군에 협조하지 않은 주요 원인이 됐다. 결과적으로 이 농지개혁은 자유민주주의 체제하에서 시장 경제체제가 자리잡는 계기가 되었다. 이승만 대통령은 또한 6·25전쟁을 거치면서 미국과 상호방위조약을 맺는 등 한미동맹을 강화했다. 이렇게 시장경제를 근간으로 하는 자유민주주의 체제를 초대 이승만 대통령이 마련한 것이다.

한국 보수주의의 근간은 바로 시장경제를 근간으로 하는 자유 민주주의 체제다. 그런데 1950년대 한국은 무척 가난했다. 미국의 구호식품이 없었다면 수많은 아사자가 발생했을 것이다. 자유민주주의 체제의 안정에 필수적인 것은 경제발전이다. 이것을 누가 했는가?

바로 박정희 대통령이다. 가난한 농민의 아들로 태어난 박정희 대통령은 경제개발을 통해 지금의 한국경제의 토대를 다졌다. 박정희 대통령이 이룬 업적은 말로 다하기 힘들 정도로 많다. 고속도로, 새마을운동, 포항제철, 중화학공업의 육성 등등.

그렇다면 한국보수의 길은 나와 있다. 지금이 어떤 상황인가? 북한은 핵개발을 완료했고, 연일 미사일을 쏘아대고 있다. 중국은 북한에 협조하면서 한국을 따돌리고 있다. 동아시아의 국제정세는 2차 대전 직후와나 6.25 직전과 거의 같은 상황이다. 냉전이 끝났다고 하지만, 대한민국 주변은 북한의 모험주의에 말미암아 신냉전시대로 접어들었다. 다만 다른 것이 있다면 우리 대한민국의 경제력이 북한을 압도하고 있다는 것 정도다. 여기에서 우리는 도대체 무엇을 해야 하나?

답은 딱 하나다. 미국과의 동맹을 더욱 강화하여 미국의 핵우산 속에서 국방력을 더욱 강화하는 것, 그 다음 경제발전을 가속화하는 것이다. 지금 한국경제는 새로운 위기에 직면해 있다. 여러 산업에서 중국은 한국시장을 잠식하고 있고 일본과의 기술 격차는 여전하다. 트럼프 대통령 취임 이후 미국의 통상 압박도 거세다. 거기다가 현 정부는 잇단 포퓰리즘 정책으로 임금 인상을 압박하고 있다. 중국과 일본 사이에 끼어 오도 가도 못하는 상황이 전개되고 있는 것이다. 이제 2%대의 경제성장률도 힘든 지경이 되었다. 해운과 조선산업의 위기에서 보듯이 이제 한국의 전 산업 분야가 총체적인 위기에 직면할 수도 있다.

한국경제는 삼성, 현대, SK, LG 등 대기업이 견인해왔다고 해도 과언이 아니다. 하지만 정치권은 걸핏하면 대기업을 옥죄고 대기업 총수들을 범

죄인 취급하고 있다. 이러한 대기업에 가하지는 압박을 풀고 대기업이 스스로 활로를 개척해나갈 수 있게 해야 한다. 과거 박정희 대통령 시절에는 정부가 앞장서고 기업이 따라가는 형국이었다. 그 결과 기업은 영역을 확장하고 전 산업 분야에서 괄목할 만한 성장을 했다. 전자, 자동차, IT, 조선, 중화학 등에서 눈부신 성장을 했다. 이제 기업도 새로운 먹거리를 찾아 변신을 꾀하고 있다. 이제 정부가 기업을 이끄는 시대는 지났다. 대신 기업이 스스로 성장할 수 있도록 정부나 지방정부는 기업을 돕는 역할을 충실히 해야 한다. 대기업이 잘되어 기업 활동이 왕성하고 돈을 벌어들이면 중소기업 역시 원활하게 잘 돌아가고, 그렇게 되면 서비스업이나 기타 산업도 활력을 찾는다.

조선 공업이 절정이었을 때, 거제시를 생각해보면 답이 나온다. 조선소에 일감이 넘쳐나면 고용이 증대되어 인구가 불어나고, 아래 단계의 중소업체 연쇄적으로 활황을 맞이한다. "개도 만 원짜리를 물고 다닌다"고 할 정도로 도시의 여러 서비스업도 덩달아 호황을 구가했다. 요식업과 숙박업 등 여러 자영업자들도 호황 장세를 맞이했다. 그런데 조선 공업이 불황에 들어선 지금 거제시의 경기는 어떠한가? 물론 조선산업의 불황은 국내적 요소보다는 국제적 요인이 기인하는 바가 많다. 그러나 정부는 기업 활동에 어떤 도움을 주었는지 자문하지 않을 수 없다. 기업 활동에 위축을 주는 여러 정책은 과감히 철폐해야 한다. 대기업과 하청기업 간의 불합리한 하도급 관행이나 불공정 거래는 시정되어야 하겠지만, 배보다 배꼽이 우선시 되는 것은 막아야 한다.

강력한 한미동맹과 반공으로 무장한 철저한 국방, 그리고 시장경제 활성화를 모토로 보수는 단합하고, 그 구심점을 마련해야 한다. 경북은 보수가 지켜내야 할 교두보다. 나라가 위급할 때 경북인이 늘 앞장섰듯이 새로운 위기 국면에서 경북을 중심으로 한 보수 세력은 힘을 합쳐야 한다. 지금이 바로 그때다. 보수의 횃불을 들고 대한민국의 영광을 위해 나아가야 한다. 우리 경북은 과거에도 그랬듯이 앞으로도 그럴 능력이 있다. 큰 산을 보고 먼 바다를 보며 호흡을 가다듬고, 새로운 시대를 향해 모두 힘을 합쳐 나아가야 한다. 영광된 대한민국을 건설하기 위해 지금 나아가야 한다.

경제 활성화와 지역 발전은
기업 활성화가 해답이다

한국경제가 위기다. 대다수 경제전문가들이 말한다. 하지만 전문가가 아니라도 누구나 위기라는 걸 알 수 있다.

우선 주변에서부터 청년실업 문제로 아우성이다. 젊은이들이 대학 졸업장을 받자마자 곧바로 실업자로 전락하는 사회, 너나없이 공무원이 되고자 몇 년을 공시생이란 이름으로 허송해야 하고, 공무원 채용 경쟁률이 수백 대 일이 되는 실정이다.

통계청 조사에 따르면 2017년 9월 현재 15~29세 실업자 수는 몇 달 전보다는 조금 줄어들었지만 40만 명에 육박하고, 실업률이 여전히 9.2%에 달한다. 이 수치도 매우 높은 것이지만 취준생, 공시생, 알바생이란 이름으로 이 통계에 잡히지 않는 실질적인 청년 실업자도 족히 수만 명은 넘을 것이다. 그뿐인가? 취업자에 포함되어 있는 숫자 중에서도 상당수 청년은 자기가 원하는 직장에 들어가지 못하고 한시적이거나 매우 열악한 조건에서 일하면서 제대로 된 직장을 얻기 전에 잠시 거쳐갈 곳으로 여기고 있을 뿐이다.

자영업 전쟁도 일상화되었다. 어제 문 닫고 폐업한 바로 그 자리에 다른 사람이 들어와서 오늘 새로 개업하는 자영업의 상황을 매일매일 볼 수 있다. 자영업자 가운데 대다수는 아침부터 밤늦게까지 허덕이며 일하지만 최저 임금이 겨우 될까 말까 하는 수입을 얻을 뿐이다. 취업과 재취업이 힘든 사람들이 자영업으로 몰려 자영업자가 OECD 회원국 중 4번째로 많지만 이들의 20%는 연간 1,000만 원도 못 벌고 있는 게 현실이다. 자영업자들이 가지고 있는 부채금액은 평균 1억 원가량이나 된다고 한다. 하지만 그거라도 손 놓으면 다른 대책이 없기에 하루하루 버티고, 그러다 도저히 못 버티고 나가는 자리엔 또 다른 사람이 들어오는 것이다.

얼마전 새벽에 구미 금오산 대혜폭포에 오른 적이 있다. 아담한 절 해운사를 지나 좀 더 오르니 폭포 쪽에서 우렁찬 남자분의 목소리가 들려왔다. 무슨 말을 하는지 귀를 귀울여 보았다.

"이제 구미 경기도 예전 같지 않심니더. 장사 좀 잘되게 해주이소. 천지신명이시여,

제발 먹고 살게 해주이소, 내 이렇게 큰 목소리로 외칩니다."

발걸음을 재촉하여 그분을 보고 싶었으나, 나는 이내 발길을 돌렸다. 구미시장으로서 가슴이 아팠고 그분을 뵐 면목이 없었기 때문이다. 그분이 어떤 장사를 하는지는 모르나 아마도 식당과 같은 자영업일 것이다. 오죽 답답하면 새벽에 폭포 앞에서 그렇게 간절하게 외쳤을까?

구미같이 비교적 경제가 잘 돌아가는 지역도 그러니, 경북 전체는 나아가 우리나라 전체를 따지면 자영업자들의 고통은 이만저만이 아닐 것이다.

경제가 활성화되지 않으면 그 피해는 모든 국민들이 입는다. 특히 수도권보다는 지방이, 여유가 있는 사람들보다는 더 약하고 어려운 사람들이 더 큰 고통을 겪게 된다.

기업들도 매우 어렵다. 소비 심리가 좀처럼 살아나지 않고 있기 때문에 내수 경기가 부진하다. 거기에 수출까지도 둔화되고 있다. 수출 10대 품목들 중에서 오로지 반도체만 성장세를 유지하고 있을 뿐, 나머지 업종은 모두가 불안하다. 그간 우리나라의 수출을 이끌어온 조선산업은 빈사 상태이고, 자동차 수출도 부진하다. 그러니 생산과 투자 모두 감소하면서 공장 가동률이 하락하고 재고는 늘어나고 있고, 고용시장은 얼어붙었다.

여기에 대외 악재가 겹쳤다. 누가 뭐라 해도 우리나라 경제는 수출이 이끌어왔다. 그런데 미국과 중국이 보호주의 정책을 강화하면서 수출에 타격을 주고 있다. 게다가 북한의 핵 도발로 야기된 위기는 불확실성을 가중시키고 있다.

미국은 트럼프 대통령 당선 이후 미국 우선 정책, 보호주의 정책을 밀어붙이고 있다. 한국 제품의 수출에 각종 규제를 가하고자 압박하고 있고, 한미 FTA 재협상까지 요구하고 있다. 중국은 사드 배치를 핑계로 경제보복을 지속하고 있어 한국 제품의 중국 판매가 급감하였으며, 중국 진출 업체는 경영 부진으로 급기야 롯데와 이마트가 철수 결정을 하기에 이르렀다. 중국 관광객의 발길이 뚝 끊어졌다. 2017년 8월 한국을 찾은 중국인 입국자는 33만 9,000명으로 지난해 같은 기간 대비 61.2% 급감했다. 반면에 해외로 나간 관광객은 늘어나서 8월 여행수지 적자가 14억 달러 이상(약 1조 6천억)으로 늘어났다.

북핵 리스크는 앞날을 예측하기 어렵게 만들고 있다. 조금만 삐끗하면 그간 대한민국이 쌓아 온 모든 것들이 한순간에 사라질 위험에 처해 있다.

경기 전망이 불투명한데다 북한의 핵 위협이 해소되지 않으니 외국 금융기관들은 한국의 증권시장에서 빠져나가고 한국 국채를 매도할 기미를 보이기도 했다. 그나마 다행히도 한중 통화스와프가 연장되고, 미국의 환율 조작국 지정을 피했고, 글로벌 신용평가사인 무디스의 국가신용등급 하락도 면하여 한숨 돌리긴 했지만 그간의 10월 위기설을 낳았던 주요 현안들이 완전히 해결된 것은 아니다. 코스닥 대장주로 유명한 셀트리온은 해외고객사에서 전쟁 등을 우려해 제 3공장을 해외에 지으라는 압력을 받고 있다 한다.

일자리 창출은 최고의 복지 정책이며, 고령화 해소 방안이다. 일자리를 만들고 경제를 활성화하기 위해서는 기업 활동이 활성화되어야만 한다. 공공 부문에서 일자리를 만들고 재정을 투입할 수 있지만 그야말로 임시방편이고 긴급 처방일 뿐이며, 지속 가능한 경제성장을 이루는 방법은 기업 활성화밖에 다른 방법이 없다. 트럼프 행정부가 법인세 최고세율을 35%에서 20%로 대폭 인하하고, 프랑스 마크롱 정부가 노동개혁에 사활을 거는 것도 이 때문이다.

기업이 지금 투자를 할 수 있도록 하지 않으면 우리 경제에 더 이상 기회는 주어지지 않을 지도 모른다. 기업이 새로운 산업에 투자하고 이를 통해 한국경제가 새로운 성장동력을 확보하기 위해서는 무엇보다도 규제 개혁이 필요하다. 맥킨지 조사에서 전 세계에서 투자를 많이 받은 스타트업 100개 중 한국에서 사업이 가능한 기업은 전체 투자 금액의 28%에 해당하는 기업밖에 없다고 한다. 이런 조건에서는 새로운 산업을 일으키고 산업 구조조정을 하여 지속 가능한 성장을 할 수가 없다. 우리나라는 1997년 외환위기 이후 20년 동안 주력산업과 수출산업이 전혀 바뀌지 않고 있다.

기업의 투자 활성화를 위해서는 노동개혁을 이루어야 한다. 프랑스뿐 아니라 독일, 캐나다, 일본 등 선진 각국들은 모두 노동개혁을 추진하고 있는데, 우리는 아직 착수조차 못하고 있다. 노동의 유연성을 강화하고, 정규직에 대한 지나친 보호를 줄이지 않는 한 대기업과 중소기업, 정규직과 비정규직 간의 임금 차이도 해결하기가 더욱 어려워진다. 다만 노동개혁이 유연성이 불안정성으로 이어지지 않도록 대책을 만들어야 한다.

앞으로 경상북도는 전국에서 가장 기업하기 좋은 지역이 되어야 한다. 그리하여 대기업과 외국의 유수기업을 유치해야 한다. 대기업과 외국의 유수기업, 그리고 이들 기업의 수많은 협력업체가 활발하게 활동을 하여 양질의 일자리를 만들어내도록 해야 한다.

그리고 강소기업과 벤처기업이 육성되어야 한다. 공공 연구기관과 대학의 연구소가 자체 연구개발 능력이 없는 중소기업을 위해 당장 먹을거리가 될 기술을 제공할 것이다. 그리하여 대기업은 새로운 산업에 투자를 늘려 더욱 성장하고, 중견 기업은 대기업으로, 중소기업은 중견 기업으로 성장할 수 있도록 최대한 뒷받침되어야 한다. 또한 젊은이들이 새로운 아이디어와 기술로 창업에 도전하고, 벤처기업이 성공할 수 있는 경북이 되어야 한다.

보수는 일자리를 창출한다
– 좋은 일자리 창출이 저출산, 고령화 문제의 근본 대책이다

경북의 23개 시군 중에서 특히 농촌 지역의 고령화 문제는 심각하다. 의성, 군위, 예천, 봉화, 영양, 청송, 영덕, 청도, 문경, 상주, 성주, 고령, 울진, 영천, 김천, 영주 등 16개 시군이 고령화율이 높은 지역이다. 고령화율이란 총인구 중에서 65세 이상 인구가 차지하는 비중이 얼마인지 따지는 것인데, 65세 이상 인구를 총인구로 나누는 것이다. 총인구 중에서 65세 이상 인구가 7% 이상이면 고령화 사회, 14% 이상이면 고령사회, 20% 이상이면 초고령사회 또는 후기고령사회라고 한다.

2016년 통계청 자료를 보면 광역자치단체 중에는 전남이 20.95%로 가장 고령화율이 높고, 그 다음이 전북(18.3%), 그 다음이 바로 경북이다 (18.23%). 전라남북도가 이미 초고령사회에 진입했고, 경북도 조만간 진입할 것으로 예상된다. 시군지역으로 좀더 내려가보면 사태는 더 심각하다. 전북 김제시의 고령화율이 28.31%로 1위, 상주시가 27.28%, 문경시가 25.82%, 영천시가 24.93%로 경북의 시가 유감스럽게도 전국 2,3,4위다.

군 지역을 보면 전남 고흥군이 37.49%로 전국 1위, 의성군이 36.83%로 2위, 군위군이 35.87%로 전국 3위다. 30%가 넘는 경북의 군은 예천, 청송, 영양, 영덕, 청도 등으로 경북의 거의 모든 농업지역은 초고령사회에 접어들었다. 반대로 구미시는 고령화율이 7.51%로 전국 최저다. 포항과 경산이 그 다음을 잇는다. 이것이 말해주는 것은 의외로 간단하다. 공단이 밀집해 있거나 대도시 부근은 고령화율이 낮고 농촌 지역은 높은 것이다.

표. 경북 각 시군의 고령화지수와 GDRP 경북 각 시군의 고령화지수

지역	고령화 지수 (2016년, 단위: %)	일인당 GDRP (2013년, 단위: 천)
구미시	7.51	67,099
포항시	13.22	34,171
경산시	14.10	25,940
경주시	18.80	30,750
김천시	20.03	24,101
안동시	20.54	17,005
영주시	22.50	19,595
영천시	24.93	26,662
문경시	25.82	22,319
상주시	27.28	16,344
칠곡군	12.56	26,313
울릉군	21.54	19,912
울진군	24.48	27,007
고령군	25.95	31,113
성주군	27.43	29,081

1. 보수의 중심에 서서

봉화군	31.92	26,331
예천군	32.58	18,144
청송군	32.70	22,048
청도군	32.77	19,612
영덕군	33.03	16,166
영양군	33.18	21,678
군위군	35.87	24,644
의성군	36.83	18,002

*경상북도 시군별 현황자료(2013 경북자료)
*고령화 지수는 통계청 자료로 재작성

　위의 표는 여러 가지를 말해준다. 구미, 포항, 경산 등 제조업이 발달한 도시들은 고령화율이 낮고 상대적으로 소득이 높다. 이는 당연한 이야기다. 공단 지역에는 젊은 층의 취업 수요가 많고 이들의 소득수준은 높다. 제조업이 발달하면 그에 따른 연구기관과 대학 같은 관련 기관이 필요하고 여기에도 많은 고급 인력들의 수요가 있다. 때문에 공단이 많고 제조업 비중이 높은 도시가 소득수준이 높다. 바로 구미와 포항이 대표적인 경우라 할 수 있다. 경주와 같은 곳은 한수원과 같은 공기업과 관광산업으로 인해 소득이 상대적으로 농촌 지역에 비해 높다고 할 수 있다.

　하지만 농촌 지역이 소득이 낮다고 해서 반드시 살기 힘들거나 못 사는 것은 아니다. 왜냐하면 농촌 지역은 고령화율은 높지만, 나이가 들수록 주거비나 교육비 등의 소비지출이 낮아지기 때문이다. 물론 소득수준이 높으면 좋지만, 소득의 높고 낮음을 단순한 선악관계로 보아서는 안 된다. 직장이 있는 젊은 층은 주거비와 교육비 등으로 많은 지출이 필요하고, 상대적으로 나이가 들수록 소비지출이 줄어들기에 소득이 낮고 고령화율이 높은 농촌 지역은 노인들의 건강과 복지도 살펴야 하는 등의 노인 복지에 대한 대책을 펼치면서 한편으로는 젊은 층의 유입을 늘리는 정책을 동시에 추진해야 한다. 동시에 포항과 구미, 그리고 경산 같은 젊은 층이 많은 도시는 대기업, 강소기업, 유망산업 등의 유치를 통해 일자리 창출과 일자리의 질을 높이는 정책을 지속적으로 펴야 한다.

얼마전 아주 흥미로운 뉴스를 접했다. 정규직 남성의 결혼 확률이 비정규직 남성보다 4.6배가 많고, 자기 집이 있을 때 그 확률은 7.2배로 늘어난다는 것이다. '청년층 결혼 이행에 대한 개인 및 사회가구의 경제적 배경의 영향 분석'(주휘정 한국직업능력개발원 부연구위원과 김민석 충북대 교육학과 박사과정)이라는 보고서에 나오는 내용이다. 이 보고서는 2013년부터 2016년 자료를 토대로 청년층의 결혼에 미치는 사회 · 경제적 영향 요인을 분석했는데, "정규직 일자리를 갖고 자가 소유의 집을 보유하고 지출 여력이 높은 남성이 결혼할 가능성이 현저히 높다"고 한다. 그러면서 이 보고서는 "남녀 모두 근로소득이 있고 정규직인 경우 결혼 가능성이 높은 것으로 봐 질적으로 우수한 일자리 지원 중심의 청년 정책이 저출산 고령화의 근본 대책이라고 할 수 있다"고 결론을 낸다.

간단하게 말하면 젊은 세대가 결혼을 많이 하고 아이를 많이 낳아야 인구절벽이 해소되고, 고령화율도 낮아진다. 그러기 위해서는 좋은 일자리 창출이 최우선이라는 결론에 도달한다. 그렇다면 젊은 층이 선호하는 좋은 일자리란 무엇인가? 정규직이고, 더 솔직하게 말한다면 대기업 혹은 공공기관의 정규직이다.

나의 평소의 소신도 그렇다. 관이 해야 할 가장 중요한 일은 좋은 기업을 관내에 많이 유치하는 것이 최고다. 구미의 소득수준이 높은 이유는 삼성, LG… 등등의 대기업들이 공단에 포진해 있고, 이들 기업 활동을 뒷받침하는 여러 연구소들이 즐비하다. 최근에 구미를 방문하는 사람들이 낙동강 건너 새로 건설한 아파트촌을 보면 하나같이 놀란다. 서울 주변의 신도시와 전혀 다를 바 없기 때문이다. 이런 결과는 구미가 오래 전부터 첨단 기업, 좋은 기업을 많이 유치했기 때문에 가능했던 일이다.

그런 점에서 최근 구미시의 인구 증가는 많은 시사점을 던져준다. 구미 인구는 감소세로 돌아섰던 2015년 3월 이후 2년 8개월 만인 2017년 11월 사상 최고치를 경신했다. 42만 1,674명이 된 것이다. 이는 신축 아파트 입주와 올바른 주소갖기 운동이 시너지 효과를 냈기 때문인 것으로 풀이된다. 2017년 10월 말까지 출생아 수도 3,183명으로 경북 도내의 21%를 차지하면서 도내 1위를 기록했다. 이는 구미산단의 수출액 증가와도 맞물려 있다. 일자리가 많아지면 인구도 늘고 신생아 수도 늘게 되는 것을 구미가 통계로 입증한 것이다.

앞으로 나의 최대 관심사도 양질의 일자리를 계속 만들어나가는 것이다. 농촌 지역은 농촌 지역대로 특성화 농업과 과수산업, 그리고 친환경 축산과 힐링, 생태관광산업을 통해 일자리를, 환동해권은 환동해권대로 에너지산업과 해양관광산업을 통해 일자리를, 구미와 포항, 경산 같은 공업 지역은 대기업 유치와 강소기업과 벤처기업 육성을 통해 일자리를 창출하는 데 전력을 기울일 것이다. 경제는 직접 챙길 생각을 한다. 결국 고령화 문제 등의 인구절벽을 해소하기 위해서는 첨단산업이든 관광산업이든 좋은 기업, 대기업, 강소기업의 유치가 가장 바람직한 해결방법이다. 지금보다 대기업을 10배, 20배로 유치하여야 한다. 물론 중소기업도 중요하다. 대기업과 연계된 중소기업, 자체 역량이 있는 강소기업도 중요하다. 이 모든 것의 조합이 바로 일자리를 창출한다.

지방 소멸 위기, 대책을 서둘러야 한다

2017년 현재 한국 사회는 어떤 문제를 갖고 있고 그 해결책은 무엇일까?

2014년 5월, 한 장의 보고서가 일본 열도를 흔들었다. '마스다 보고서'였다. 핵심 내용은 현재 추세라면, 일본 지자체의 약 절반인 896개가 소멸할 수도 있다는 것이었다.

저출산, 고령화, 인구감소로 인한 지방 위축은 오늘날 세계 여러 국가에서 나타나고 있는 현상이다. 마스다 보고서는 일본은 더 심각하다고 진단했다. 서구와는 달리, 인구가 도쿄로 집중하는 극점사회인지라 지방 위축이 더 악화될 수 있다고 진단한 것이다. 그 결과가 '소멸'이라는 충격적인 표현으로 도출된 것이다.

또 하나의 문제는 도쿄의 일자리는 한정되어 있다는 것. 당연히 지방에서 몰려드는 젊은이들이 많아지면 실업률은 높아진다. 이로 인해 결혼과 출산을 포기하는 사람이 늘어난다. 그것은 저출산으로 이어져 국가의 위기가 된다. 지방의 위축이 국가의 위축으로 이어진다는 것이다.

이것이 이웃나라 일본만의 일일까. 아니다. 산업화 이후 한국은 사회·경제·문화 제 영역에서 일본과 비슷한 양상을 따라가는 경향성을 보이고 있다. 지방 문제도 그러하다.

실제 진단 결과도 한국이 일본과 다르지 않음을 입증한다. 2016년 한국고용정보원의 연구에 따르면 지금 추세대로 지방 인구가 감소할 경우, 30년 이내에 전국에서 84개 시군, 1383개 읍면동이 사라질 수 있는 것으로 나타났다.

하지만 아직도 이 문제의 심각성에 대한 국민적 공감대가 형성되어 있지 않다. 수도권에 인구의 약 50%가 몰려 있는 현실인지라, 수도권에 사는 분들이 문제의 심각성을 덜 느끼는 이유도 있을 것이다. 또 정치·언론이 서울 중심인 현실도 한 이유라고 본다.

이래서는 안 된다. 지방 소멸을 막기 위한 관심과 대책이 필요한 때이다. 앞에서도 말했지만 지방의 위기는, 국가의 위기로 이어진다는 것을 기억해야 한다.

그나마 다행한 점은 정부도 이 문제의 심각성을 인지하고 있다는 점이다. 언론보도에 따르면, 2017년 1월 행정자치부는 황교안 대통령 권한대행에게 보고한 2017년 업무계획에서 이 문제에 대응하기 위한 '인구감소 지역 신 발전계획'을 마련하겠다고 밝혔다. 행자부는 이 보고에서, 지방소멸 문제에 대응할 국가 차원의 컨트롤타워를 구축하는 방안을 검토하겠다고 했다.

몇 가지 대책도 내놓았다. 인구가 감소하는 지역 중심지에 공공·근린시설을 집중적으로 배치해 정주 여건을 개선하고, 일자리가 모여 지역 경제가 순환할 수 있도록 하는 '거점마을' 조성 등의 대책이다.

중앙정부가 문제를 인식하고 대책을 내놓은 것은 긍정적으로 평가할 만

하다. 그러나 무언가 아쉽다. 본질적으로 문제를 해결할 수 있는 방안이 되지 못하는 것이 아닌가 하는 아쉬움이다.

민간에서도 지방 소멸에 대한 논의가 조금씩 시작되고 있다. 그러나 내용을 들여다보면 역시 근본적인 해결책에 접근하지 못하고 있다는 느낌을 받는다.

예를 들어 한 대안으로 '콤팩트시티' 모델을 제시한다. 지방의 중심지역을 고밀도로 개발하는 모델인데, 그러면 그 지방의 나머지 지역은 어떻게 된다는 말인가. 공동화(空洞化)가 눈에 선하다.

지방인구가 준다고 공무원 수, 국회의원 수를 줄이고, 읍면동을 통합하자는 주장에도 동의할 수 없다. 정치와 행정을 단순히 효율성의 시각으로 접근해선 안 된다. 인구에 맞춰 줄이고 보자는 것은 너무나 소극적인 태도 아닌가?

지방 소멸 문제는 근원적인 해법이 필요하다. 또 장기비전을 바탕으로 한 종합적인 정책이 필요하다.

내가 생각하는 방안은 이렇다.

먼저, 더 이상 정부가 수도권 규제 완화 정책을 추진하지 않는 것이다.

그동안 수도권 범위는 점점 넓어졌다. 충청도 일부 지역까지 확대되었다. 서울에서 천안까지 지하철이 연결된 것은 수도권이 충청 일부 지역으로 확대된 상징적인 풍경이다.

충청권 일부가 수도권에 편입된 것은, 수도권 규제 완화를 반대하는 목소리를 줄어들게 하였다. 또 수도권으로 직장과 삶터를 찾아 떠나는 사람은 계속 늘어나고 있으니, 갈수록 지방은 힘들어지고 있다. 내가 늘 강조하는 것이지만 정부가 크게, 넓게, 길게 보았으면 한다. 지금 당장의 수도권 규제 완화가 해당 지역의 기업들에겐 메리트로 작용할 수 있을 것이다. 그러나 길게 보면 상황이 달라진다. 일본과 마찬가지로 인구가 밀집된 수도권 지역에서 취업 경쟁은 더 치열해진다. 이로 인해 높은 실업률이란 문제가 발생한다. 주거비용도 올라간다. 이러면 결혼을 포기하는 수도권 청년들이 늘어난다. 이것은 저출산 현상으로 나타나, 궁극적으로 국가경제에 마이너스가 된다.

국가경제의 침체는 수도권은 물론 지방 경제에도 악영향을 미칠게 뻔하다. 그러면 지방 소재 기업도 타격을 받는다. 그러면 한국경제의 침체는 가속화된다. 수도권 규제완화가 수도권과 지방 모두에 나쁜 영향을 끼치는 결과를 낳는 것이다. 그러므로 정부는 하루라도 빨리 수도권 규제를 완화할 것이 아니라, 강화해야 한다.

두 번째, 정부는 지방에 더 많은 인센티브를 제공하는 정책을 적극 추진해야 한다. 인센티브 제공엔 다양한 방식이 있을 것이다.

가장 먼저 생각해볼 수 있는 것은 지방 이전 기업에 큰 인센티브를 주는 것이다. 아울러 지방에 소재한 기업에 대한 인센티브 정책도 발굴할 필요가 있다.

지방기업뿐만 아니라 주민들에 대한 인센티브도 생각해볼 수 있다. 이런저런 세제 혜택을 생각해볼 수 있으며, 지방의 주택 문제에 대해서도 수도권보다 메리트가 있는 정책을 추진할 필요가 있을 것이다.

아울러 지방에 사는 주민들에 대한 인센티브 제공까지 생각해볼 수 있다. 예를 들어 농업, 어업에 종사하는 지방 주민에 대한 인센티브를 강화하는 것이다.

세 번째는, 지방분권을 강화하는 법과 제도의 정비가 필요하다고 본다. 만약 개헌을 추진한다면 지방분권 강화가 중요한 개헌 의제가 되어야 할 것이다.

나는 구미시장으로 일하면서 해가 갈수록 지방의 인구감소를 걱정하는 마음이 커졌다. 그래서 2016년에는 인터뷰와 토론회에 적극 참가하여 이 문제의 심각성을 알리려고 노력하였다. 이것은 나의 목소리이자, 대대로 살아오며 지방을 지켜온 지역민의 걱정을 대변한 목소리였다.

나는 정부가 지금이라도 문제의 심각성을 인식하기를 바란다. 그냥 바라는 정도가 아니라, 절실하게 바란다. 지방에도 많은 국민들이 산다는 것을 기억하길 바란다. 지방에 더 많은 사람이 살아야 대한민국에 희망이 있다는 걸 인식하길 바란다. 그러한 인식이 지방을 살리는 구조와 시스템의 대변화로 나타나기를 간절하게 소망한다.

'8 대 2'에서 '6 대 4'로

2016년 정치권 일각에서 개헌 논의가 벌어졌다. 만약 개헌이 이루어진다면, 국가의 장래에 진정 도움이 되는 합리적이고, 균형 잡힌 접근이 필요하다고 생각한다.

추후에라도 구체적인 개헌 논의가 있게 된다면, 반드시 논의해야 할 것이 있다. 지방분권을 강화하는 내용이다. 이것은 국토의 균형 발전은 물론, 한국의 미래를 위해 꼭 논의해야 할 문제다.

먼저 전제를 하자면, 나는 과도한 지방분권은 현실에 맞지 않다고 생각한다. 역사적으로 우리나라는 오랜 동안 중앙정부 중심의 국가체제였다. 조선시대도 그러하였다.

그러한 역사적 전통은 쉽게 간과할 문제가 아니다. 다른 나라를 보아도 마찬가지다. 중앙정부 중심의 국가든, 연방제 국가든 그 나라들이 저마다의 정부 형태를 지니고 있는 배경에는, 오랜 역사적 전통이 작용하였다.

미국의 경우를 보자. 연방국가인 미국은 13개의 영국 식민주에서 출발하였다. 이러한 역사적 배경이 건국 당시 헌법 제정 때 반영이 되어, 미국은 연방국가가 되었다. 그 결과 오늘날 미국은 연방헌법에서 규정하는 정부 권한에 속하지 않는 것은, 주 정부가 관할한다. 주정부 안에 저마다 사법부가 있고 상하원이 있는 시스템이다. 각 주가 하나의 정부라고 보면 되는 것이다. 주 정부의 국장은 우리나라로 치면 장관에 해당한다고 할 수 있다.

이제 한국의 현실을 보자. 나는 지나치게 과도한 분권화는 아니더라도, 적어도 현재보다는 지방분권이 강화되어야 한다고 생각한다. 현재 중앙정부와 지자체는 큰 불균형 상태이다. 권한이나 재정 측면에서 중앙으로 너무 기울어져 있는 것이다. 배의 안전한 운항을 위해 평형수가 필요한 것처럼, 합리적인 지방분권 방안을 찾아야 한다. 그래야 균형 있는 발전이 가능해진다.

나는 바람직한 지방분권은 현재 정부가 너무 많이 가진 권한과 자원을 현실적인 균형 상태가 되도록 이양하는 것이라고 생각한다. 자치재정권, 조직권, 입법권을 더 많이 보장하는 방향으로 변화해야 한다는 것이다.

재정 문제의 예를 들어보자. 현재 세입에서 국세와 지방세의 비율은 8대 2인데, 개헌을 한다면 수정해야 할 내용이라고 본다. 내가 생각하는 합리적이고 현실적인 비율은 6 대 4이다. 이정도 비율이 되면 과거처럼 정부가 재정에서 주도권을 가진 구조에서 비롯되는 이런저런 문제를 해결할 수 있을 것이다. 마침 새정부에서 이렇게 한다고 하지만 실제 그렇게 될지는 지켜볼 일이다.

실질적인 개헌 논의가 언제 이뤄질지 예측할 수는 없다. 설령 논의가 시작된다 하더라도 긴 시간을 거쳐야 할 것이다. 그것이 언제 이루어지든 또 내가 미래에 어떠한 위치에 있든, 나는 지방분권을 강화하는 것을 계속 주

장할 것이다. 그것은 오랫동안 구미시의 행정을 책임져 온 나에겐 또 하나
의 소명이라고 생각한다.

인구절벽 앞에서

금수강산 대한민국 땅에 사람이 한 명도 없는 상황을 상상할 수 있는가?

설마라고 하실 것이다. 아니다. 그럴 수도 있다. 국가의 인구가 현재에서 미래로 수평으로 유지되려면 출산율이 평균 2.1명이 되어야 한다고 한다. 우리나라는 2016년 출산율이 1.17명으로 세계 최저 수준이다. 평균 자녀수가 1.3명 이하인 나라를 초저출산국가라고 하는데, 한국은 2001년 초저출산국가에 진입하였다. 2017년에는 신생아가 40만명에도 미치지 못할 것이라는 우울한 예측도 있다.

구미시의 경우는 어떠한가. 출산율이 1.44명이다. 그동안 구미시는 출산율 제고를 위해 육아참여 프로그램 운영, 임신출산 인식개선 캠페인 등을 추진했다. 그럼에도 다른 지자체보다 사정이 약간 나을 뿐이다. 하지만 경북 전체로 보면 문제는 심각하다. 이것은 지자체의 출산장려 정책에 한계가 있음을 의미한다. 출산 정책은 기본적으로 지자체의 일이 아니라 국가의 역할인 것이다.

연구결과에 따르면 저출산 추세가 그대로 이어지면 2750년 한국은 사람이 한 명도 없는 땅이 된다고 한다. 사람이 없는 국토? 간단히 말해 대한민국의 소멸이다.

인구 예측 중엔 2006년 데이빗 콜먼 옥스퍼드대학 교수가 발표한 내용도 있다. 그의 연구에 따르면, 현재 출산율 추세가 계속 이어질 경우, 한국은 세계의 국가 중 인구소멸 1호 국가가 될 가능성이 있다고 한다. 인구 예측은 어떤 미래 예측보다 정확도가 높다는 걸 고려하면, 무서운 미래 전망이다.

'현재 대한민국의 미래를 논할 때 가장 큰 문제가 무엇인가?'

누가 묻는다면 나는 인구문제를 첫 손에 꼽는다. 나라의 존망이 걸려 있다 해도 과언이 아니기 때문이다.

저출산 문제는 이미 심각한 결과를 초래하고 있다. 먼저 생산가능 인구가 줄기 시작했다. 저출산이 계속 이어지면 가까운 미래의 전망은 더 어두워진다. 통계청의 예측에 따르면, 국내 생산가능 인구는 2020년대에 연 평균 30만 명 감소할 전망이다. 생산가능 인구의 급격한 감소가 의미하는 것은, 국가경제의 지속적인 침체이다.

이 문제가 동전의 앞면이라면 뒷면에는 또 하나의 문제가 불거진다. 급격한 고령화이다. 현제 추세대로 고령화가 이어질 경우, 2065년 65세 이상 인구 비중은 전체 인구의 42.5%에 이를 전망이다.

위에서 언급한 몇몇 통계는 인구절벽 현상이 시작되고 있음을 보여준다. 인구절벽(Demographic Cliff)이란 한 국가의 인구를 나타나는 통계 그래프에서, 급격하게 하락을 보이는 연령 구간을 뜻한다. 우리나라에서 인구절벽 현상은 생산가능인구 비율이 줄어드는 현상으로 조금씩 전조를 보이고 있다.

인구절벽 현상의 영향은 국가 전 방위에 미친다. 그것은 모두 부정적 영향이다. 인구가 감소하면 생산과 소비가 줄어 잠재성장률이 떨어진다. 이것이 지속되면 경제도 절벽으로 떨어질 수 있다.

경기침체는 고용침체로 이어진다. 또 취업이 안 되면 수입이 없으니 결혼을 하지 못하는 사람이 늘어난다. 그러면 출산율은 더 떨어진다. 악순환이 되는 것이다.

경기침체로 좋은 일자리가 줄어드는 것은 세대갈등 문제도 낳을 것이다. 일자리를 두고 세대 간에 경쟁하는 현상이 일어나는 것이다. 이것은 사회통합을 가로막는 장애가 될 게 뻔하다. 또 급격한 노령화로 젊은 세대가 은퇴한 고령자의 노후를 책임져야 하는 부담은 크게 늘어날 것이다. 이 또한 세대갈등의 기폭제가 될 것이다. 이런 사회가 안정성을 가질 수 있을까?

부동산도 영향을 받는다. 인구가 줄어들고, 결혼하는 사람이 줄어들면 집을 살 사람도 당연히 줄어든다.

정부도 문제의 심각성을 알고 있다. 그래서 2006년부터 2015년까지 10년간 '1~2차 저출산·고령사회 기본계획'을 수립하여 저출산 문제를 해결하려고 하였다. 여기에 약 80조 원이란 어마어마한 예산이 투입됐다.

1차 계획이 나오기 전인 2005년의 출산율 1.08명을 생각하면 성과는 있었다. 하지만 막대한 예산 투입에도 불구하고 여전히 한국은 초저출산국가로 머물러 있다. 뚜렷하게 나아질 기미도 보이지 않는다.

왜 뚜렷한 효과가 없었던 걸까?

전문가는 아니지만, 내가 보기에는 정책의 효율성이 낮았기 때문이라고 본다. 즉 그동안의 정책이 기혼가구의 양육부담을 줄여주는 데 중점을 두었는데, 그 정책의 효율성이 낮았던 것이다.

그럼 인구정책에 있어 어떤 변화가 필요한가.

먼저 이 문제를 해결하기 위한 인적, 물적 자원을 지금보다 크게 확대할 필요가 있다. 국가의 존망이 달린 문제인 만큼, 보건복지부 산하 부처 중심으로 정책을 펼칠 것이 아니라, 아예 이 문제를 전담하는 큰 규모의 전담조직 신설도 검토해볼 필요가 있다고 생각한다. 그리고 이런 시스템을 구축함과 동시에 인구문제에 대한 국가비전을 새로 수립하고, 총체적인 자원집중 방안을 마련할 때라고 본다.

인구문제를 해결하려면 먼저 여성 정책에 획기적인 전환이 필요하다. 양성평등 정책부터 더 강화할 필요가 있다. 또 출산으로 생기는 경력 단절을 메워주는 제도 보완이 필요하다. 육아휴직 인센티브도 지금보다 확대해야 한다. 남성 육아휴직도 마찬가지다. 정부가 강력하게 추진하면 기업도 따를 것이다.

기업문화도 변할 필요가 있다. 우리나라는 OECD 국가 중 평균 노동시간이 긴 나라에 속한다. 긴 노동시간은 육아시간의 여유를 앗아간다. 노동시간을 줄이는 것은 일자리 창출에도 긍정적으로 작용할 것이다.

마지막으로 또 하나 강조하고 싶은 것은 지방 육성이다. 지방을 좋은 일자리가 많은 곳으로 만들어나가야 한다.

서울과 경기도는 그동안 지방인구를 빨아들이는 블랙홀 같은 곳이었다. 그럼에도 서울과 경기도의 출산율이 높아졌는가? 그렇지 않다. 지방보다 주거비 부담이 큰 탓에 출산율이 높아지지 않았다. 장기적으로 본다면 서울과 경기도의 인구도 줄어들 수밖에 없다.

그러므로 정부는 지방에 더 많이 투자해야 한다. 인센티브를 더 많이 주어야 한다. 수도권 규제 완화도 중단해야 한다. 그러면 지방에 좋은 일자리가 많아질 것이다. 많은 젊은이들이 수도권보다 적은 돈으로도 지방에서 결혼생활을 시작할 수 있을 것이다. 그것은 출산율의 증가로 이어질 것이다. 나라 전체로 보면 중앙과 지방의 균형 발전도 이루어질 수 있으니, 이 얼마나 좋은 일인가. 당장 내가 먹고사는 게 걱정이 없다 하여, 인구문제를 간과하지 말아주셨으면 한다.

이 문제는 국가의 문제, 내가 사는 지역의 문제이자, 우리들의 자녀가 살아갈 미래의 문제이다. 대한민국 국민이라면 누구나 생각해야 할 문제인 것이다. 인구문제에 대한 국민들의 높아진 관심, 고민도 인구문제를 해결하는 데 큰 동력이 될 수 있을 것이다.

소유 경영의 장점

2012년 대선 때 경제민주화가 이슈가 되었다. 경제민주화 논의는 요즘 도 진행형이다.

경제민주화 논의를 보면서 내가 아쉬워한 점이 있다. 경제민주화를 주장 하는 사람들 중에서 재벌 등 대기업의 오너십을 지나치게 비난하는 것이었 다. 심지어 그런 사람 중엔 재벌 해체를 주장하는 사람도 있다. 나는 그런 주장이 비현실적이라고 생각한다.

오너십 경영은 우리말로 하면 '소유 경영'이라고 할 수 있다. 소유 경영에 는 나름의 장점이 있다. 먼저 소유 경영은 기업의 지속적인 가치 창조에 대 단히 중요한 조건이다.

기업이 지속적인 가치 창조를 하려면, 강력한 리더십이 있어야 한다. 이 리더십은 탁월한 전문경영인을 통해 구현될 수도 있을 것이다. 그러나 여 기엔 한계가 있다. 강력한 리더십은 결국 오너에 의해 구현될 수밖에 없다.

이는 한국을 대표하는 기업들의 성장 역사를 보아도 알 수 있다. 그 기업들의 탄생·성장·발전의 역사를 살펴보면 미래를 내다본 창업주의 혜안과 리더십이 성장의 밑거름이 되었음을 알 수 있다.

혹자는 오늘날의 상당수 대기업이 한국의 산업화시대에 정부의 지원에 힘입어 성장이 가능했다고 단언한다. 이는 기업경제의 본질을 읽지 못한 진단이다.

지난 시절, 정부의 이런저런 지원정책이 기업의 성장을 도운 측면이 있긴 하다. 그러나 이것은 일부다. 산업화시대에도 성장한 기업은 성장하였고, 경쟁에서 탈락하여 소멸한 기업도 많았다. 그 차이엔 오너의 경영능력, 통찰력, 결단력이 중요한 요인이 되었다. 물론 그 오너를 믿고 따른 수많은 종업원들의 노고도 성장의 소중한 밑거름이 되었다.

더욱 치열해지는 세계경제 환경을 고려하면 소유 경영의 가치는 더욱 높아진다. 시장 변화가 급격할 경우, 기업은 신속한 의사 결정을 내려야 한다. 이때 소유 경영은 신속한 의사결정을 가능하게 해준다. 전문경영인 체제에선 이런 결정이 상대적으로 늦어질 수밖에 없다.

이뿐이 아니다. 소유 경영은 국제 자본시장에서 외국 자본에 의한 공격적인 M&A를 방어하는 데도 유리하다.

이번엔 전문경영인 제도를 보자. 이 제도에는 장점이 있지만, 단점도 있음을 유념해야 한다. 전문경영인 체제는 오너 경영 체제와 비교하면, 강력한 리더십을 보이는 데 한계가 있다. 또 전문경영인은 임기가 있다. 그가 능력을 평가받으려면 임기 안에 괄목할 성과를 내야 한다. 이 경우 경영자는 성급한 결정을 내릴 가능성이 있다. 성과와 실적 달성을 위해, 무리한 구조조정 등 자신에게는 직접 피해가 없는 경영 수단을 구사할 가능성도 있다.

물론 소유 경영도 완벽할 순 없다. 이 세상에 완벽한 제도는 없다. 자본주의 시스템도 마찬가지다. 문제가 있다면 고쳐 나가면 된다. 중요한 사실은 이제 우리나라의 기업경제 역사도 꽤 오래되었으므로, 소유 경영의 좋은 측면을 적극 살려나가는 방안을 찾는 것이라고 생각한다.

가장 큰 문제는 무조건 대기업을 백안시하고, 소유 경영을 당장 없애야 한다는 성급한 주장이다. 이런 태도는 장기적으로 보았을 때 한국경제에 도움이 되지 않는다. 교각살우(矯角殺牛)라는 말처럼, 소의 뿔을 잡으려다가 소를 죽이는 실수를 할 수도 있다.

또 어떤 이는 대기업의 세습경영을 비난한다. 이건 시장의 경쟁에 맡겨 두면 된다. 소유 경영을 대물림하여 2세, 3세가 경영하더라도 흥할 기업은 흥하고 망할 기업은 망한다. 성공과 실패는 모두 그 기업의 몫이고, 오너의 능력 문제다.

어떤 이들은 일부 오너들의 법 위반, 도덕적 일탈을 문제 삼아 대기업 해체를 주장한다. 이런 문제는 사법부, 공정거래법 등 공적 기구를 잘 운용하면 된다.

경제민주화와 관련하여 지적하고 싶은 것이 또 있다. 일부 정치인들이 대중인기에 영합하여 급진적인 주장을 하는 행태이다. 그 중엔 소유 경영의 단점과 위험성을 지나치게 부각하는 사람도 있다. 나는 그런 태도를 보면 어떨 땐 '분풀이 경제민주화'처럼 보인다. 이는 무책임한 태도이다.

현재 상황에서 정치권은 물론 우리 국민이 더 힘을 모아야 할 것은 새로운 성장동력을 만드는 것이다. 그렇다고 분배를 외면하자는 것이 아니다. 성장이 없으면 효과적인 분배도 힘들다는 것이 엄연한 현실임을 인정하자는 것이다.

분배를 더 많이 하면, 성장에 순기능적으로 작용할 것이라는 주장도 있는데, 나는 아직은 아니라고 본다. 더구나 작금의 경제상황을 직시해야 한다. 상황이 너무 안 좋다. 일단 파이부터 다시 키워야 한다. 가장 효과적인 방법은 결국 대기업이 중심이 되는 강력한 성장 드라이브 정책이다.

대기업을 비난하는 풍조가 심화되면 이것은 대기업이 새로운 성장전략을 추진하는 데 있어 브레이크 같은 것이 될 수도 있다. 이런 흐름은 국민경제 전체를 놓고 볼 때도 바람직하지 않다.

내가 이런 말을 한다고 무조건 대기업을 비호하는 것이 아님을 알아주었으면 한다. 자기 자식은 대기업에 취직시키고자 하면서 입만 열면 대기업의 폐해를 주장하는 사람들이 있는 것 같다. 이들은 재벌 해체를 주장하면서 그 대안으로 중소기업 육성을 말한다. 혀를 찰 노릇이며 어리석기 짝이 없는 일이다. 우리나라 재벌은 우리나라에서는 재벌인지 모르지만 외국시장에 나가면 중소기업 수준에 불과하다. 국내시장만이 우리 기업의 활동무대가 아니다. 우리 기업들은 오대양 육대주에 나아가게 해서 미국, 일본, 중국, 독일 기업과 경쟁하게 해야 한다. 그들에게 '파이팅'하라고 힘을 보태주어야 한다. 그렇게 대기업이 살아야 중소기업도 산다. 내가 진정 바라는 것은 우리나라 모든 경제 주체가 함께 성장하는 것이다.

이 책의 앞부분에서도 언급했지만, 글로벌 세계경기침체가 한국을 강타한 2009년, 나는 구미 지역 노동자의 해고를 막기 위해 기업체를 찾아다니며 동분서주했던 사람이었다. 그렇게 행동한 것은 대기업의 생존이 중요한 만큼이나, 그 기업에서 일하는 수많은 근로자의 생존도 중요하다고 생각하였기 때문이다.

2부

역사에서 배운다

세종대왕과 이순신 장군의 백성 사랑

우리나라 국민들이 존경하는 인물을 꼽으라면 많은 사람이 있겠지만, 역사적으로 본다면 단연 이순신 장군과 세종대왕일 것이다. 이 두 분은 정말 훌륭한 분이고 많은 업적을 쌓은 분이다. 세종대왕의 경우, 조선 초기 태평성대를 열었다. 문물제도를 정비했고 천문학과 같은 과학기술을 발전시켰고 우리나라의 보물인 한글을 창제하였다. 간단하게 요즘말로 표현하자면 대왕은 15세기 조선을 당시 세계에서 가장 살기 좋은 선진국으로 만들었던 것이다. 세종대왕 시절의 백성은 생업에 종사하면서 자신의 일만 열심히 하면 행복할 수 있었을 것이다. 세종대왕은 아버지 태종 이방원이 악역을 맡아하는 통에 자신은 임금으로서 백성을 위한 통치에만 주력할 수 있었던 것도 어떻게 보면 왕으로서는 행운이었다고 할 수 있다. 새로운 왕조의 창업과 정치적 안정 위에 그러한 업적을 쌓았던 것이다.

한편 이순신 장군은 세종대왕에 비하면 불리한 처지에 있었다. 선조는 이순신 장군을 의심하여 전적으로 믿어주지 않았다. 류성룡의 건의로 장군은 47세라는 늦은 나이에 전라좌도수군절도사가 되어 임진왜란을 대비했다. 장군이 숱한 역경을 이겨내고 우세한 적에게 전승을 거두며 전사했다는 사실 앞에 우리 국민 모두가 그에게 존경심을 가지는 것은 어쩌면 당연한 일일 것이다. 왜군이라는 앞의 적과 임금의 불신이라는 뒤의 적을 동시에 두고서도 투철한 사명감과 불굴의 의지로 전란을 극복해낸 장군은 우리 한민족이 존속하는 한 영원히 기억될 것이다.

잘 알려지지 않은 이야기지만 장군의 성품을 보여주는 일화가 있다. 장군은 28세 되던 해 무과에 응시하였으나 달리던 말이 거꾸러지는 바람에 왼발을 다치고 낙방한 적이 있다. 그 후 무예를 닦아 32세 되던 해인 1576년 식년무과에 병과로 급제하여 권지훈련원봉사(權知訓鍊院奉事)로 처음 관직에 나갔다. 이때 당시의 병조판서 김귀영이 매파를 보내 장군에게 한 제안을 한다. 자신의 첩이 낳은 여식이 있으니, 장군의 첩으로 삼으라는 것이었다.

조선시대 관리들은 첩을 두는 것이 일반적인 일이었다. 첩의 자식은 신분적 제약이 있어 정실로 시집가기는 어렵기 때문에 첩으로 시집을 보냈던 것이고, 이는 당시의 관례였다고 한다. 무과든, 문과든 관직에 올라 관리가 되면 국가의 녹봉을 받으니 살림살이에 어느 정도 여유가 있게 되고 굶주림은 면할 것, 때문에 관직에 오른 이순신 장군에게 병조판서가 제안하였던 것이다. 하지만 장군은 일언지하에 그 요청을 거절한다. 그 이유는 "자신의 직속상관의 여식을 아내로 받아들이면 어찌 공사(公事)가 제대로 이루어지겠는가"하는 것이었다. 요즘으로 치자면 초임장교가 국방부 장관의 요청을 거절한 것인데, 과연 이순신 장군답다고 할 것이다. 보통 사람 같으면 병조판서의 사위가 못되어 안달이 났을 것이고, 또 그의 청을 거절하면

남유진은 경제다

불이익을 당할지도 모른다고 생각하여 전전긍긍하다가 그 제안을 받아들였을 것이다. 그러나 이순신 장군은 그런 점에서 원칙주의자였고, 바로 그 점이 이순신 장군이 위대한 점이다.

세종대왕과 이순신 장군! 나는 이 두 위대한 인물을 생각하면 늘 가슴이 무겁다. 짧지 않은 세월 동안 공직(公職)에 있으면서 과연 그들의 발끝에도 미칠 일을 했던가? 그런 생각을 하면서 늘 반성하고 새로운 각오를 다지곤 한다. 그러다 보니 나의 생각은 그 두 분의 공통점을 찾기에 이르렀다. 두 분은 도대체 어떤 공통점이 있을까?

그것은 바로 애민(愛民)정신이다. 백성을 사랑하는 마음이다. 두 분이 늘 노심초사하고 밤잠을 못 이루면서 걱정한 것이 바로 백성의 안위다. 세종대왕이 훈민정음을 창제하실 때, 백성이 말하고자 하는 바가 있어도 제대로 그 뜻을 표현하지 못하니 이에 새로 스물여덟 자를 만든다고 하셨다. 백성을 사랑하는 마음이 한글을 만드신 동기인 것이다. 지금 우리가 아주 편하게 휴대폰으로 문자를 보내고 컴퓨터 한글 자판으로 글을 쓰고 문맹률 최저의 국가가 된 것도 다 세종대왕 덕이다. 세종대왕의 백성 사랑은 양반 계층이나 양민에게만 해당하지 않았다.

세종 12년(1430년) 대왕은 신하들에게 이러한 명을 내린다.

옛적에 관가의 노비에 대하여 아이를 낳을 때에는 반드시 출산하고 나서 7일 이후에 복무하게 하였다. 이것은 아이를 버려두고 복무하면 어린 아이가 해롭게 될까봐 염려한 것이다. 일찍 1백 일간의 휴가를 더 주게 하였다. 그러나 산기에 임박하여 복무하였다가 몸이 지치면 곧 미처 집에까지 가기 전에 아이를 낳는 경우가 있다. 만일 산기에 임하여 1개월간의 복무를 면제하여 주면 어떻겠는가. 가령 그가 속인다 할지라도 1개월 까지야 넘을 수 있겠는가. 그러니 상정소(詳定所)에 명하여 이에 대한 법을 제정하게 하라.

간단하게 말하면 임신한 노비에게 1개월의 산전휴가, 100일의 산후휴가를 법으로 정하라고 명한 것이다. 그뿐만이 아니다. 대왕은 노비의 남편에게도 한 달의 출산휴가를 주어 아내를 돌보게 했다. 세상에 이런 임금이 어디에 또 있겠는가?

이순신 장군의 경우도 백성에 대한 사랑은 세종대왕에 버금간다. 이순신 장군은 명량해전 중에 전사했다. 당시 장군의 장례를 치른 기록을 보자.

…우리 군사와 중국 군사들이 순신의 죽음을 듣고는 병영(兵營)마다 통곡하였다. 그의 운구행렬이 이르는 곳마다 백성들이 모두 제사를 지내고 수레를 붙잡고 울어 수레가 앞으로 나갈 수가 없었다.

1598년 11월 1일 선조실록의 기록이다. 백성들이 왜 모르겠는가? 장군이 얼마나 국가와 백성의 안위를 위해 노력했는지를. 그러기에 이순신 장군의 운구를 붙잡고 목 놓아 울었던 것이다. 국가의 공식기록은 아니지만 이때의 정황을 인조 때의 학자 신경(申炅)은 『재조번방지(再造藩邦志)』라는 책에서 좀 더 구체적으로 기록해놓았다.

…우리 군사와 중국 군사가 순신의 죽음을 듣고 진영이 연달아 통곡하기를 자기 어버이같이 하였고, 관을 운반해 가는데 이르는 곳마다 백성이 곳곳에서 제를 지내고 수레를 당기면서 울며 말하기를,

"공이 실로 우리를 살렸는데, 이제 공이 우리를 버리고 어디로 가시오."

하고, 길이 막혀 수레가 나아갈 수 없었고, 길 가는 사람들도 눈물을 뿌리지 않은 이가 없었다. 의정부 우의정으로 증직(贈職)하였다. 형군문(邢軍門) 이름은 개(玠)이 말하기를,

"바다 위에 사당을 세워 충혼을 표창하여야 할 것이다."

하였으나, 일이 마침내 행해지지 않았다. 이에 바닷가 사람들이 서로 솔선해서 사당을 세워 민충(愍忠)이라 부르고 철마다 제사를 지내며 그 밑을 지나는 장삿배도 모두 제사를 지냈다.

"공이 실로 우리를 살렸는데, 이제 공이 우리를 버리고 어디로 가시오"라는 대목에서 찡한 감동이 온다. 온 백성의 장군을 대하는 마음이 그랬던 것이다. 우리 역사에 수많은 인물의 운구가 있었겠지만 이순신 장군의 운구 행렬만큼 감동을 주는 장면은 찾아보기 힘들다. 그뿐만이 아니다. 사당을 세워 그의 충혼을 표창한 것도 바닷가 사람들의 자발적인 행동이었다. 이렇게 세워진 사당에 심지어 지나가는 장삿배들도 제사를 지냈다하니 당시 백성들의 장군에 대한 진실한 마음을 잘 알 수가 있는 것이다.

나는 대학 시절 전공이 철학이었다. 철학하면 어렵게 생각하는 것이 일반적이지만 사실 철학은 '어떻게 살 것인가' 하는 삶의 방향을 묻는 학문이다. 어떻게 살 것인가 하는 질문에 답하기 위해서는, 지난날 우리 선조들이 어떻게 살았는지를 살펴보는 것도 좋은 방법이다. 특히 멸사봉공(滅私奉公)의 위대한 삶을 살다 가신 선조들을 삶을 공부하다보면, 그들의 삶의 태도와 정신적인 자세를 배울 수가 있다. 역사 공부를 통해 위인들을 거울삼아 현재의 나를 점검하고 반성하고 본받을 것은 따르자 하는 것이 나의 지

론이다.

　세종대왕과 이순신 장군을 생각하면 늘 가슴이 서늘해지고 옷깃이 여며진다. 마음과 머리로는 그분들을 따르고 싶지만 늘 모자라는 인간이라 그것이 안타깝다. 다만 늘 노력하겠다는 마음가짐을 가질 뿐이다.

이방원과 조선의 창업

　세종대왕은 태종 이방원의 셋째 아들이다. 드라마 등에서 소개가 되어 관심 있는 사람들은 많이 아는 이야기지만 이방원은 젊은 시절부터 대단한 야심가였다. 조선을 건국한 당사자는 태조 이성계지만, 실제 조선이라는 나라를 개국시키는 데 큰 역할을 한 것은 이방원과 정도전이었다. 이방원의 돌파력과 정도전의 기획력이 조선이라는 나라를 세웠다고 해도 과언이 아니다. 이성계는 패배를 모르는 명장 중의 명장이었지만, 본인 스스로가 왕이 되겠다는 의지는 약했다. 정도전이 야인 시절 함흥으로 이성계를 찾아가 이성계를 부추기면서 참모 역할을 하지 않았다면 그는 고려에 충성한 일개 무장으로 남았을 공산이 크다.

　이성계의 여러 아들 중에 방원은 과거를 통해 고려 조정에 출사한 실력자였다. 이성계가 위화도회군 후 최영을 제거하고 공양왕을 내세워 실권을 잡는 데는 성공했지만, 바로 새 왕조를 수립할 수는 없었다. 민심과 여론의 추이를 보아야 하는 상황이었던 것이다. 이때 고려 구신들의 마지막 반격이 시작된다. 이때의 사정을 들여다보면 정국은 굉장히 긴박하게 돌아간다.

1391년, 즉 조선 개국 바로 일 년 전의 일이다. 이해 1월 삼군도총제부가 설치되어 이성계가 삼군도총제사, 조준은 좌군총제사, 정도전은 우군총제사로 임명된다. 혁명세력은 실질적으로도 명목상으로도 완전히 군부의 병권을 장악하는 것이다. 정도전은 1월에 공양왕의 숭불행사를 비방하면서 불교 세력을 배척하고, 4월에는 고려의 신하 중 큰 영향력을 가졌던 이색과 우현보를 탄핵한다. 이색과 우현보과 우왕과 창왕 옹립에 책임이 있다는 논리인데, 이들은 공민왕의 자식이 아니라 신돈의 자식이라는 게 정도전 일파의 주장이었다. 즉 혈통이 확실하지 않은 왕을 옹립했으니 책임을 지라는 것이었다. 하지만 이 상소는 받아들여지지 않았다. 군권은 이성계 일파가 장악했지만, 고려 조정에는 여전히 고려를 지지하는 이색, 우현보, 정몽주 같은 세력들이 만만찮게 포진하고 있었던 것이다. 그 다음 달인 5월 정도전의 개혁 정치는 한 걸음 더 나아간다. 과전법(科田法)을 제정한 것이다. 과전법 제정은 대단히 혁명적인 조치였다.

과전법은 복잡하지만 간단히 말하면, 관리나 권문세족들이 국가에서 지급받은 토지에서 수확량의 50%를 가져가던 제도에서 10%만 차지하게 하는 대단히 혁신적인 농민 보호 법안이었다. 이는 필연적으로 당시의 기득권 세력인 권문세족들의 경제적 기반을 약화시키고 국가와 신진관료들의 경제적 기반을 확충하는 것이었다. 당연히 권문세족들은 반발할 수밖에 없다. 구세력이 조직적으로 이성계 일파에게 반발하고 나서자, 이성계는 관직에서 물러나 함흥으로 돌아가겠다는 의사를 표명한다. 이후 이성계는 은퇴는 철회하지만 이성계 일파의 균열을 감지한 구세력은 정도전을 몰아내기 위한 작업에 착수한다.

결국 정도전은 국가기밀을 누설했다는 혐의로 탄핵당해 9월 관직에서 물러나 봉화로 유배되었다. 그 다음해인 1392년 4월 결정적인 일이 일어난다. 구세력의 힘을 총집결한 정몽주는 완전한 반격의 기회를 노리고 있던 중이었다. 그런데 4월 해주로 사냥 갔던 이성계가 낙마하여 심한 부상을 당한 것이다. 군권의 핵심이던 이성계의 중병은 권력판도를 뒤흔들었다. 정몽주는 절호의 기회를 놓치지 않으려 했다. 이성계는 어찌할 수 없더라도 그 핵심 브레인인 정도전만 제거하면 이성계는 스스로 좌지우지 할 수 있다고 생각했기에 정도전을 제거하기 위해 안간힘을 쓴다. 귀양에서 풀려나 영주에 머물고 있는 정도전을 체포하여 예천의 옥에 가두고 공양왕에게 정도전을 죽일 것을 요구했지만 공양왕은 이를 허락하지 않았다. 아니 못했다. 자신을 왕으로 천거한 세력의 핵심이 정도전이기도 했거니와 정도전의 뒤에는 군권을 가진 이성계가 버티고 있었기 때문이다.

　　이때 정국을 완전히 뒤집은 사건이 발생한다. 이방원이 부하를 시켜 선죽교에서 정몽주를 제거해버린 것이다. 정몽주를 제거한 것은 구세력에 대한 이성계 세력의 최후의 경고였다. 이성계의 노선을 따르지 않으면 죽음이라는 것을 실제로 보여준 사건인 것이다. 이방원의 나이가 26세였으니 젊은 혈기가 그런 계획을 가능하게 하기도 했지만, 근본적으로는 이방원의 전략가적인 자질을 엿볼 수 있는 대목이기도 하다.

　　'다 된 밥에 코 빠뜨린다'라는 속담이 있다. 어떤 일을 계획해서 완성 단계에 이르러 실수나 다른 요인에 의해 처음 계획이 완전히 망치는 것을 뜻하는 속담이다. 정도전이 그랬다. 왕조 창업을 눈앞에 두고 이성계의 우유부단과 낙마가 대세를 뒤집었다. 이 기회를 놓치지 않고 반격에 나선 정몽주 세력에 의해 정도전의 목숨을 날아갈 찰나, 이방원의 결정적인 반격이 정도전을 살렸다. 정몽주가 이방원에 의해 제거되는 장면을 목도한 고려의 구세력은 가시적이거나 적극적인 저항을 더 이상 하지 못했다. 고려 중앙정계가 공포에 숨을 죽이고 있을 무렵 정도전은 6월 개경으로 올라와 관직을 회복하고, 7월 17일 남은과 조준 등 52명의 신진세력과 함께 이성계를 새로운 왕으로 추대한다.

정도전은 이성계의 브레인으로 활약하며 조선왕조를 창업하는 데 모든 지략을 보탰지만, 결정적인 순간에 한 방으로 전세를 역전시킨 것은 바로 이방원이었다. 정몽주 제거로 인해 이성계로부터 미움을 받긴 했지만 이방원의 결단은 조선 창업에 있어서는 결정적인 것이었다. 이방원은 그런 인물이다. 역사에서 악역을 맡긴 해도 먼 시각에서 새로운 왕조를 위해 헌신했다. 정도전을 제거하고 자신의 배다른 동생을 죽일 때도, 친형과의 권력다툼에서도 이방원은 냉철한 전략가였다. 훗날 세종의 정치를 위해 자신의 혁명동지이기도 한 민무구 등의 처남들을 죽이고, 세종의 장인 심온과 그 동생 심정까지 제거할 만큼 냉정했다. "역사의 악업은 모두 내가 짊어지고 갈 테니, 주상은 성군의 이름을 후세에 남기도록 하시오"라는 게 태종 이방원의 시종여일한 태도였다.

뒤에서도 이야기할 기회가 있겠지만 이방원은 냉철한 정치가이며, 백성들의 삶을 위해 악역이라도 맡겠다는 의지가 매우 강한 사람이었다. 국운이 쇠해 백성들이 신음하던 고려를 뒤엎고 조선이라는 새로운 터전을 세우기 위해 혼신의 힘을 다했던 정도전과 이방원, 그들은 라이벌이었지만 그 둘이 있었기에 조선의 창업과 뒤이은 세종대의 치세가 가능했던 것이다.

정도전의 꿈

　역사책을 읽거나 역사를 생각하면서 얻을 수 있는 소득 중 하나는 위인들을 만나는 것이다. 삼국시대부터 근현대에 이르기까지 우리 역사 속에는 수많은 위인들이 있다. 자신의 안위보다는 국가나 민족을 위해 온몸을 바쳤던 위인들, 나라가 누란의 위기에 처했을 때 불굴의 정신으로 그 위기를 헤쳐가는 위인들!

　어린애들에게 "아빠가 좋아? 엄마가 좋아?" 하면서 실없이 장난을 치는 어른들도 종종 있지만, 나는 내 스스로 우리의 위인들 중에서 "누가 가장 좋아?"하고 물어본 적이 있다.

　말 위에서 대군을 지휘하며 만주 일대는 물론 저 넓은 북방의 땅을 점령하고 신라까지 진격하여 왜군을 쳐부순 광개토대왕도 매력적인 분이다. 신라의 삼국통일에 결정적으로 기여한 김유신 장군, 세종대왕과 이순신 장군, 그리고 빼앗긴 조국을 되찾기 위해 풍찬노숙했던 수많은 독립운동지사들, 이토 히로부미를 처단하고 뤼순의 차가운 감옥에서 형장의 이슬로 사라진 안중근 의사, 순백의 영혼으로 살았던 영원한 청년 윤동주 시인, '겨울은 강철로 된 무지개'라는 시 구절을 남기며 의지를 불살랐던 이육사 시인 등 우리 역사에는 보고 본받을 위인들이 대단히 많고, 그런 위인들로 인해 현재의 대한민국이 존재한다. 물론 이름없는 민초들도 우리 역사와 대한민국을 가능케 한 원동력임도 부인할 수 없다.

앞서 잠시 언급했지만 세종대왕과 이순신은 내가 아주 존경하는 인물이다. 왜 그분들을 존경할까 하고 스스로 물어본 적이 있다. 그 이유는 바로 그분들이 백성을 사랑했기 때문이라고도 했다. 그런데 그 두 분 말고도 내가 존경하는 인물이 또 있다. 바로 정도전이다.

삼봉 정도전은 나주로 귀양간 적이 있었는데 그때 정몽주가 『맹자』를 보냈다. 정도전은 이 책을 아주 천천히 의미를 곱씹으면서 완독했다. 이 책의 근본정신은 바로 다음과 같은 구절이다. "나라는 백성을 근본으로 삼고, 백성은 먹는 것을 하늘로 삼는다(國以民爲本, 民以食爲天)." 이 말보다 더 백성을 사랑하는 표현이 어디 있을까? 왕정시대이건만, 민본주의를 표방하는 것인데, 왕은 백성을 위해 존재한다는 말과 다름없다. 백성이 배불리 먹게 하는 것이 바로 바른 정치라는 생각이 민본주의다. 요즘 일자리 창출이 가장 중요한 화두로 대두되고 있지만 일자리 창출도 결국 국민들이 잘 먹고 살게 하기 위한 민본주의다.

정도전 등에 의해 1392년 7월 17일 왕으로 추대된 이성계는 11일 후인 28일 '교지'를 내린다. 요즘말로 하면 새 왕조의 정책기조를 발표한 셈이다. 여러 항목으로 되어 있지만 그 처음은 이렇게 시작한다.

왕은 이르노라. 하늘이 많은 백성을 낳아서 군장(君長)을 세워, 이를 길러 서로 살게 하고, 이를 다스려 서로 편안하게 한다. 그러므로, 군도(君

道)가 득실(得失)이 있게 되어, 인심(人心)이 복종과 배반함이 있게 되고, 천명(天命)의 떠나가고 머물러 있음이 매였으니, 이것은 이치의 떳떳함이다(王若曰, 天生蒸民, 立之君長, 養之以相生, 治之以相安. 故君道有得失, 而人心有向背, 天命之去就係焉, 此理之常也).

이를 좀 더 쉬운 현대말로 풀이하면 다음과 같다.

하늘은 많은 백성을 내면서 백성을 다스릴 임금을 세워, 임금이 하늘을 대신하여 백성을 편안하게 다스리게 한다. 그러므로 임금의 도리가 옳아 백성을 편안하게 다스리면 백성은 복종하고, 임금이 백성을 잘못 다스리면 인심이 배반하여 임금을 몰아내는 것이니, 이는 바로 하늘의 이치이다.

이것은 정도전의 생각으로 역성혁명의 정당성을 공표한 것이다. 고려의 우왕, 창왕, 공양왕의 정치가 백성들을 위한 것이 아니었기에 이성계를 새로운 왕으로 추대한 배경에는 이런 사상이 깔려 있다는 것이다. 물론 이 말은 맹자의 역성혁명 사상을 계승한 것이지만, 정작 이 말과 함께 정도전의 다음과 같은 말은 나의 정신을 번쩍 들게 하였다.

대저, 남의 음식을 먹는 자는 남에게 책임을 맡아야 하고, 남의 옷을 입는 자는 남의 근심을 품어야 한다(夫食人之食者. 任人之責. 衣人之衣者. 懷人之憂).

여기서 남의 음식을 먹는 자란 국가의 녹을 먹는 사람, 즉 관리다. 관리란 요즘의 공무원인데, 이 말은 바로 공무원의 자세를 지적하는 것이다. 나는 오래도록 공무원을 지냈고, 또 지금도 국민의 공복으로 일하고 있다. 그런 나에게 일침을 가하는 말이 바로 정도전이 1395년 지은 『경제문감(經濟文鑑)』에 나오는 이 구절이다. 공무원으로 혹은 시장으로 녹을 먹는다는 것은 시민들의 삶에 책임을 져야 한다, 그리고 시민들의 근심을 내 근심으로 품어야 한다는 말이다. 물론 나도 그랬다고 할 수 있다. 하지만 진정으로 마음속 깊이 그러한 자세로 임했던가? 확실하게 답할 수가 없다. 그러려고 노력했고, 또 앞으로도 그런 자세로 임하겠지만 정도전의 이 말은 나를 항상 채찍질하게 한다.

정도전은 경세가였다. 경세가란 꿈을 품고 세상을 경영하려는 사람이다. 그 꿈이 무엇인가? 바로 권문세족과 정치적 환경에 의해 핍박받는 백성들을 잘 살게 하자는 것이다. 또 백성들을 책임지고 백성들의 근심을 내 근심으로 치환시켜 그들의 근심을 없애주는 것이다. 세종대왕도 그렇게 하기 위해 살았고, 이순신 장군도 백성들을 구하기 위해 목숨을 걸었다. 그런데 정도전이 나에게 더 매력적으로 다가오는 이유는 무엇일까? 그것은 아마도 나의 위치나 환경에서 기인할 것이다. 만약 내가 군인이라면 당연히 이순신 장군이 더 매력적이었을 것이다. 군인은 무엇보다 지지 않는 것, 이기는 것이 중요하다. 세종대왕은 애초부터 왕자였고 왕이었으니 그 백성을 사랑하는 정신을 제외하면 내가 본받을 수 있는 대상이 아니다. 하지만 정도전은 다르다. 열심히 공부를 해서 관리로 나아갔고, 끊임없이 백성들의 삶을 살피며 그의 사상을 다듬어갔고 꿈을 꾸었다. 마침내 이성계를 만나 자신의 꿈을 실현했다.

그런 점에서 나는 정도전의 정신을 귀감으로 삼고 있다. 시민들을 사랑하고 그 사랑하는 자세가 혹 잘못되지나 않았는지 반성하면서 조금이라도 시민들의 나은 삶을 위해 노력하는 자세를 가지고 있는지 점검한다. 책임 의식을 가지고 근심하면 방법은 나온다는 게 그 동안의 나의 경험이다. 최선의 방법이 아니면 차선이라도 찾아야 한다.

　나도 꿈을 꾼다. 지나간 역사는 이미 정리가 되어 있기에 잘잘못이 분명하게 가려져 있다. 하지만 현실은 오리무중일 수 있다. 잘 판단해서 어떻게 하는 것이 시민들을 위한 최선인가, 나아가 도민들을 위한 최선인가? 삼봉 정도전은 나의 정신적 자세를 가다듬게 해준 나의 스승이다.

조선 최고의 경세가, 정도전

조선이 건국되자 정도전은 눈부신 활약을 한다. 나라의 기초를 다지는 데 엄청난 업적을 남겼다는 뜻이다. 그중 가장 중요한 것은 『조선경국전』의 편찬이다. 이는 조선의 헌법에 해당하는 것으로 훗날에 완성된 『경국대전』의 효시라고 하겠다. 미국 독립선언서를 토마스 제퍼슨이 기초했다는 것은 아는 사람이 많지만 조선의 헌법이 무엇인지 누가 최초의 작성자인지 잘 알지 못한다. 그 주인공이 정도전이다.

정도전은 『조선경국전』 외에도 많은 저술을 했다. 『경제문감』, 『고려사』, 『감사요약』, 『불씨잡변』 등 정치 · 종교사상 · 경제 · 행정 등 각 분야에서 조선정치의 기본이 되는 수많은 저술을 감당했다. 또한 판삼사사, 삼도도총제사 등의 벼슬을 하면서 조선 초기의 경제, 군사, 정치의 수장으로서 수많은 업적을 남겼다. 명나라에 사신으로 갔다 오기도 하고 동북면에 파견되어 변방의 행정과 군사조직을 점검하고 군사훈련도 직접 지휘했다. 한 인간이 어떻게 저렇게 많은 일을 할 수 있는가 하는 생각이 들 정도로 많은 일들을 직접 챙겼던 것이다. 물론 정도전이 조선이 개국한 1392년부터 이방원으로부터 죽임을 당한 1398년까지의 6년 동안 한 일은, 그가 젊었을 때부터, 보다 구체적으로는 나주에 귀양간 30대, 40대 초반의 10년 정도의 기간 동안에 구상한 것이었기에 가능했다. 모든 구상이 경세가 정도전에게는 이미 준비되어 있었던 것이고, 조선 개국 이후에 그것이 구체화되었던 것으로 볼 수 있다.

정도전은 새로운 수도 한양 건설의 책임자이기도 했다. 경복궁, 근정전, 숭례문 등의 한양 도성의 궁궐이나 사대문 이름도 정도전이 지은 것이며 한양 주변의 도성을 설계하고 공사 책임을 맡은 것도 정도전이었다. 그뿐만이 아니다. 한양을 5부로 나누고 52방의 동네로 구획하여 여러 관청을 들어서게 하고 52방의 이름을 지은 것도 바로 정도전이다. 지금도 남아 있는 가회동이니 안국동이니 하는 지명이 바로 그때 탄생한 것이다.

이성계의 염원이었던 한양 건설이 일단락된 것은 1398년 봄이었다. 이때 정도전은 임금에게 '팔경시'를 지어 바친다. 이때를 태조실록은 다음과 같이 기록하고 있다.

> 좌정승 조준(趙浚)과 우정승 김사형(金士衡)에게 신도 팔경(新都八景)의 병풍(屛風) 한 면(面)씩을 주었다. 봉화백(奉化伯) 정도전(鄭道傳)이 팔경시(八景詩)를 지어 바쳤는데, 첫째는 기전(畿甸)의 산하(山河)였다…

정도전이 지어 이성계에게 바쳤다는 팔경시의 내용은 무엇일까? 그 제목은 기전산하(畿甸山河), 도성궁원(都城宮苑), 열서성공(列署星拱), 제방기포(諸坊碁布), 동문교장(東門教場), 서강조박(西江漕泊), 남도행인(南渡行人), 북교목마(北郊牧馬)였다. 이 여덟 가지의 시 제목에 각각의 내용이

따라온다. 가령 첫수인 기전산하는,

비옥하고 풍요로운 기전(畿甸) 천리,
표리(表裏)의 산하가 1백 둘이로다.
덕교(德敎)의 형세를 얻어 겸하였으니,
역년(歷年)이 천년은 점칠 수 있도다.

라는 내용이 따라온다. 이것을 쉽게 풀이하면 도성이 들어선 한양은 경기도 중간인데, 비옥하고 풍요로운 땅이며 복이 있어 천 년은 지속할 것이며, 둘째 도성궁원은 한양의 외곽도성은 방어하기에 철옹성 같고, 성안의 궁궐은 아름답기 그지없다, 셋째 열서성공은 세종로 등에 들어선 여러 관청이 우뚝하고, 넷째 제방기포는 궁성 안에 들어선 여러 여염집에서 피어오르는 밥 짓는 연기가 가득하고, 다섯째 동문교장은 동대문 밖 군사 훈련장에는 군마와 병사가 가득하며, 여섯째 서강조박은 여러 조운선이 실어오는 곡식이 서강 일대의 창고에 가득하다는 것이고, 일곱째 남도행인은 남쪽 노량진 부근 나루에는 행인들이 사방에서 모여들고 있으며, 여덟째는 북교목마는 성 북쪽 목장에는 수많은 군마가 잘 자라고 있다는 것이다.

대단한 자부심이다. 새롭게 왕조를 창업한지 이제 6년 이제 새 나라의 모든 것이 정비되었다는 자신감의 표현인 것이다. 이를 세분해보면 토목과 건설 사업의 완비, 민생의 안정, 조세제도와 국방의 완비 등이다.

1398년 4월 정도전이 팔경시를 지어 바쳤다는 태조실록의 기록은 조선 건국의 주체세력이 새로운 나라 조선을 건국하고 그들의 이념대로 건국사업을 일단락했다는 보고서를 임금에게 올렸다는 기록이기도 하다. 그 보고서를 정도전은 시로 지어 바친 것이다. 이것은 조선 건국세력의 자신감의 표현이기도 하다. "우리는 나라를 세웠고, 우리가 세운 나라는 지금 이렇게 안정되고 부강해졌습니다"라는 보고서! 이 팔경시는 정도전과 같은 경세가가 필생의 사업을 마무리하는 보고서이기도 하다. 특히 서강조박을 표현하는 다음과 같은 구절은 주목하지 않을 수 없다.

> 사방(四方)이 서강(西江)에 모여드니,
> 용(龍)같이 날치는 만곡(萬斛)의 배로 나르는도다.
> 천창(千倉)에 붉게 썩는 것을 보려무나.
> 정치하는 것은 먹이가 족한 데에 있도다.
> (四方輻輳西江, 拖以龍驤萬斛. 請看紅腐千倉, 爲政在於足食)

이 시를 현대적으로 풀이해보자. 한양이 도성으로 정해지면서 각 지방의 세곡은 배로 지금의 마포나루에 도착한다. 이 곡식은 국자 재정의 근간이다. 이 곡식이 마포나루 근처에 들어선 수많은 창고에 넘쳐나서 썩을 정도로 많이 쌓여 있다. '정치란, 보라, 먹는 것이 풍족해야 하는 것을!' 이런 뜻이다. "고려 때는 국고가 텅텅 비었지만 이제 국고가 넘쳐나서 백성은 굶주리지 않고 살게 되었다. 새 왕조를 창업한 우리가 바로 이렇게 해 냈다. 곡식이 썩어날 정도로 국고가 가득찼다. 백성은 먹는 것이 하늘이라 했거늘, 우리가 이것을 이루었도다!"

정도전의 이 자신감은 역성혁명의 정당성을 6년이 지나서 현실적으로 증명한 데서 오는 자신감이기도 하다. 역성혁명파의 역사적 정당성을 이 시는 설파한 것이며, 태조는 이것을 병풍으로 제작하며 또 다른 정승에게 하사한다.

하지만 경세가 정도전에게, 하늘은 여기까지만 허락했다. 이후 정도전은 명나라의 지속적인 압박에 봉착하자 — 명나라는 정도전을 요동정벌의 주역으로 보고 명나라로 압송하라는 압력을 계속 행사한다 — 이성계와 더불어 새로운 돌파구를 계획한다. 그것은 두 가지 효과를 한꺼번에 보자는 일거양득의 계책이었다. 첫째는 완전한 왕권 강화, 둘째는 명나라의 간섭을 배제하고 독립국의 위상을 높이는 것. 바로 요동정벌이었다. 요동정벌을 위해 군사력을 왕권에 완전히 종속시키는 것, 즉 그때까지 이방원을 비롯한 여러 왕자가 나누어 가지고 있던 일부 군사력을 한 군데 모으는 작업을 한다. 그것이 바로 사병혁파이며 진법 훈련이다. 요동정벌을 위해 사병을 혁파하고 실제 요동을 정벌하여 명나라의 간섭을 물리치자는 것, 이것이 경세가 정도전의 마지막 사업이었다.

1398년 8월 초 정도전은 훈련에 참가하지 않은 왕자들을 압박하고, 이에 이방원은 8월 26일 새벽 2시, 남은의 집에서 회합하고 있었던 정도전 일파를 급습, 정도전 일파를 제거하고 경복궁으로 난입, 어린 세자를 체포하기에 이른다. 이것이 역사에서 말하는 제1차 왕자의 난이다.

이방원의 입장에서 보자면, 정몽주 제거를 통해 왕권을 획득한 것이지만, 만약 정도전의 마지막 꿈이 이루어졌다면 동아시아의 역사는 어떻게 변했을지 모른다. 하지만 역사에는 가정이 없다.

비록 정도전은 비명에 갔지만 그의 백성에 대한 사랑과 그의 빛나는 기획력은 조선이라는 새로운 시대가 가능하게 했다. 조선의 기획자이며 설계자였던 정도전! 그 불굴의 의지 밑바탕에 흐르는 애민정신, 무에서 유를 창조한 실천력 등은 후세 사람들에게도 전해주는 바가 많다.

정도전에 대한 관심을 가지면서 그의 전기 여러 권을 읽고 또 일전에 인기리에 방영되었던 드라마를 보면서 많은 생각을 했다. 그는 10여 년의 귀양살이에서도 좌절하지 않고 기다렸다. 아니 그냥 기다리는 것이 아니라 준비했다. 세상에 대해 배우고 천민에게서도 배우고 백성들에 대한 사랑의 마음을 키워나갔다. 때를 만나자 거침없이 앞을 보고 돌파했다. 마지막 단 하나 목표를 이루지 못했지만, 정도전이 뿌린 씨앗은 조선 전체를 관통해 오늘에까지 그 열매로 남아 있다. 그는 위대한 경세가였다.

조선 역사를 통틀어 정도전은 역적으로 비판받고 그 이름은 사장되었지만, 이방원은 그의 자식을 완전히 도태시키지 않고 가문을 잇도록 했다. 이방원은 정도전이 내세운 백성과 신하 우위의 사상에 반기를 들도 그것을 제지했지만, 그가 조선 건국에 세운 큰 공은 그대로 인정하였던 것이다. 이방원의 인간적 풍모를 알 수 있는 대목이다. 정도전은 그가 죽은 지 467년 만인 고종 때, 대원군에 의해 1865년 복권되었다. 조선을 개국하는 데 큰 공을 세운 정도전은 거의 500년간 역적으로, 조선 개국을 결사반대했던 정몽주는 충신으로 인정받았던 것이야말로 역사의 아이러니라 할 것이다.

점필재 김종직의 백성 사랑

야은 길재와 점필재 김종직. 내 고향 구미, 선산에서 어릴 때부터 들어왔던 인물이다. 야은 선생은 고려 말 삼은(三隱) 중의 한 분으로 태종 이방원과 동문수학했으나 조선이 개국하자 구미로 낙향, 벼슬을 하지 않고 제자들을 길렀다.

금오산 입구에 채미정이란 정자가 있는데, 영조 44년인 1768년 건립되었다고 한다. '채미(採薇)'는 고사리를 캔다는 뜻으로, 은(殷)이 망하고 주(周)가 들어서자 새로운 왕조를 섬길 수 없다며 수양산에 들어가 고사리를 캐 먹으며 은나라에 대한 충절을 지켰던 백이·숙제의 고사에서 따온 이름이다. 채미정은 기둥 16개의 제법 규모 있는 정자로 냇가 바로 옆에 있다. 아마도 채미정에서 구미 지방의 선비들이 여름이면 모여서 글도 짓고 시냇물에 발도 담구면서 풍류를 즐기곤 했을 것이다. 이 채미정도 약 200년의 세월이 흐르자 건물도 쇠락하고 담장도 허물어져 초라하게 변모했다. 마침 구미가 고향인 박정희 대통령이 지시를 하여 건물을 중수하고, 다리도

남유진 경제다

새로 놓아 지금에 이르고 있다. 다리 건너편에는 당시 중수한 내역을 기록한 비석이 하나 서 있는데 박정희 대통령의 반듯한 글씨를 볼 수 있는 역사 자료라 하겠다. 또 비석 뒤편에는 국회의장을 지냈던 이효상이 지은 글이 서예가 김충현의 글씨로 음각되어 있다. 채미정도 채미정이지만 이 비석도 문화재감이다.

야은 선생은 포은 정몽주에게 글을 배웠고, 고려 말 벼슬을 했지만 조선 건국 후 낙향 이방원의 거듭된 요청에도 불구하고 구미를 떠나지 않고 후학을 양성했다. 그의 제자 중의 한 사람이 바로 김숙자이다. 김숙자는 세종 때 과거에 급제해 관계에 진출했지만, 당시 훈구파들의 집단적인 견제로 인해 그 뜻을 펼치기 힘들었다. 김숙자의 아들이자 제자가 바로 김종직이다.

김종직은 요즘 말로 하면 대단한 학자이자 시인이자 교육가였다. 흔히 영남 유학의 종조(宗朝)라고 한다. 선산에서는 점필재 선생에 대한 이야기가 많고 선산 김씨들은 선생에 대해 대단한 자부심을 가지고 있다. 그럴만한 충분한 이유가 있다.

고려 말인 14세기에 활약한 학자관료층을 신흥사대부라 일컫는다. 이들은 이성계와 조민수의 위화도회군 후 이색, 정몽주 중심의 고려개혁 온건 절의파와 이성계, 정도전 중심의 새로운 국가 건설 역성혁명파로 갈라진다. 그 후 역성혁명파는 조선을 건국하고, 절의파는 정몽주, 이색, 이숭인처럼 혁성혁명파에 의해 살해되거나 두문동 72현, 그리고 길재처럼 벼슬을 버리고 깊은 산골로 숨어들게 된다.

세월이 흘러 세종조에 들면 은둔파 일세대의 제자나 자녀들이 중앙 정계에 조심스럽게 진출하는데 김숙자의 경우가 그런 경우고, 김종직의 경우

은둔파 3세대에 해당한다. 본래 유학은 '수신제가치국평천하(修身齊家治國平天下)'가 기본이기에 늘 글만 읽고 은둔할 수는 없다. 자신이 배운 학문을 세상을 위해 펼쳐야 하는 것이다. 세조, 예종까지는 역성혁명파의 사대부들, 즉 훈구파들의 자제나 제자들로 관료층이 형성되었지만, 성종조에 이르면 은둔파 즉 사림파의 현실 참여가 본격적으로 이루어진다. 그 원조가 바로 김종직이다. 특히 김종직은 많은 제자들을 길러 영남사림파의 종조라 일컬어졌던 것이다.

점필재 선생이나 퇴계 선생 같은 분은 그 학문이나 인품도 뛰어나지만 지금 생각하면 족집게 과외선생이었던 것 같다. 과거에 급제한 제자들이 그렇게 많으니 하는 말이다. 점필재(佔畢齋) 김종직은 학문의 도덕적 실천으로 인륜의 기강을 바로잡아 위민정치사상의 본질인 민본(民本)의 이상 실현을 추구한 학자이자 문신이었다.

점필재 선생의 학문을 논할만큼 나의 지식은 깊지 못하다. 하지만 그의 인간적인 모습이나 백성을 사랑하는 그의 자세는 본받을 수 있다. 성종은 유교를 정치이념으로 채택하고 유학을 크게 장려했다. 즉위 원년 경연을 열어 뛰어난 문사를 선발한 것도 그런 맥락이었다. 선생도 경연에 응시해 10명 중 수석을 차지했다. 성종 임금은 수석한 김종직을 예문관수찬지제교 겸 경연검토관 춘추관기사관에 제수했다. 그러나 선생의 노모가 일흔한 살로 언제 돌아가실지 몰랐다. 효성 지극한 선생은 시골로 내려가 어머니를 봉양하고 싶다며 사직을 청했다. 임금은 사직을 윤허하지 않았고, 대신 어머니를 가까이에서 봉양할 수 있도록 함양군수에 제수했다. 김종직은 최선이 아닌 차선을 받아들여 함양군수에 부임했다. 어머니를 함양에 모셔가서 봉양하며 낮엔 일하고 밤엔 후학을 양성하겠다는 계획이었다.

1471년, 점필재 선생은 나이 마흔한 살에 함양군수로 부임하여 밤에 문도들에게 학문을 강석했다. 그런데 선생은 함양에서 차(茶)가 생산되지 않는데도 해마다 백성들에게 차세가 부과되고 있는 현실을 목도했다. 백성들은 나라에 차를 바치려고 전라도 여러 곳에서 쌀 한 말에 차 한 홉을 바꾸어 나라에 바쳤다. 그래서 선생은 함양군에 부임한 처음부터 그 폐단을 알고서 백성들에게 차세를 부과하지 않고 관(官)에서 자체로 구해다가 나라에 바쳤었다.

그런데 선생이 한번은 김부식이 지은 『삼국사기』를 읽다가 차에 관한 기록을 발견했다. 신라 흥덕왕 때(828년) "당나라에 들어갔다가 돌아온 사신 대렴(大廉)이 차나무 종자를 가지고 왔기에 임금이 지리산(地理山)에 심게 하였다. 차는 선덕왕(善德王) 때부터 있었으나 이때에 와서 크게 유행하였다"라는 기록을 발견했다. 그러자 선생은,

"아, 군(郡)이 바로 이 산 아래에 있는데, 어찌 신라 때의 남은 종자가 없겠는가"

하고, 군의 나이 많은 농부들을 만날 때마다 그것을 찾아보게 한 결과, 과연 엄천사(嚴川寺)의 북쪽 죽림(竹林) 속에서 두어 그루를 찾았다. 그러자 선생은 매우 기뻐하면서 그 땅을 다원(茶園)으로 만들도록 했다. 그 근처가 모두 민전(民田)이었으므로 관전(官田)으로 보상해주고 그것을 사들였다. 그래서 그곳에 차밭을 만들어 차세를 내도록 했다.

요즘말로 하면 군에서 직접 차밭을 운영한 셈이다. 이는 군민들의 부담을 덜어주려 한 백성을 위한 행정인 셈이다. 지금도 경남 함양에 가면 당시에 점필재 선생이 조성했던 관영 차밭 조성터가 남아 있고, 1998년 이를 기념하기 위해 당시 함양군수가 세운 비가 남아 있다.

점필재(佔畢齋) 김종직(金宗直) 선생(生一四三一~歿一四九二)은 목민관

으로 一四七一년부터 一四七五년까지 우리 고을 함양군수로 재임하시면서 군민들이 나지도 않는 차를 공납(貢納) 하느라고 온갖 어려움에 처한 것을 보시고 엄천사(嚴川寺) 북쪽에 관영(官營) 차밭(茶園)을 조성하여 그 고충을 덜어 주었으니 선생의 높은 뜻을 영원히 기리기 위하여 이 비를 세우다.

점필재 선생은 차밭을 조성하고 매우 기뻐한 나머지 시를 지었는데, 그 시의 내용을 소개한다.

차밭

신령한 차 받들어 임금님 장수케 하고자 하나
신라 때부터 전해지는 씨앗을 찾지 못하였다
이제야 두류산 아래에서 구하게 되었으니
우리 백성 조금은 편케 되어 또한 기쁘다.

대밭 밖 거친 동산 백여 평 언덕에
자영차 조취치 언제쯤 자랑할 수 있을까
다만 백성들의 근본 고통을 덜게 함이지
무이차처럼 명다를 만들려는 것은 아니다.

조정에 바치는 차밭은 만든 이유가 중국의 유명한 차인 무이차처럼 명차를 만들려는 것이 아니고 '백성들의 근본 고통'을 덜게 하려했다는 선생의 생각이 잘 나타나 있다.

남유진은 경제다

1475년 함양군수로 재임하던 마지막 해에 선생께서 함양에서 했던 일에 대해 다음과 같은 기록이 『점필재집』에 있다.

함양성(咸陽城)의 나각(羅閣)이 모두 243칸(間)이었는데, 한 칸마다 세 가호(家戶)가 함께 출력(出力)하여 볏짚으로 지붕을 이어왔다. 그런데 해마다 비바람에 지붕이 걷힐 때면 비록 한창 농사철이라 할지라도 백성들이 반드시 우마차에 볏짚과 재목을 싣고 와서 수리를 하곤 하였다. 역대에 걸쳐 계속 이렇게 해오다 보니, 백성들이 매우 괴롭게 여기었다. 그래서 2월 어느 날에 선생이 부로(父老)들과 상의하여 다시 전지(田地) 10결(結)을 비율로 삼아 한 칸마다 거의 열 가호씩을 배정해서 그 썩은 재목을 바꾸고 또 기와를 이게 하였더니, 한 가호에 겨우 기와 10여 장씩만 내놓아도 충분하였고, 일도 5일이 채 못 가서 마치게 되었다. 백성들이 처음에는 졸속하게 경장(更張)시키려는 것을 의아하게 여겼었으나, 일이 완성된 뒤에는 모두 기뻐하며 좋다고 일컬었다.

목민관을 지낸 나로서는 이 대목에 주목할 수밖에 없다. 민원을 어떻게 해소하느냐 하는 문제이기 때문이다. 당시 함양군에 있었다는 나각은 무엇이었을까? 243칸이라고 기록해놓은 것을 보면 상당히 큰 규모라는 것을 알 수 있는데, 그렇다면 이 나각은 분명 상가였을 것이다. 당시 읍성들의 구조를 살펴보면 외곽에 성곽이 있고 중앙에 관아와 객사가 있다. 또한 관내의 백성들이 물건을 사고 파는 상가가 분명 존재했을 것이다. 요즘말로 하면 공설시장이 반드시 필요했을 것인데, 벽이 있는 폐쇄된 구조보다는 지붕만 있는 개방된 구조라야 편리했을 것이다. 지붕이 있어야 햇볕과 비를 피해 원활하게 상행위를 했을 터인데 문제는 이 지붕이 초가지붕이어서

비바람에 취약해 농사철이라도 초가지붕이 날아가버리면 농민들이 또 동원되어야 했다. 이를 완전히 해결하는 방법은 무엇이었을까? 바로 기와로 지붕을 얹는 것이다. 하지만 이렇게 하려면 돈이 든다. 점필재 선생은 이것을 '부로들과 상의해서' 한 칸마다 열호를 배정해서 재원을 마련해서 불과 5일 만에 해결했다는 것이다. 백성들이 처음에는 불만이 있었지만 나각이 번듯하게 완성된 뒤에는 모두 기뻐했다는 기록을 보면 요즘 행정에도 시사하는 바가 많다.

여기서 선생의 일처리의 순서를 볼 수 있다. 첫째 여론을 모은다, 둘째 골고루 부담을 하여 백성들의 부담을 최소화시킨다, 이런 사전 준비를 뒤에 셋째 농한기에 일을 빨리 끝낸다.

점필재 선생의 백성 사랑도 바로 이와 같았다. 목민관으로서의 이런 깔끔한 행정은 바로 백성들을 사랑한 기본적인 자세가 있었기에 가능한 일이 아니었을까? 내가 점필재 선생을 자랑스럽게 생각하는 것은 내 고향 인물이어서만은 아니다. 또한 대단한 학자로 수많은 제자들을 길러내서만도 아니다. 물론 그것도 훌륭한 것이지만 내가 그를 존경하는 것은 이런 그의 애민정신과 행정적 능력 때문이기도 하다.

가족사적으로 보면 점필재 선생은 상당히 불우했다. 첫째 부인인 신씨 사이에서 5남 2녀가 있었지만, 다섯 아들이 어렸을 때 모두 차례로 사망했다. 또한 사랑하고 의지했던 부인마저 선생보다 일찍 돌아가셨다. 그때 선생이 아내의 사망을 애도하면서 지은 글이 있다.

월일(月日)에 남편인 모관(某官) 김종직(金宗直)은 삼가 청작(淸酌)과 시수(時羞)의 전(奠)으로써 감히 망실(亡室) 조씨(曹氏) 숙인(淑人)의 영전

남유진은 경제다

에 슬피 고합니다.

아 숙인이여
어이 그리 빨리도 나를 버리는고
백년해로 하자던 그 약속이
겨우 삼분의 일만이 지났는데
삼십 년 동안 함께했던 배필과
하루 아침에 영결을 하는구려
지난 일들을 거슬러 생각하면
어찌 차마 말을 할 수 있으랴
아 슬프도다
그대는 명족의 가문에 태어나
유자인 나의 배필이 되어
유순하고 착하고 너그럽고 인자하며
마음 속에 정한 척도가 있어
선비를 공경하여 받들었고
만년엔 더욱 온화하고 너그러우니
(중략)
나는 본디 비둘기처럼 졸렬하여
항아리 곡식이 자주 떨어졌으나
그대 또한 가난을 잘 견디고
영리를 전혀 일삼지 않았으며
거친 음식과 거친 의복으로
끝내 조금도 변함이 없었네

손님 접대나 제사를 지낼 적엔
의물을 반드시 준비하되
그대가 간을 맞추어 조리했는데
명아주잎 콩잎도 맛이 좋았지
(중략)
이제 막 벼슬살이를 그만두고
나물이나 캐고 낚시질이나 하며
백발의 늘그막에 서로 의지하면서
여생을 보전하려고 계획했는데
이 계획을 거의 이뤄가는 가운데
어찌하여 갑자기 이 지경에 이르렀나
아 슬프도다
(중략)
저승에서 가족이 서로 만나면
그 즐거움이 진진하겠네
죽은 사람은 그렇게 되겠지만
산 사람은 누구를 따른단 말인가
단술 올리고 이렇게 고하면서
끝없이 부르짖어 통곡하노라
아 슬프도다

봉건시대였지만 아내를 사랑하고 존중하는 선생의 마음이 가슴에 와 닿는다. 항아리 곡식이 떨어질 만큼 부를 추구하지 않은 그의 청빈한 삶도 존경스럽지만, 선생의 아내 신씨 역시 묵묵히 그 역할을 다했던 것이다. 이

어찌 아름답지 않으랴. 저승에서 먼저 간 자식들과 아내와 다시 만나면 오히려 즐겁겠다고 하면서, 현실에서는 30년을 함께 한 아내의 죽음에 '끝없이 부르짖어 통곡'하는 선생의 모습이 눈에 처연하게 그려진다.

그렇다. 점필재 선생은 영남유학의 종조라서 내가 그를 존경하고 사랑하는 것은 아니다. 가정에서는 다정다감하고 부모에게는 효도하고 관리로서는 백성을 위해 최선을 다한 그의 삶의 자세가 나를 감동시켰기 때문이다. 우리 경북인들은 우리 선조 중에 이런 분이 있다는 것을 얼마든지 자랑스러워해도 좋다는 게 내 생각이다.

퇴계 선생에게 배우는 교육의 중요성

퇴계 이황(李滉)을 모르는 사람은 별로 없다. 천 원짜리 지폐를 장식한 인물, 경상도가 배출한 최대의 학자가 바로 퇴계 선생이기 때문이다. 퇴계 선생은 한국뿐만 아니라 일본이나 중국, 심지어 미국에서까지 학문과 사상이 연구되는 그런 대학자이시다. 제자도 아주 많아 문하에 김성일, 류성룡 같은 훌륭하신 분들도 엄청나게 많이 배출했다.

나같이 유학에 문외한인 사람이 퇴계 선생을 논하기는 어렵다. 하지만 제자 김성일과 주고받은 문답을 보면 좀 쉽게 이해할 것 같기도 하다.

제자 김성일이 어느 날 퇴계 선생에게,

"선생님 이(理)의 의미가 무엇입니까?"

하고 물었다. 이에 선생께서는 이와 같이 답변하셨다고 한다.

"어려운 것 같지만 실제로는 쉽다. 옛날 선비들이 '배를 만들어서 물을 건너고 수레를 만들어서 땅 위를 다닌다'고 한 말을 떠올리면 다른 것도 다 알 수 있다. 배로 물을 건너고 수레로 땅 위를 다니는 것은 이(理)이다. 그런데 배로 땅 위를 다니고 수레로 물을 건너는 것은 이가 아니다. 임금은 어질어야 하고 신하는 공경해야 하며 아버지는 자애로워야 하고 자식은 효도를 해야 하는 것은 이이다. 그런데 임금이 어질지 못하고 신하가 공경하지 않고 아버지가 자애롭지 못하고 자식을 효도를 하지 않으면 그것은 이가 아니다. 천하에 마땅히 행해야 하는 것은 이이고 행하지 말아야 하는 것은 이가 아니다. 이것으로 모든 것을 미루어 짐작하면 참된 이가 무엇인지 알 수 있을 것이다."

퇴계 선생의 말씀은 '임금은 어질어야 하고 신하는 공경해야 하며 아버지는 자애로워야 하고 자식은 효도를 해야 하는 것'이 바로 도리라고 답하신 것이다. 자기 맡은 바 본분을 잘 알고 그것을 실천하는 것이 도리라는 지극히 상식적인 말씀을 하신 것인데, 사실 상식이 중요하다. 퇴계 같은 분이 말씀해놓으셨기 때문에 그것이 상식이 된 것이다.

내가 젊은 시절 군수를 지낸 청송에선 퇴계 선생과 관련해서 아주 재미난 이야기가 전해지고 있다. 퇴계 선생은 진성 이씨인데 진성은 청송군 진보면의 옛 이름이다. 그러니까 진보 이씨인 것인데, 퇴계 선생의 윗대 조상은 진보에서 향리를 지냈던 것 같다.

청송군 파천면 신기리에는 묘(墓) 하나가 있다. 이 묘지가 퇴계 선생의 육대조 호장공(戶長公)의 유해를 모신 곳이라고 한다. 퇴계 선생의 5대조 되시는 분이 진보에서 향리로 있었는데 새로 원님이 부임했다. 이 원님이 풍수지리에 밝아 어느 날 신기리에 이르러 산세를 살피다가 한 곳을 가리키며 천하의 명당자리라고 했다고 한다. 5대조께서 그것을 증명할 수 있는 방법이 무엇이냐고 묻자 원님은 "달걀을 가지고 파묻어 두었다가 자시(子時, 하오 11시부터 상오 1시까지)까지 기다렸다가 달걀 묻어둔 곳에서 닭우는 소리가 나는지 들어보라"고 하였다.

그런데 5대조께서는 산기슭에 달걀을 묻긴 묻었지만 썩은 달걀을 묻었다. 그러니 닭이 부화할 리가 없는 것이다. 원님은 실망하였지만 더 따지지는 않고 그냥 지나가버렸다.

후일 호장공이 돌아가시자 5대조께서는 바로 그 자리에 아버지를 안장했다. 그런데 이상한 일이 벌어졌다. 안장한 시신이 하룻밤 만에 땅 위로 불쑥 솟아올라 있었던 것이다. 이런 기괴한 일이 있나 하고 다시 안장을 했지만 그 다음날 똑같은 일이 벌어졌다. 그래서 5대조께서는 할 수 없이 개경으로 원님을 찾아갔다. 그분은 개경에서 높은 벼슬을 하고 있었고, 찾아간 5대조를 보자 이미 상황을 눈치채고 "자네 묏자리 때문에 날 찾아왔구먼" 하는 것이 아닌가? 그렇다고 답하자, 원님은 "터가 좋기 때문에 필경 도깨비들의 놀이터가 되었을 것일세. 그러므로 평범한 사람은 그 자리에 묘 쓰기가 어려움을 겪을 것이네. 부친의 시신에 이 관복을 입혀 다시 묻는다면 두 번 다시는 그런 불상사를 겪지 않을 것이네" 하고 관복을 내려주시는 것이 아닌가. 5대조는 은혜에 감읍하며 원님이 시키는 대로 했다. 그랬더니 시신이 땅 위로 솟아오르는 변고는 없었다. 그 일이 있은 후, 6대 만에 그 유명한 학자인 퇴계 이황 선생께서 태어났다는 것이다.(이상 전설은 소설가 김주영의 『오래된 단지』에서 참조)

물론 이것은 전설이어서 사실과는 거리가 있을 것이다. 퇴계 같은 분의 성리학은 미신이나 풍수지리를 특히 배제했을 것이므로 이 이야기는 그냥 청송 지방의 전설일 뿐이다. 그러나 이런 이야기가 존재하고 있다는 사실 자체가 경북에서 퇴계 선생을 큰 인물로 얼마나 존경하는 지를 알려주는 것이라 하겠다.

모든 위대한 인물이 그렇지만 퇴계 선생도 여러 어려움이 있었다. 태어난 지 7개월 만에 아버지가 돌아가신 것도 그렇고, 존경하고 늘 의지했던 가형 이해(李瀣)의 억울한 죽음이 그랬다.

명종 4년(1549년) 8월, 퇴계 선생의 넷째 형 이해가 세상을 떠났다. 이해는 일찍이 벼슬길에 올라서 집안을 일으켜 세운 인물이었다. 성격이 청렴하고 강직해서 관직에 있을 때는 권세가에게 아부하지 않았으며 바른 말하는 걸 주저하지 않았다. 그런데 이 죽음이 너무나 억울한 죽음이었다. 이해가 돌아가시기 5년 전, 중종의 맏아들 인종이 즉위했다. 인종은 병약하여 재위 9개월 만에 사망하였는데 사건은 이때부터 시작되었다. 인종은 즉위하자마자 소윤세력의 세도가였던 이기를 우의정에 임명했다. 이 인사는 조정에 물의를 일으켰다. 겉으로는 원로대신을 발탁한 것이지만 실제로는 왕실의 외척을 고위직에 임명한 것이었다. 국정을 감찰하는 기관인 사헌부 대사헌으로 있던 이해는 이 인사가 불가하다는 상소를 올렸다. 인종은 인사를 번복할 수 없다고 버텼으나 사헌부와 사간원의 반대가 워낙 심하자 결국 이틀 만에 인사를 취소했다. 이 일 때문에 이기는 이해에게 앙심을 품었다. 인종이 승하하고 명종이 왕위에 오르자 소윤이 정권을 장악하게 되었다. 그러자 이기는 원한을 품고 있던 인물들에게 복수를 했다. 당시 한성부 부윤으로 있던 이해는 이기의 모함으로 역모에 가담했다는 죄를 뒤집어썼다. 참혹한 고문 끝에 곤장 100대를 맞은 후 갑산으로 유배를 가던 길에 양주 부근에서 장독이 도져 세상을 떠나고 만 것이었다.

이 당시 퇴계 선생은 풍기군수로 있었는데, 12월 군수직에서 물러나 고향으로 돌아왔다. 집안의 기둥이었던 형이 억울하게 세상을 떠나자 이황은 너무나 마음이 아팠던 것이다. 겉으로는 병환이 심해져서 더 이상 직무를 수행할 수 없다는 이유였지만, 실제로는 이해의 죽음을 계기로 현실정치에 대해 환멸을 느낀 나머지 낙향했다고 보는 게 타당할 것이다.

퇴계 선생이 살았던 16세기 조선은 조선 건국세력의 후예인 훈구파와 새롭게 등장하는 사림파가 첨예하게 갈등했다. 이 갈등은 무오사화(戊午士禍), 갑자사화, 기묘사화, 을사사화 등으로 나타나 수많은 사림파가 억울하게 죽어나갔다. 그럼에도 불구하고 사림파는 도학과 성리학의 근본정신을 바탕으로 계속 조정에 진출했다.

무오사화는 선생이 태어나기 3년 전, 갑자사화는 네 살 때, 기묘사화는 열여덟 살 때, 을사사화는 선생이 마흔네 살 때 일어났다. 선생은 네 번의 사화와 함께 생애를 같이 했다고 해도 과언이 아닐 정도이다. 이러한 시대적 배경을 통해 당대의 정치적 분위기가 어떠했는지, 정치적으로 사림파에 속했던 퇴계 선생이 어떠한 심정으로 그 시대를 살아갔을지 어렴풋이 짐작할 수 있다. 관직이란 결국 목숨을 내놓고 살아야하는 살얼음판과 같은 것이었다. 때문에 퇴계 선생은 걸핏하면 벼슬을 내려놓고 귀향하고자 했다. 임금의 부름을 가장 많이 물리친 것도 퇴계 선생이다. 선생은 아마도 당시의 정치를 바로 잡아보겠다는 생각도 있었지만, 미래세대를 양성하여 그들이 선생이 꿈꾸었던 도학정치의 이상을 실현하기를 바랐을 것이다. 선생이 후진 양성에 그렇게 노력한 것도 바로 그 이유에서였을 것이다.

퇴계 선생이 60세가 되던 1561년 도산서당이 마침내 완공되었다. 낙동강이 바라보이는 경북 안동군 도산면에 자리 잡은 도산서당은 퇴계 선생의 교육의 요람이었다. 선생의 문하를 거쳐간 제자가 얼마나 되는지 정확한 숫자는 알 수 없다. 이황 문인록인『도산급문제현록(陶山及門諸賢錄)』에 이름이 올라 있는 사람만 309명이다. 이 중에는 대제학을 지내고 재상을 지내고 시호를 받는 등 명망을 떨친 사람도 여러 명이다. 선생의 3대 제자로는 류성룡, 조목, 김성일이 꼽힌다. 그 외에도 우열을 가리기 어려울 정도로 학식이 뛰어난 제자만 해도 수십 명이 넘었다. 선생의 제자를 성씨로 분류하면 120개 성씨가 넘으며 지역별로 따져보면 예안과 안동을 비롯하여 서울과 그 인근 지역, 영주, 예천, 성주, 풍기, 선산, 영천, 영해, 의성 등 영남 북부지역, 산청, 함안, 창원 등 영남 남부지역, 강원, 호남, 호서 등 전국의 모든 지역을 망라하고 있다. 선생의 학문이 당시 영남학파의 중심이었음은 물론이고 전국적으로도 존경받고 인정받고 있었음을 확인할 수 있는 증거이다.

선생은 당시 제자들에게 '누구의 도움에 기대지 말고 스스로 끊임없이 노력하라. 그것만이 학문을 성취하는 방법이다' 라고 말씀하셨다고 한다.

퇴계 선생의 도산서원에 가면, 선생이 먼 미래를 위해 인고의 세월을 보내면서 후세들을 길러내기 위해 애쓰신 흔적을 고스란히 볼 수가 있다. 교육이 '백년지대계'라는 말이 있는 것처럼 나는 교육의 중요성을 퇴계 선생에게서 배운다.

교육자 퇴계 선생의 진면목은 교육을 위한 그의 장구한 계획에서도 엿볼 수 있지만 한편으로 그가 참다운 교육자라는 것은 그의 인품에서도 짐작할 수 있다. 퇴계 선생은 첫째 부인과 사별하고 둘째 부인 권씨와 결혼하였다. 그런데 그 권씨가 지적 장애를 가지고 있었지만 퇴계 선생은 한결같은 마음으로 그녀를 위하고 대했다. 가까운 사람을 홀대하기 쉽지만 퇴계 선생은 집안이나 제자 누구에게도 따뜻한 인품을 잃지 않았다. 둘째 며느리가 청상과부가 되었을 때 사돈에게 편지를 보내 개가를 허용하는 장면을 보면 그가 체통만 중시하는 유학자가 아니라는 사실을 알게 된다. 퇴계 선생이 야말로 겉과 속이 일치하는 인품의 유학자였다. 퇴계 선생이 오늘날까지 경북인뿐만 아니라 모든 국민이 우러러는 스승 중의 스승인 까닭은 그가 바로 학행과 더불어 인품이 훌륭했기 때문이다. 위대한 도학자로 그는 존재하지만 내가 그를 정말 존경하는 이유는 바로 그가 위대함과 더불어 인간적인 면모를 가졌다는 것이 더 솔직한 이유일 것이다. 퇴계 선생 같은 분이 나는 좋다.

학봉 김성일의 의로운 죽음

안동 시내에서 34번 국도를 따라 조금 올라가면 임하댐이 나온다. 이 임하댐 바로 아래 내앞마을 입구에 경상북도독립운동기념관이 자리 잡고 있다. 천안에 있는 독립기념관은 국가가 운영하는 것이지만 광역자치단체에서 자체적으로 독립운동기념관을 운영하고 있는 곳은 경상북도뿐이다. 경북이 독립운동가를 많이 배출했기도 했고, 이를 후손이 기념하고 있다는 것은 우리 경북이 그만큼 국가수호에 대한 의지가 강한 것을 보여주는 단적인 예라 하겠다. 경북인은 보수적이지만, 그 보수는 국가에 대한 애국심의 발로에서 나온 측면이 강하다. 이는 다음과 같은 신문 사설에서도 확인할 수 있다.

안동은 독립운동가를 가장 많이 배출한 고장이다. 포상 독립운동가만 357명으로 다른 지역보다 10배가량 많다. 미포상 독립운동가까지 합치면 1,000명이 넘는다고 한다. 만주 항일운동의 기둥 김동삼, 아나키스트

유림, 의열단원 김시현 김지섭, 「광야」의 저항시인 이육사 그리고 사회
주의 계열의 김재봉, 권오설 등 일일이 셀 수 없을 정도다. 1905년 을사
늑약 이후 국권 침탈에 항의해 전국적으로 70명 이상이 자결한 것으로
파악되는데 김순흠, 이만도 등 안동 사람이 10명으로 가장 많다.

안동의 독립운동은 대개 집안·문중·마을 단위로 이뤄졌다. 부자와 형
제는 기본이요 일가친척이 같이 나서기도 했다. 가령 의성 김씨가 모여
산 내앞마을에서는 150명 이상이 만주로 망명했다. 이로 인해 하회마을
과 자웅을 겨루던 마을 위세가 크게 꺾였고 지금은 아는 이조차 드물다.
이 마을 김대락은 65세의 고령에 고향을 떠났다. 만삭의 새댁까지 포함
된 일행은 한겨울 매서운 추위 속에서 걷고 또 걸었다. 그렇게 도착한 만
주에서 배고픔, 추위 등과 싸우면서도 경학사와 신흥강습소 등을 조직해
독립운동을 시작했다. (2017년 8월 17일 한국일보 사설 중에서)

국가가 망했다고 자결을 하고, 65세의 나이에 정든 고향을 떠나 풍찬노
숙(風餐露宿)을 마다 않고 만주로 망명한다? '나'나 '가족'보다 '국가'가 중요
하다는 생각. 도대체 이런 생각들은 어디에서 왔을까? 왜 경북이 유독 독
립운동가를 많이 배출했을까? 특히 의성김씨 집성촌인 내앞마을 사람들은
왜 그렇게 국가를 위해 헌신했을까?

이런 생각을 하면 나라의 안위와 독립을 위해 헌신한 그분들께 고개가
저절로 숙여진다. 또 한편으로 그들에게 그런 생각을 하게 한 그분들의 조
상에 대한 존경심이 우러나온다.

학봉 김성일은 퇴계의 제자 중에서도 특출했다. 퇴계 선생의 강론 중에
는 가장 많은 질문을 했고, 그것이 학문적 성장으로 이어졌다. 우리는 흔히
역사 드라마를 보면서 그 속에 나타난 인물들을 평가하는 경향이 많다. 그

러나 역사 드라마는 그 구조상 선악의 대립이 분명해야 하고, 한 영웅을 부각시키기 위해 다른 인물들은 사실과는 다르게 묘사하는 경우가 많다. 나는 학봉 선생도 바로 그렇게 이미지가 왜곡된 것이라 생각한다.

임진왜란이 발발하기 2년 전인 1590년에 조선 조정은 일본국의 거듭된 요청으로 통신사를 파견하기로 한다. 이때 정사가 황윤길, 부사가 학봉 김성일이었다. 이들 200여 명의 통신사 일행은 1년이 지난 1591년 3월 귀국해 정사와 부사는 각각 일본의 정세에 대한 보고를 했다. 황윤길은 일본의 침략을, 김성일은 반대로 보고했다. 이때 학봉은 후일 류성룡에게 말한 것에서 알 수 있는 것처럼 일본 침략의 조짐을 예측했지만 민심의 동요를 막기 위해 그런 보고를 했다. 바로 이 점 때문에 학봉은 마치 임진왜란 발발의 책임자인 것처럼 역사와 드라마에서 매도당해왔다. 이것이 관연 온당한 것인가를 생각하지 않을 수가 없는 것이다.

1392년 개국 후 1592년 임진왜란 발발까지 정확히 200년 동안 조선은 장구한 평화시기를 맞이하고 있었다. 이 시기는 명나라의 전성기로 동아시아는 명나라의 주도하에 2세기 동안 정치적 안정을 맞이했다. 조선 역시 세종과 같은 위대한 임금이 출현하여 민족문화의 꽃을 피웠다. 상대적으로 고려 말 준동했던 왜구의 침입도 소강 상태였다. 일본만이 문제였다. 일본은 치열한 내전 상태였다가 도요토미 히데요시에 의해 전쟁은 멎었지만, 각 쇼군의 군사력은 어떤 방법으로든 해소할 필요가 있었다. 즉 임진왜란은 일본국 내부의 문제로 인해 발발할 수밖에 없는 상황이었던 것이다. 일본은 침략 준비를 은밀하게 하면서 스스로 통신사를 요청했다. 이 말은 조선통신사에게 노출될 것을 이미 다 대비하고 있었다는 뜻이다.

외침에 대한 조선의 대비가 미흡했던 것은 사실이다. 그 이유는 김성일의 보고 때문이 아니라 200년의 평화시기가 가져온 조선 전체 국방시스템의 문제라고밖에 할 수 없다. 1950년 북한의 남침 이후 이제 67년이 지난 시점에 요즘 우리나라의 전쟁에 대한 인식이 어떠한가를 생각해보면, 정보력도 부족했던 시기에 200년간의 평화 시기를 보낸 조선인들이 전쟁 대비를 완벽하게 한다는 것은 그야말로 어려운 일이었다.

하지만 때로 역사는 잔인하다. 특히 학봉에게는 더 그런 것 같다. 보고서의 내용으로 인해 선생은 당대부터 지금까지 엄청난 무게의 비난을 감수해야 했다. 그러나 임란이 발발하고서 학봉선생이 어떤 일을 했는가를 보면 그의 고뇌와 함께 그의 충심(忠心)을 읽을 수가 있다.

1592년 4월 11일 선생은 경상우도 병마절도사에 임명되었다. 4월 13일, 임지로 가던 길에 왜적이 쳐들어왔다는 소식이 전해졌다. 학봉은 경상우도 병영이 있는 창원으로 달려갔다. 그리고 서울의 선조에게 '이 한 목숨을 바쳐서 나라의 은혜에 보답'하겠다는 상소를 올렸다. 비록 자신의 오판으로 적의 침입에 대비하지 못했지만, 죽음을 각오하고 적과 맞서 싸우겠다는 뜻이었다. 그런데 선조는 김성일을 체포하라는 명령을 내렸다. 조선통신사로서 잘못된 보고서를 올린 죄를 따지기 위해서였다. 그 소식을 들은 김성일은 자신을 잡으러 오는 걸 기다리지 않고 서울을 향해 말을 달렸다. 학봉이 충청도 직산에 이르렀을 때 새로운 어명이 전달되었다. 복귀해서 우선 왜적을 막으라는 것이었다. 이리하여 학봉은 경상우도 초유사로 임명되었다. 초유사는 나라가 위급할 때 백성들을 안정시키는 한편 의병을 모집해서 국란 극복에 앞장서는 지위였다.

학봉은 다시 말을 돌려서 5월 4일 경남 함양에 도착했다. 여기서 의병을 일으키기로 작정하고 격문을 지어서 돌렸다. 절체절명의 상황에서 극적인 반전의 계기를 마련한 것은 의병들의 궐기였다. 경상도를 시작으로 전국 각지에서 의병이 우후죽순처럼 일어났다. 이들은 오로지 내 가족과 내 삶의 터전을 왜적으로부터 지키겠다는 일념뿐이었다. 때문에 사기가 드높았고 죽기 살기로 싸워서 혁혁한 전공을 세웠다. 의병을 일어나게 하고 그 의병들을 잘 조직해서 전세를 유리하게 이끄는 계기를 마련한 데에는 학봉의 공이 컸다. 특히 관군과 의병 사이의 갈등을 잘 봉합한 것도 학봉이었다. 홍의장군 곽재우와 경상감사 김수의 갈등을 봉합했다.

학봉은 곽재우와 김수를 화해시키고 곧장 진주로 갔다. 학봉이 진주성에 도착했을 때 성안은 텅 비어 있었다. 뒤늦게 학봉이 진주성에 도착했다는 소식을 듣고 지리산으로 피난 가 있던 진주목사 이경과 판관 김시민이 달려왔다. 그런데 얼마 뒤 이경이 병으로 세상을 떠나자 김성일은 김시민과 함께 병사들을 모아서 성을 정비하고 적을 방어할 태세를 갖추었다.

"진주는 호남으로 가는 길목이다. 진주가 무너지면 호남이 무너지고, 호남이 무너지면 조선이 무너진다. 결국 우리가 무너지면 나라가 무너지는 것이다. 우리는 여기서 모두 죽는다는 각오로 싸워서 기필코 적을 막아야 한다."

학봉은 그렇게 군사들을 독려하며 사기를 높였다. 1592년 10월, 3만여 명의 왜군이 호남으로 진격하기 위해서 진주성으로 쳐들어왔다. 이에 맞선 3,800여 명의 조선군은 죽음을 각오하고 싸웠다. 6일 밤낮 동안 치열한 싸움을 벌인 끝에 마침내 왜군이 패퇴했다. 10배나 많은 적을 물리친 것이었다. 진주성에서의 큰 승리로 인해 조선은 호남을 지킬 수 있었고 이는 임진왜란을 극복하는 중요한 발판이 되었다. 『국조보감(國朝寶鑑)』은 이때의 상황을 이렇게 기록하고 있다.

이순신이 거느리는 수군은 제해권을 장악하고 있었고, 김성일은 관군과 의병을 이끌고 진주를 잘 지키고 있었다. 이 두 사람 때문에 적은 호남으로 들어갈 수가 없자 금산을 거쳐서 호서로 들어가려고 했으나 이 역시 번번이 실패하고 말았다. 결국 이순신과 김성일이 바다와 진주를 잘 지킨 덕분에 군량을 제때에 댈 수 있었고 난리를 잘 극복할 수 있었다.

학봉을 다시 신임한 조정은 경상좌도가 왜적에게 유린당하자 학봉을 경상좌도관찰사 겸 순찰사로 임명했다. 하지만 백성들이 학봉을 경상우도에 있게 해달라고 탄원을 했다. 결국 조정에서는 김성일로 하여금 경상우도에 그대로 있게 했다. 당시 학봉에 대한 백성들의 믿음을 보여주는 장면이다.

1593년 오랜 전투로 백성들은 서서히 지쳐갔고 먹을 것이 부족해서 고통을 겪는 사람들도 늘어갔다. 학봉은 굶주림에 시달리자 곡기를 끊고 백성들과 고통을 함께 하기로 했다. 보좌하는 장수들이 건강을 생각해서 식사를 하시라고 여러 번 권했으나 듣지 않았다. 엎친 데 덮친 격으로 돌림병까지 돌아서 곳곳에 환자가 발생했다. 김성일은 일일이 환자들을 찾아다니면서 병세를 살폈다. 부하들이 이를 만류하자 학봉은 "어차피 사람은 누구나 한 번은 죽는다. 사람이 죽고 사는 것은 하늘이 정한 것인데 내가 어찌 피할 수 있겠느냐" 하면서 어려운 백성을 살피는 일을 게을리 하지 않았다. 그러다 4월 29일 학봉은 진주성 관아에서 세상을 떠났다.

학봉이 세상을 떠난 뒤 그의 조선통신사 행적에 대해 논란이 벌어졌을 때 이조참판 김우옹은 학봉을 이렇게 평가했다.

김성일은 일본에 사신으로 가서 절개와 의리를 드높였습니다. 상대가 교활하였으므로 더욱 절개와 의리를 부르짖었습니다. 영남 방어의 임무를 맡아 의병을 이끌고 혼신의 힘을 다하다가 진중에서 세상을 떠났습니다. 영남 사람들은 그를 떠올릴 때마다 눈물을 흘리지 않는 사람이 없습니다. 정인홍, 김면, 곽재우 등이 의병을 일으켜서 왜적을 물리치고 큰 공을 세운 것은 모두 김성일이 이룬 것입니다. 김성일이 사신으로 가서 왜적의 형편을 제대로 살피지 못한 것은 잘못이지만, 적이 온갖 계략으로 속이는 바람에 벌어진 일인데 그것을 어찌 큰 죄라고 할 수 있겠습니까. 비록 김성일에게 죄가 있다고 해도 어찌 작은 잘못으로 큰 절개를 덮으려고 하십니까.

학봉이 퇴계 선생의 학통을 잇고, 암행어사로 세 번 나가서 백성들의 어려움을 살피고, 전쟁 중에는 의병들을 규합하고 관군에게 전략을 마련하여 진주성 싸움을 승리로 이끈 뒤 의로운 죽음을 맞이했단 것은 일반 국민들은 잘 모른다. 그의 보고서 하나가 오판이었다고 그를 비난하는 드라마 같은 시각에 더 함몰되어 있는 것이다. 하지만 그의 그런 의로운 정신을 의성 김씨 자손들은 몇백 년간 이어나갔다. 조그만 내앞마을에서 그 많은 독립 투사가 나온 것이 바로 그 증거다.

나는 내앞마을 경북독립운동기념관을 지내갈 때마다 학봉 선생과 그의 자손들의 의로운 마음에 고개를 숙인다. 경북의 정신은 하루아침에 나온 게 아니다.

서애 류성룡의 전란 극복

서애 선생의 시 중에 「과탄금대유감(過彈琴臺有感)」이라는 게 있다. '탄
금대를 지나다가 감회가 일어'라는 뜻인데 서애 선생이 탄금대를 지나가면
서 지은 시다.

상류의 경치를 이 속에서 찾아보니
산은 금성으로 싸고 물은 쪽빛을 둘렀구나.
흥폐는 때가 있어 눈에 흐르는 두 줄기 눈물
관문 나루에는 외로운 암자 하나 없어라.
가엾구나 만 명의 군사를 부질없이 보내고
앉은채로 큰 도읍 셋이나 잃었구나.
묘당에서 수년 동안 작은 공 하나 없어
바람에 의지해 생각해보니 마음만 부끄럽다.
(上流形勝此中探, 山擁金城水繞藍, 興廢有時雙淚眼, 關津無賴一茅庵

還憐銳卒空輸萬, 坐使雄都盡失三, 廊廟數年無寸效, 倚風料理只心慚)

 탄금대는 신립 장군이 8천의 군사를 이끌고 북상하는 왜군과 전투다운 전투를 한 곳이다. 3천의 북방 정규기병을 포함한 8천 군대를 이끌고 신립 장군은 조령이 아닌 탄금대에 배수진을 쳤고, 방어선을 마련했다. 고니시 부대는 1만 5천의 병력과 조총으로 우리 군사들을 제압했다. 결국 신립장군의 부대는 거의 전멸에 가까운 패배를 당한다. 신립 장군도 강물에 투신 스스로 목숨을 끊고 만다. 보통 우리는 신립 장군이 완패했다고 생각하지만 실제 전투에서는 왜군도 큰 타격을 입었다. 약 8천의 사상자가 있었다고 한다. 조선군이나 왜병이나 비슷한 손실을 입었던 것이다. 그런데 문제는 이 8천이 조선의 최정예병이었다는 것이다. 이제 이 정도로 훈련이 잘 된 군대는 이순신 휘하의 수군밖에는 없었다. 그러니 당시 영의정으로 전쟁을 총 지휘하던 서애 선생의 탄식은 깊을 수밖에 없었다.

 18,9세기에 세계의 바다를 재패하면서 '해가 지지 않는 나라'라고 불렸던 영국은 두 사람의 전쟁 영웅을 이야기 한다. 바로 넬슨 제독과 처질 수상이다. 우리에게도 임진왜란의 두 영웅이 있다. 바로 이순신 장군과 서애 선생이다.
 서애 선생은 퇴계 이황의 문하에서 공부했고, 24세 때 과거에 급제하고 26세 때 관직에 나아갔다. 여러 요직을 거치면서 당시 조선의 대표적인 관료로 성장했다. 명나라에 여러 번 사신으로 다녀오면서 명나라 학자와 관료들과의 교유를 깊게 했다. 명나라 관리들도 서애 선생의 도학과 박식함에 탄복했다.
 선생의 나이 51세가 되던 선조 25년(1592년)에 임진왜란이 발발했다.

2. 역사에서 배운다

선생은 왕의 특명으로 병조판서를 겸임하면서 군기를 관장하게 되었고 영의정에 올랐다. 그러나 패전에 대한 책임으로 파직되었다가 다시 벼슬에 올라 풍원부원군이 되었다. 이듬해 호서, 호남, 영남을 관장하는 삼도 도체찰사라는 직책을 맡아 전시상황의 군사업무를 관장했다. 선생은 전국 각처에 격문을 보내 의병을 모집했고, 훈련도감을 설치하여 군대를 편성했다. 다시 신임을 얻어 영상 자리에 올라 1598년까지 조정을 이끌었다.

이순신 장군이나 권율 장군, 그리고 많은 의병들이 실제 전투를 통해 나라를 지켰다면, 그 전쟁을 총 지휘한 사람이 바로 서애 선생이었다. 전투와 전쟁은 다르다. 특히 임진왜란과 같은 국가의 모든 자산을 총동원해야 하는 전면전은 그 전쟁을 전체적으로 보고 지휘하는 수장의 능력이 매우 중요하다. 인적, 물적 자원의 적시적기의 동원, 지원군으로 참여한 명나라 군대와의 유기적 협조 등을 마찰 없이 수행해야 하며, 특히 변덕이 심한 군주를 잘 달래는 것도 서애 선생의 몫이었다.

서애 선생이 임란 동안 수행한 일은 매우 많지만 몇 가지로 정리하면, 첫째 이순신이나 권율 같은 장군을 발탁했다는 것이다. 임진왜란 때 이순신 장군이 그 자리에 없었다면 어떻게 되었을까? 또 이순신 장군이 탄핵을 당했을 때 서애 선생이 적극적으로 변호를 하지 않았다면 이순신 장군은 재기할 기회를 잡지 못했을 것이다. 선생은 훗날 『징비록』에서 이순신을 이렇게 평가했다.

무과로 벼슬길에 나갔으나 권세가에 붙어서 승진하기를 희망하지 않았으며 정도에 어긋나면 직속상관에게 대항하기도 했다. 말과 웃음이 적고 용모는 단정하여 근신하는 선비와 같았다. 자기 몸을 잊고 국난(國難)을 위해 목숨을 바쳤으니 이것은 평소의 수양이 그 바탕이 되었기 때문이다. 재간은 있어도 명운(命運)이 없어서 가졌던 재간 백가지 중에 한 가지도 시행하지 못하고 죽었으니, 아아 애석한 일이다.

서애 선생이 이순신 장군을 얼마나 아꼈나 하는 것을 알 수 있는 대목이다. 훗날 이익은 『성호사설』에서 서애 선생을 이렇게 평가했다.

임란에 우리나라가 망하지 않은 것은 충무공 한사람이 있었기 때문이다. 처음에 충무공은 한 사람의 부장(副將)에 불과했으니 류선생이 아니었다면 다만 군졸들 중에서 목숨을 버리고 말았을 뿐이다. 그렇다면 국가를 회복시켜 백성을 편안하게 한 공로는 과연 누구 때문에 이루어진 것인가.

바로 서애 선생이 있었기에 이순신 장군도 있었다는 논리다. 맞는 말이다. 즉 서애 선생은 전쟁에 필요한 인재를 적소에 배치해 전쟁을 수행했다. 특히 임진왜란이 일어나기 전, 그에 대비하여 이순신을 정읍현감에서 전라좌수사로 파격적으로 발탁하고, 권율을 형조정랑에서 국경지대의 요충지인 의주목사로 보낸 것은 선견지명이었다. 그것이 선생의 첫째 공적이다.

둘째 선생은 중국과의 외교에서 능숙한 일처리를 하여 전쟁을 유리에게 유리한 국면으로 이끌었다. 임란 초기에 명나라 군대의 참전은 매우 중요한 것이었다. 임란이 일어나자 류성룡은 임금을 수행하면서 여러 가지 일들을 한다. 전투야 장군들이 하지만 그 전투를 할 수 있게 여러 가지 행정적인 일을 해야 하는 것이다. 군대의 모집, 민심의 안정, 군량의 보급 등 이 모든 일의 총 책임자가 바로 류성룡이다. 그런데 신립이 전투에 패하자 선조는 도성을 버리고 도망가면서 류성룡에게 서울 수비를 명한다. 전쟁의

총지휘관에게 군대도 없이 수도 경비를 맡긴 것이다. 도대체 어이가 없는 처사이기에 당시 승지였던 이항복이, 선조에게 류성룡이 없으면 명과의 외교관계를 어떻게 할거냐, 이렇게 선조를 몰아붙인다. 류성룡은 이미 명나라에서도 서애 선생으로 불릴만큼 명나라와 조선의 외교에서 비중이 컸던 인물이란 것을 선조도 알고 있었다. 그 대목에서 선조는 어쩔 수 없이 류성룡을 다시 발탁할 수밖에 없게 된다. 그리고 평양이 함락되고 의주로 갔을 때 선조는 명나라로 도망가려고 했지만 류성룡이 결사반대를 한다. 임금이 나라를 버리면 민심이 나라를 버린다, 절대로 조선을 떠나면 안 된다, 이렇게 선조를 달래서 선조를 안심시킨다. 선생은 명나라 지원군을 기다리면서 각지의 군대와 의병들이 활약할 수 있게 지원을 하고 간첩을 색출하고 군수물자를 마련한다. 명나라 군대가 와서 평양성을 탈환할 때도 류성룡은 직접 만든 지도를 이여송에게 제공한다. 이여송이 그 지도를 보면서 '눈이 환해졌다'고 했다고 한다. 즉 세밀한 작전용 군사지도를 만들어 두었던 것이다. 요즘말로 하면 정보전과 첩보전에도 능숙했던 것이 바로 류성룡이었다. 원활한 대명관계 속에서 전쟁을 수행한 것이 바로 선생의 둘째 공적이다.

셋째 전국 의병활동과 군량 마련 등을 유기적으로 연결하고 전체적인 전쟁의 전략을 수립했다. 훈련도감을 설치하고 군사를 양성한 것도 유성룡이 제안한 것이다. 이렇게 하여 류성룡의 지휘하에 조선은 7년 만에 전란을 극복한다. 간단하게 말해 당시 조선이 엄청난 피해를 입었지만 왜군에게 항복하지 않고 결국은 그들을 물리칠 수 있었던 이유는 크게 세 가지를 꼽을 수 있는데 그것은 첫째 이순신의 재해권 장악, 둘째 각지의 의병활동, 셋째 명나라의 참전 등이다. 그런데 이 세 가지를 자세히 들여다보면 류성룡이 다 깊이 관여했던 것이다. 영국의 처질보다 더 불리한 상황에서 전쟁을 수행한 명재상이 바로 류성룡이라 할 수 있다.

서애 선생은 전쟁이 끝나던 1598년까지 정부를 이끌었다. 그러나 이해 일본과의 화친을 주도했다는 누명을 씌운 북인세력의 거센 탄핵으로 영의정에서 파직되었다. 선생은 억울함을 안고 이듬해 고향인 하회마을로 낙향했으나, 갑작스런 낙향으로 마땅한 거처조차 없었다. 고향인 하회에서 은거하는 동안 누명은 벗겨지고 관직은 다시 회복되었다. 그럼에도 불구하고 선생이 받은 상처는 회복되지 않아 7년간 왕의 부름에도 거절하며 고향을 지켰다. 1604년에는 임진왜란 회고록인 『징비록(懲毖錄)』의 저술을 마쳤다.

1607년 병세가 점점 악화되어 향년 66세로 그곳에서 눈을 감았는데, 선생이 세상을 뜨자 선조는 3일 동안 조회를 정지하고 승지를 직접 보내 조문하도록 했다. 상인들은 4일간 장사를 하지 않으며 경세가의 죽음을 슬퍼했다. 또 서울 옛집이 자리했던 묵사동에는 약 천명에 달하는 사람들이 몰려와서 그의 죽음을 애도했다고 한다.

'징비(懲毖)'란 미리 징계하여 후환을 경계한다는 뜻이다. 임진왜란 이전 일본과의 관계, 명나라의 구원병 파견 및 제해권의 장악 등 전황을 정확하게 기록하고 있어 1712년 조정에서 이 책의 일본 유출을 금할 정도로 귀중한 사료로 평가받았다. 국보 제132호로 지정되었다.

그가 설치한 훈련도감은 조선후기에 이르러 5군영 가운데 가장 중추적인 군영으로 성장했으며, 지방에서 바치는 공물을 쌀로 바치게 하는 그의 선구적인 정책 또한 훗날 대동법이 만들어지는 데 영향을 주었다. 그가 고통받는 백성들을 구제하는 데 있어서 탁상공론이 아닌 실질적인 개선책을 마련할 수 있었던 것도 왜란을 통해 고통을 몸소 체험했기 때문이다.

서애 선생이 국가 개혁을 위해 생각했던 것은 실로 방대하였다. 농업 생산성 증대를 위해 새로운 시책을 추진했고, 염업, 수산물 유통 등 물자의 수급 조절과 품질 향상에 관련된 실용적인 측면에 많은 관심을 기울였다. 위로는 퇴계 이황의 사상을 이어받고, 아래로는 조선 후기 실학파를 연결하는 교량적 역할을 한 서애 류성룡은 2차 대전 때 대영제국을 지킨 처칠보다 더 훌륭한 명재상이었다.

안동에 갈 때 가끔 하회마을에 들를 때가 있다. 그러면 나는 꼭 건너편 옥연정사를 찾는다. 이곳에는 잘생긴 소나무가 가지를 퍼뜨리고 있고 원락재라는 현판이 붙은 조그만 집이 있다. 서애 선생은 당초 여기에 정자를 짓고자 하였으나, 재력이 없어 뜻을 이루지 못하던 중 탄홍이란 중이 자청하여 10여 년 동안 곡식과 포목을 시주하여 완공할 수 있었다 한다. 처음에는 옥연서당(玉淵書堂)이라고 했다. 서당은 대청과 좌우에 방을 두었는데 방은 완적재(玩寂齋), 마루는 원락재(遠樂齋)이며 정문은 간죽문(看竹門)이라 했다. 원락재 현판은 논어 귀절 '유붕(有朋)이 자원방래(自遠方來)하니 불역락호(不亦樂乎)아'에서 따온 이름이다.

옥연정사는 울창한 숲을 끼고 있어 그 경치는 하회마을 안에서도 손꼽히는 곳인데, 이 정자 옆에는 선생이 직접 이름 지은 능허대(凌虛臺)와 보허대(步虛臺)가 있다. 배에서 내려 옥연(玉淵) 바위 계단으로 올라 간죽문을 통해 정사로 들어가는데, 간죽문 주변의 대나무(烏竹) 숲은 더욱 아름답다. 선생은 이 원락재에서 『징비록』을 썼다고 하니 그 어찌 귀중한 장소가 아닐 것인가!

서애 류성룡 선생, 나라가 어려울 때울수록 일층 성심을 다해 국란을 극복한 그는 경북인 중에서도 더욱 우뚝 서 있다.

남유진은 경제다

3부

아름다운 동행, We Together

어느 봄날, 청와대에서

봄기운 완연했던 2010년 3월 4일, 나는 청와대 영빈관에 서 있었다. 대통령과 전국의 자치단체장들이 모두 나를 바라보고 있었다. 나는 입을 열었다.

"발표를 시작하겠습니다."

여기서 잠시, 2008~2009년으로 돌아가 보자. 경제에 어느 정도 관심 있는 분이라면 2008년을 잊을 수 없을 것이다. 그해에 터진 '글로벌 금융 위기' 때문이다. 미국의 금융시장에서 시작되어 전 세계로 파급된 이 사태는, 세계적인 경제혼란으로 이어졌다. 혼란은 대한민국에도 닥쳤다. 많은 기업이 구조조정을 서둘렀다. 그 차가운 바람은 내륙 최대 수출도시인 구미에도 불었다. 해고의 두려움이 구미시의 여러 기업에 불어닥친 것이다.

청춘을 바쳐 일한 기업이 문을 닫거나, 근로자들이 일자리를 잃을 위기에 처한 것을 바라보면서 구미시장인 나는 뭐라 말할 수 없을 만큼 가슴이 아팠다. 고용 안정이 시정(市政) 최대 과제가 되었다. 구미시를 이끄는 리더로서, 나는 생각했다.

'어려울 때일수록 함께 고통을 분담해야 한다!'

현실적인 측면에서도 당장 기업사정이 안 좋다고 구조조정을 하는 게 능사는 아니라고 생각하였다. 경기는 순환하는 것이어서, 나중에 경기가 좋아지면 기업은 다시 신규 채용을 해야 한다. 채용 후 신입 근로자를 숙련된 근로자로 양성하는 데는 큰 비용이 든다. 그러니 구조조정보다는, 기업과 근로자가 고통을 분담하면서 위기를 극복하는 것이 더 현실적인 방안이라고 생각하였다.

결론이 서자, 실행에 나섰다. 기업 지원을 위한 대책과 함께, 고용 안정을 위한 구체적인 방안을 찾아 나섰다. 결국은 상생이 답이었다. 노·사·민·정이 함께 하는 상생이었다. 우선 근로자들부터 만나보았다. 해고를 하지 않는다면 임금을 동결하거나 삭감해도 참을 수 있는지 물었다. 예상은 했지만, '받아들일 수 없다'는 반응이 나왔다.

나는 '기업이 살아야 근로자가 살고, 근로자가 살아야 기업도 살 수 있다. 함께 가려면 이 길밖에 없다'고 설득했다. 진정성은 끝내 통하였다. 근로자들의 대표인 한국노총 구미지부의 동의를 얻어낸 것이다.

다음은 사용자 단체였다. 상공회의소와 경총을 방문하고, 기업 대표들을 만났다.

"근로자 한 명 한 명이 집에 가면 다 가장입니다. 제발 해고는 하지 말아주십시오."

간절한 마음을 담아 부탁하고 또 부탁했다. 그러나 현실적으로 기업들 입장에서 내 부탁은 쉽게 받아들일 수 없는 것이었다.

기업 입장에서 생각해보면 그럴만한 여러 이유가 있었다. 그중엔 기업

고용안정과 경제위기 극복을 위한
구미 범시민협약식
2009. 1. 9(금) 11:00   주최 : 구미시

* 고용안정위기극복범시민협약식

운용자금 융자 문제도 있었다. 경기침체로 자금 압박이 심해지면, 사정이 안 좋은 기업은 경영에 초비상이 걸린다. 멀쩡하던 기업도 덩달아 경영사정이 어려워질 수 있다. 결국 기업은 자구책으로 구조조정을 검토한다.

이런 현실을 잘 알기에, 나는 기업의 불안을 가시게 할 구체적 조치가 필요하다고 생각했다. 그래서 뜻을 같이 하는 기업들에게 구미시에서 1천억 원 규모의 특별자금 대출을 주선하겠다는 약속을 건넸다. 특별자금 대출 이자는 구미시가 부담하겠다고 약속하였다. 그렇게 한 달간 설득을 하였다.

부정은 조금씩 긍정이 되었다. 그리고 2009년 1월 9일, 442개의 기업체와 근로자 대표가 참여한 가운데 구미시 상공회의소에서 의미 있는 협약을 체결하였다. 체결을 마치고 마침 신년 초라 함께 떡국을 나눠 먹었다. 한식

구가 된 것이다. 근로자와 기업 간 상생의 길을 여는, '고용 안정과 경제위기 극복을 위한 구미 범시민협약 We Together 운동'이었다.

'We Together 운동'은 말 그대로 '우리 함께'의 정신을 담은 상생운동이었다. 기업들은 협약을 통해 단 한 명의 근로자도 해고하지 않을 것을 약속했다. 구미시에서는 이들 기업들에게 이자 5%의 특별운전자금(총 1천억 원) 대출 지원을 약속했다. 그러나 특별운전자금을 지원받은 기업이 근로자를 한 명이라도 해고하면, 곧바로 지원 자금을 회수하도록 했다. 이자 보전을 하면서 시에서 융자 지원을 한 것은 단순한 대출 지원이 아니었다. 경제가 어려워지면 자금사정도 어려워지는데, 지역 금융기관은 오히려 융자 상환 연기를 하지 않고, 대출금 상환을 독촉하는 악순환이 되는 것이다. 이 상황에서 이자 지원까지 더해 대출을 해주었으니 그 효과는 엄청났다.

이 운동으로 2011년 12월까지 총 442개 업체가 1,218억 원의 특별자금을 지원받았고, 11,152명의 근로자가 해고 걱정 없이 일을 할 수 있었다. 또 2009년 말에는 오히려 1천여 명의 신규 고용까지 창출하는 효과를 낳았다.

이뿐만이 아니다. 'We Together 운동' 선언과 함께 지역의 각 사업체에서는 산업평화 선언이 잇따랐다. '노·사·민·정 일자리 지키기·나누기 운동 선언', '노·사·민·정 일자리 창출 공동협력 선포식' 등이 이어진 것이다.

이 운동의 성과는 청와대에 보고되었다. 언론에도 소개되었다. 그래서 이듬해 3월, 청와대 영빈관에서 열린 회의에서 구미시의 성공 사례를 발표한 것이다. 청와대 발표에선 'We Together 운동'을 통해 위기를 잘 이겨낸 기업과 근로자들의 구체적인 사례도 발표되었다.

'We Together 운동'은 세계적으로도 유례를 찾아보기 힘든 노·사·

민·정 협력의 합작품이었다. 이 아름다운 공존에 대한 학계의 평가도 긍정적이었다.

2010년 5월 경북대학교 경제경영연구소는 〈구미시 We Together 운동 사례연구〉라는 보고서를 발간했다. 보고서는 정확한 연구를 위해 기업대표와 근로자에 대한 설문조사도 하였다. 이를 토대로 보고서는 'We Together 운동이 근로자의 고용 안정을 보장하는데 상당 정도 기여한 것'으로 평가하였다. 아울러 '기업의 노사관계를 개선하고, 구미 지역의 경제를 활성화시키는데 기여하였다'고 평가하였다.

'We Together 운동'을 소개한 것은 자랑하기 위함이 아니다. 국가, 지방자치단체 등의 공동체가 위기를 극복하고 더 나은 미래를 향하는 데 있어, 구미시의 사례가 하나의 본보기가 될 수 있음을 말하고 싶어서였다.

아프리카 속담에 이런 말이 있다.

'멀리 가려면 함께 가라.'

아프리카에서 먼 길을 가려면 밀림과 사막을 지날 때가 있다. 맹수를 만날 수도 있다. 이때 길동무는 든든한 반려가 된다. 우리가 살아가고 있는 공동체의 발전도 마찬가지다. 더 나은 미래를 바라는 꿈이 같다면, 서로 도우며 함께 가는 것이 좋다. 이때의 도움은, 지원과 협력만을 의미하는 것이 아니다. 서로를 격려하고 배려하는 것도 서로를 돕는 것이다. 이런 태도로 함께 가는 발걸음은, 공동체를 발전시킴은 물론 구성원 저마다의 삶을 성장시켜주는 아름다운 동행이 된다.

그런데 현실은 어떠한가. 오늘날 우리 시대는 갈수록 '함께 가는 정신'이 쇠퇴하고 있다는 느낌을 준다. 이는 경기침체, 더 치열해진 경쟁 같은 사회상이 만들어낸 현상이다.

세상이 이렇게 흘러간다고 내버려둘 순 없다. 변화가 필요하다. 방향을 바꾸어야 한다. 리더는 이 변화를 이끌어야 한다. 'We Together 운동'도 더 나은 공동체를 위한 새로운 시도, 새로운 변화였다.

또 그 운동은 나에게는 새로운 도전이기도 했다. 지자체장이 기업들을 찾아다니며 '제발 해고를 하지 말아달라'고 비는 것은 무척 드문 일인데, 그러한 관행을 뛰어넘는 새로운 차원을 개척한 것이었으니까.

현재보다 나은, 가치 있는 그 무엇을 개척하고 창조하는 것! 그것은 2006년 구미시장으로 부임하기 오래 전부터, 내 삶을 추동해준 가치이기도 하다.

선산, 아름다운 조화의 땅

내 고향은 경상북도 구미다. 예전의 선산(善山)이다. 본적은 구미시 선산읍 완전리 208번지이다. 어려서부터 선산읍에서 자랐고, 선산초등학교를 졸업하였다.

누군들 고향을 사랑하지 않으랴. 나도 마찬가지다. 나는 내 고향 선산을 사랑한다. 그곳은 산, 강, 들판이 아름다운 조화를 이룬 길지(吉地)였다. 그 터전 위에서 사람도 자연과 조화를 이루며 대대로 살았다.

선산 땅의 조화로움을 말한다면 비봉산(飛鳳山)부터 말해야 하리라. 비봉산은 선산의 진산(鎭山)이다. 예나 지금이나 어머니 품처럼 선산읍을 포근하게 안고 있다. 충청북도 보은군 속리산에서 뻗어나온 산줄기는 경상북도 상주를 지나면서 연악산이 되고, 거기서 뻗어나와 이루어진 산이 비봉산이다. 비봉산이 있어 선산읍은 좋은 풍수의 기본을 갖추게 되었다. 여기에 더하여, 동쪽으로 낙동강이, 남쪽으로 감천(甘川)이 서에서 동으로 흘러 배산임수(背山臨水)의 조건이 완성되었다.

비봉산은 배산임수의 풍수적 이점 그 이상의 정기가 깃든 산이다. 풍수에서는 산의 형상을 보고 길지를 판단하는 방법이 있다. 비봉산은 봉황이 나는 모습을 닮았다. 구미시 선산 출장소(옛 선산군 청사) 뒤의 봉우리가 봉황의 몸과 목이다. 출장소를 입으로 물고 있는 형상이다. 동쪽의 교리 뒷산, 서쪽의 노상리 뒷산이 두 날개를 이룬다.

봉황은 상서로운 새다. 오동나무가 아니면 앉지 않고, 대나무순만 먹으며, 신성한 물만 마신다는 전설 속의 새다. 그런 새의 형상을 닮은 산을 진산(鎭山)으로 두고 있으니, 선산읍에 좋은 정기가 서려 있는 것이다.

선산읍 주변의 여러 지명도 비봉산에서 비롯하였다. 예부터 선산읍민들에겐 걱정이 있었다. 비봉산 봉황이 날아가면 어쩌나 하는 거였다. 그래서 고아읍 황당산 아래 마을에 망장(網張)이라는 이름을 붙였다. 또 죽장리의 죽장(竹杖)이란 지명은, 대나무를 심어 대나무순을 봉황에게 먹이로 준다는 데서 생겼다. 영봉리(迎鳳里)는 봉황을 맞이한다는 뜻에서 지은 이름이다.

비봉산뿐이랴. 나 어릴 적, 선산읍 앞을 흐르는 감천은 맑고 푸르렀다. 편편하고 아담한 모래톱은 햇살에 찬란하였다. 감천 물줄기는 선산읍 주변 너른 평야에 풍성한 젖줄이 되어주었다.

산, 강, 들판이 조화로운 선산은 당연히 사람 살기에도 좋았다. 너무 춥지도 덥지도 않았다. 큰 장마, 가뭄도 드물었다. 해마다 농사짓기 적당한 비가 내렸다. 날씨마저 중용을 지키는 것 같았던 곳! 내 고향 선산은 그런 곳이었다. 승지(勝地)인 것이다.

자연이 넉넉하니 그곳에 사는 사람들의 인심은 넉넉하였고, 성정은 대체로 순후하였다. 그래서일까, 끝말이 '~여'로 끝나는 선산 사투리는 억양이 부드러운 편이다.

내가 다녔던 선산초등학교에서 비봉산은 한달음이었다. 어릴 적, 친구들과 자주 산에 올랐다. 주로 부처바위가 있는 곳까지 올랐다. 그곳에 오르면, 선산 읍내가 한 눈에 보였다. 그 너머로 감천 강물은 햇살에 반짝이고, 강물 너머 펼쳐진 봄여름의 평야는 시원하게 펼쳐진 초록이었다. 우리는 그 평야를 '선산 앞뜰'이라고 불렀다. 그 시절에 나는 선산 앞뜰이 세상에서 가장 넓은 들판인줄 알았다. 들판 너머로는, 멀리 금오산 산줄기가 투명한 햇살 아래 또렷하였다. 그 나이에 어찌 풍수를 알까마는, '내 고향이 참 살기 좋은 곳'이란 걸, 승지이자 길지(吉地)라는 걸 본능적으로 느낄 수 있었다.

나이가 들어선 그런 선산의 자연을 닮은 사람이 되고 싶었다. '아름다운 조화의 땅 선산'처럼, 세상 속에서 다른 사람들과 아름다운 조화를 이루며 살아가는 사람이 되고 싶었다.

좋은 땅은 사람을 키우는 좋은 터로 작용하기도 한다. 그 보이지 않는 자연의 기운은, 조선시대에 '조선 인재의 반은 영남에서 나고, 영남 인재의 반은 선산에서 난다'는 명성으로 이어졌다. 조선 후기 지리학자 이중환이 『택리지』에서 그렇게 언급하였다.

이중환의 언급은 과장일까? 아니다. 조선시대에 선산읍에 있었던 '장원방(壯元坊)'이 그 증거이다.

이 문제 풀어볼래?

구미시 선산읍에 있는 장원방(壯元坊)의 '장원'은 장원급제 할 때의 그 장원이다. '방'은 조선시대에 마을을 이르던 말이다. 조선시대에 선산읍성 서문 밖은 영봉리라고 하였다. 오늘날 선산읍 이문·노상·완전리 지역이다. 영봉리를 칭하는 또 다른 이름이 있었으니, 장원방이었다. 조선 초기 에 영봉리에서 유난히 많은 문과 급제자를 배출했기 때에 생긴 이름이었다.

장원방이란 언급은 옛 문헌에도 나온다. 최현의 『일선지(一善誌)』에는 '고을 사람들이 예부터 학당을 중히 여기니, 해마다 뛰어난 인물이 조정에 올랐네. 선비들은 성(城) 서쪽 영봉리를 오히려 장원방이라 말하네'라는 구절이다.

장원방의 명성은 남다른 학풍에서 비롯하였다. 그 학풍의 전통은 고려 말기인 1390년 야은 길재의 낙향에서 시작되었다. 길재의 도덕성과 교육자로서의 명성을 흠모하여, 수많은 제자들이 문하에 모여들었다.

조선 개국 후 장원방의 명성을 연 사람은 길재의 제자인 김숙자였다. 그는 태종 14년(1414년) 소과에 합격하였다. 이후 선산 출신으로 조선 개국 이후 60년 동안 문과에 합격한 인원은 30명을 넘는다.

급제자 면면도 화려하다. 조선 유학의 맥을 이은 점필재 김종직이 있다. 현존하는 가장 오래된 농서(農書)인 『농사직설』을 편찬한 정초, 사육신 중 한 분인 하위지도 장원방 출신이다. 특히 하위지 선생 집안은 4형제 중 3형제가 급제하였다. 또 선산 출신 중 김효정 등 5명이 집현전 학사를 지냈다. 2품 이상의 재상이 된 사람도 10여 명이었다. 이러한 성취가 쭉 이어져 '선산은 학문을 좋아한다(好學文)'는 지망(地望)도 얻게 되었다.

선산은 충효적 가치관에 투철하였던 인물들을 다수 배출한 지역이기도 하다. 15세기에 벌어진 정변에서 여러 선산 출신 선비들이 절의를 지켰다. 대표적인 인물이 사육신 가운데 한 사람인 하위지와, 생육신 이맹전이었다. 배우기를 좋아하고 절의에 충실한 이런 전통은 대대로 이어져, 나 어릴 적 고향 어르신들의 긍지가 되었다. 그 긍지는 그 다음 세대로도 이어졌다.

초등학교 시절, 나도 어른들로부터 내 고향 선산의 자랑스러운 전통을 들으며 자랐다. 하지만 나는 모범생이긴 했지만, 초등학교 2학년 때까지는 딱히 공부를 열심히 하진 않았다. 그 또래 아이들이 그러하듯이, 친구들과 밖을 쏘다니며 노는 게 일이었다.

배움의 기쁨에 눈 뜬 것은 3학년 때였다. 3학년 어느 하교 길, 군청 앞을 지날 때였다.

"유진아!"

귀에 익은 목소리가 뒤에서 들렸다. 담임선생님이었다.

선생님께 다가가 꾸벅 절을 했다. 갑자기 선생님이 몸을 숙여 굴러다니는 나무 막대기를 잡았다. 그리곤 맨땅에 무엇을 썼다. 그때는 읍내라도 포장이 안 되어 있었기 때문에 전부가 맨땅이었다. 산수 문제였다. 다 쓴 후 나에게 물으셨다.

"니, 이거 풀어 봐라."

처음엔 어리둥절했지만 곧 쪼그리고 앉아 선생님 앞에서 문제를 풀었다. 선생님의 시선을 의식하지 않으려고 어깨를 잔뜩 웅크리고 문제 풀이에 집중했다. 마침내 문제를 풀었다. 내가 푼 걸 살핀 후, 선생님은 환하게 웃으며 칭찬해주셨다.

"하하! 잘했다. 앞으론 이것보다 어려운 것도 풀 수 있을 기다."

그곳에서 선생님과 헤어졌다. 돌아오는 길, 기분이 좋았다.

지금 생각하면 동화의 한 대목 같다. 길에 쪼그리고 앉아 땅바닥의 문제를 푸는 아이, 그 아이를 지켜보는 선생님, 그리고 따뜻한 칭찬! 선생님의 칭찬은 내 마음을 춤추게 해주었다. 이 일은 공부에 재미를 느끼게 해준 계기가 되었다. 요즘으로 치면 '자기주도 학습'에 눈을 뜨는 계기가 되어주었다고 생각한다.

4학년 때부터 난 공부벌레가 되었다. 6학년이 되어선 경북중학교에 입학하겠다는 목표를 세웠고, 이후론 더 열심히 공부했다.

6학년 담임선생님은 주기식 선생님이다. 대구에 사시는데 아직 건강하시다. 지금도 명절 때나 스승의 날이면 조그만 선물을 보내드린다. 선생님은 6학년 시절 나의 모습을 또렷하게 기억하게 계셨다. 학교 근처 하늘에 비행기 한 대가 선회하면서 삐라(전단지)를 뿌렸던 어느 날의 내 모습이었다. 보기 힘든 장면에 급우들이 운동장으로 우르르 몰려 나갔다. 그런데 나는 움직이지 않고, 문제 풀이에 열중하였다고 한다.

나이가 들어 중고등학교와 대학에 다니면서도 문득문득 초등학교 3학년 때와 6학년 때의 일이 떠오르곤 했다. 그러면 힘이 나고, 하는 공부에 자신감이 생겼다.

　우리의 삶에서는 생(生)의 아주
짧은 어느 순간이, 두고두고 삶에
좋은 영향을 줄 때가 있다. 나에게
도 그런 순간이 있었나니, 이 얼마
나 감사한 일인가!

* 주기식 선생님(매일신문 제공)

어머니의 아들

나의 초등학교 시절은 한국의 산업화가 본격적으로 시작되기 전이었다. 읍내만 하더라도 양조장, 정미소, 운수회사 사장 집 빼면 사는 게 다 거기서 거기였다. 라디오가 귀한 시절이어서, 선을 연결해 집에 스피커를 달아서 방송을 들었던 시절이었다. 남포등을 켜고 공부하다가 꾸벅꾸벅 조는 바람에 머리카락을 그슬리는 아이도 있었다. 당시 정부에선 가정집에서 토끼 사육하는 걸 권장했다. 나도 동네 형들 따라 토끼풀 뜯으러 선산읍 앞뜰을 쏘다녔던 기억이 난다.

난 친구들 집과 비교하면 그나마 사는 형편이 나은 편이었다. 아버지가 군청 공무원이었던 탓이다. 그런데 어떨 땐 나보다 못사는 집 친구들한테 공연히 미안하기도 했다.

당시 아이들은 종이 딱지치기 놀이를 좋아했다. 나도 좋아했다. 초등학교 고학년이 되면서 언제부턴가 친구들과 딱지치기를 할 때, 일부러 져주기도 하였다.

내 밑의 남동생은 달랐다. 경쟁심이 많은 편이라 기를 쓰고 이기려고 했다. 하루는 동생이 두 손 가득 딱지를 들고 집에 왔다. 입 꼬리가 볼 위로 쫙 올라가는 미소를 짓는 동생에게 말했다.

"야! 그래 마이 따믄 우야노?"

"히야(형), 하다 보이 따지는데 우야노."

"우리 집은 종이 많잖아. 다른 친구들 집엔 종이도 없는데 얼마나 속 상하겠노?"

그랬다. 우리 집은 대부분 친구 집보다 종이가 많았다. 아버지가 공무원이어서 신문, 각종 홍보물 등 지천에 종이였다.

내가 너무 조숙한 아이여서 그런 말을 동생에게 했던 것일까? 정확히는 모르겠다. 한 가지는 확실하다. 나만 너무 잘되는 것은 왠지 싫었다는 것이다.

나 말고 남을 함께 생각하는 나의 이런 기질은 천성일까? 그런 면도 있다 생각한다. 하지만 후천적인 요소가 더 많았다고 생각한다. 어떻게 사람을 대해야 하는지를 가르쳐준 사람이 있었던 것이다. 나의 어머니였다.

어린 시절, 동네엔 거지들이 집집을 돌아다니며 밥 동냥을 했다. 걸인 중에는 한센인, 그 시절에는 흔히 '문둥이'라고 부르던 사람들도 있었다. 거지가 걸식하러 오면 어머니는 적당히 한 술 떠주지 않고, 작은 상에 밥을 차려주셨다. 찬이 많고 적고를 떠나서 늘 그러셨다.

'우리 집이 부잣집도 아닌데 왜 저러시나?'

어린 마음에 어머니의 그런 행동을 이해할 수 없었다.

나이가 들어 알았다. 어머니는 천성이 따뜻한 분이었다. 그 따뜻함은 걸인을 대하는 태도에서도, 사람에 대한 예의를 다하는 모습으로 나타났다.

독실한 불교신앙도 어머니의 그런 행동에 영향을 주었다고 생각한다. 어

* 어머니와 아버지

머니는 타인에게 예의를 다하는 행동으로 덕을 쌓으셨던 것이다. 아마도 당신은 그것이 훗날 자식들에게 좋은 인연으로 결과할 것이라고 믿으신 것 같다.

이 믿음은 적중했다. 우리 5남매는 건강하게 잘 자랐다. 맏아들이었던 내가 훗날 구미시장이 된 데도, 어머니가 쌓은 덕이 보이지 않는 기운으로 작용하였다고 믿는다.

구미시장이 된 후 어느 날, 선산읍 노인회관의 실버아카데미에서 특강을 한 적이 있다. 앞에 계신 한 할머니가 내 어머니를 기억하고 계셨다. 그분께서 말씀하셨다.

"우리 시장님 잘된 거, 다 어무이 덕인 줄 아이소."

내가 말했다.

"네 어르신. 맞습니다. 다 우리 어무이 덕입니다."

그렇게 말하면서 어머니 생각이 나서 눈물이 핑 돌았다.

어머니는 평생 세 가지를 꼭 지키셨다. 하나는 거지가 동냥 오면 반드시 상을 차려주었다. 거지가 쓴 숟가락이 어린 아이들은 더럽다고 투덜거렸다. 하지만 어머니는 전혀 개의치 않으셨다.

둘째는 아들 자랑을 절대 하지 않았다. 결벽증이라도 있는 것처럼. 혹 아버님이 호기롭게 아들 자랑이라도 하면 그러지 말라고 정색을 하셨다. 그때는 왜 그러시는지 몰랐다. 나중에 나도 자식을 키우면서 알았다. 질투의 살로부터 아이들을 보호하고자 함이었다.

셋째 가무음곡하는 걸 못 봤다. 청결하게 사셨다. 평생 남과 싸우는 걸 못 봤다. 늘 단아한 모습을 잃지 않는 우리 집안의 기둥이었다. 목소리를 높이는 법도 없었다.

나는 누구를 닮았을까? 누구도 한두 번쯤은 그런 생각을 한다. 외모는 어머니를 많이 닮았고 성격은 아버지와 어머니를 반반 닮은 것 같다. 건강한 몸을 물려주신 것도 나이가 들면서 더욱 감사하다. 내가 잘되면 분명 부모님 음덕이다.

낙방의 의미

하루는 선생님이 나를 불렀다. 5학년 때였다.

"도서실 당번 안 해볼래?"

슬슬 독서의 즐거움을 알아가던 때였다. 당장에 "예!"라고 답했다.

이때부터 방과 후 도서실에서 많은 시간을 보냈다. 교실 하나에 서가를 설치한 작은 공간이었지만, 사방이 책 천지였다. 보기만 해도 배가 불렀다. 내가 책방 주인 같이 느껴졌다.

당번으로 있는 동안 도서실 책을 거의 다 읽었다. 위인전도 많이 읽었다. 이순신, 나폴레옹, 조지 워싱턴, 아이젠하워 등 책 속에서 만나는 위인들은 장군이 많았다. 그들이 멋있어 보였고, 육군사관학교에 가고 싶다는 생각을 하였다. 장군이나 정치가가 되고 싶었다. 그 꿈은 훗날 더 적성에 맞을 것 같은 꿈을 발견한 후에 사라졌다.

도서실 당번 일은 값진 경험이었다. 독서에 본격 재미를 들였고, 덤으로 글쓰기 실력도 늘어났다. '가리방'으로 부르던 등사기로 인쇄한 학교 문집에 내 글이 실리기도 했다.

초등 6학년 여름방학 무렵, 성적이 최상위 수준이 되면서 목표가 생겼다. 경북중학교 입학이었다. 그때 자매결연학교인 대구 도심의 어느 초등학교에 갈 일이 있었다. 간 김에 그 학교의 시험문제를 풀었다. 채점을 한 그 학교 선생님이 말했다.

"니, 여기로 전학 안 올래?"

나는 말했다.

"전학 안 합니더."

나는 선산에서도 열심히 하면 얼마든지 경북중학에 갈 수 있을 거라 생각했다. 더구나 선산은 내가 태어나고 자란 땅인데, 중학교 입학 때문에 고향을 떠나긴 싫었다.

그 결정은 잘한 것이었다. 대구에서 중·고교를, 서울에서 대학을 마친 내가 초등학교마저 구미 지역에서 나오지 않았다면 어떻게 되었을까? 구미시장에 출마했을 때, 시민들에게 면목이 서지 않았을 것이다.

본격적으로 입시공부를 시작했다. 십여 명 친구들과 과외도 시작했다. 그런데 갈수록 아이들이 줄어들었다. 과외 수업료 때문이 아니라, 공부에 지치거나 입시의 중압감을 이겨내지 못한 탓이었다. 결국 마지막엔 달랑 나 하나만 남았다. 그때 막연히 알게 되었다. 내게 끈기가 있다는 것을.

나는 경북중학 합격을 자신했다. 하지만 결과는 낙방이었다. 미술 과목에서 나쁜 성적을 거둔 것이 결정적 원인이었다.

결국 2차 시험으로 대구중학교에 응시하였고, 무난히 합격하였다. 경북중학 낙방 당시엔 충격이 컸다. 태어나 좌절감이란 걸 처음 느꼈다. 대구의 하숙집에서 대구중학에 가려면 경북중학 앞을 지나야 했는데, 한동안 먼 길을 돌아서 등교하기도 했다.

하지만 좌절감은 곧 극복했다. 다시 실패하지 않으면 된다고 생각했다. 이때의 낙방 경험은 내 인생에 소중한 교훈을 남겨주었다. '목표를 설정하고 거기에 도전 할 때 어떤 자세로 해야 하는가'에 대한 교훈이었다.

나는 어떤 목표에 도전하는 젊은 세대에게 이렇게 말하고 싶다.

'목표를 세울 때는,

본인이 감당할 수 있는 범위 내에서,

가급적 목표를 높이 잡으세요.'

어떤 일에 도전할 때, 자신의 능력에 견줘 불가능한 수준의 아주 높은 목표를 잡아서는 안 된다. 이것은 요행을 바라는 것이다. 반대로 지나치게 낮은 목표를 잡는 것도 좋지 않다. 안전하기야 하겠지만, 이런 경우 도전 욕구도 생기기 힘들고, 목표를 이룬 후 성취감도 없을 것이다. 가장 적절한 것은 '감당할 수 있는 범위 내에서의 가급적 높은 목표'이다.

이런 자세로 도전하여 목표를 이룬다면 더 이상 좋을 게 없다. 설령 목표를 이루지 못해도, 좋은 점이 남는다. 그 목표를 이루기 위해 노력하는 과정에서 실력이 늘어난다는 점이다. 늘어난 실력은 향후에 또 다른 도전을 할 때 힘이 된다.

나도 그랬다.

경북중학 입학에 실패했지만 나는 대구중학엔 거뜬히 합격했다. 경북중학 입학을 위해 노력하면서 쌓인 실력이 있었기 때문이었다. 그 실력은 대구중학 재학시절에 좋은 성적을 유지할 수 있는 기초체력 같은 것이 되어주었다.

그로부터 3년 후, 나는 경북고등학교 입학시험을 쳤다. 이번에는 가뿐하게 합격하였다.

그 겨울의 상추

대구중학 입학식을 마친 날, 부모님과 대구역에서 이별하였다. 어머니가 많이 우셨던 기억이 난다. 나는 웃었다. 웃는 나를 보고 어머니가 안도하셨다고 한다. 대구에서의 첫 1년은 인쇄업을 하던 포정동의 먼 친척집에서 살았다. 이후 하숙을 했다.

대구에서 지내면서 외롭다는 생각은 들지 않았다. 새로운 풍경, 새로운 친구를 만나는 설렘이 더 컸다. 시골 출신이라고 기가 죽지도 않았다. 열등감도 없었다. 대구생활 초기에 인상적이었던 것은 대구 아이들 얼굴이 시골 출신 아이들보다 하얗다는 점이었다. 수돗물 보급률과 관계가 있었던 것 같다. 악센트가 강한 대구 사투리가 낯설었다.

중학시절엔 축구, 야구 등 운동도 열심히 했다. 당시 대구중학은 야구 명문이었다. 배트와 글로브를 사서 방학 때 선산에 내려와 동생, 친구들과 야구를 하기도 했다. 이때 경험 탓에 훗날 구미시장이 된 후에도 종종 야구를 했다. 수비는 2루수를 보았고, 가끔 투수도 했다. 구속은 느리지만 볼넷을

안 주기 때문에 큰 점수를 내준 기억은 없다. 안타도 종종 쳤으니, '팀에 부담을 주는 선수'는 아니었다.

중학시절 어느 날, 아버지가 대구에 출장 오셨을 때의 일이다. 아버지는 나를 대구 도심의 강산면옥에 데려가 불고기를 사주셨다. 식당 안에 텔레비전이 있었다. 약 17인치 정도였던 것 같다. 서부영화가 나오고 있었다. 총을 든 서부의 사나이가 한국말을 하는 게 신기했다. 당시 나는 더빙이라는 걸 몰랐다.

그때 요리가 나왔다. 불고기 쌈용으로 상추가 나온 걸 보고 놀랐다. 때는 겨울이었다. 어떻게 겨울에 상추가? 그땐 몰랐지만, 이제는 안다. 그 시절에도 비닐하우스 농법에 눈뜬 그분야의 선구자가 있었던 것이다.

'그 겨울의 상추'는 다가올 시대의 변화를 예고하는 것이었다. 1965년경이었으니, 한국의 산업화가 막 기지개를 켜던 때였다. 그러나 사회 저변에선 '잘 살아보세'라는 건강한 의지가 움트고 있었다. 그리하여 농업에서도 새로운 농법으로 혁신을 추구하던 사람들이 나타나고 있었던 것이다.

중학시절에는 매달 한 번 선산에 갔다. 당시 버스로 대구에서 선산으로 가려면 3시간쯤 걸렸다. 성적표를 들고 갈 때면 기분이 좋았다. 부모님을 기쁘게 해드릴 수 있다는 자식 된 마음에서였다.

상위권 성적을 유지해야 했기 때문에, 시험 스트레스는 컸다. 시험에선 요령도, 행운도 성적에 영향을 주지만 난 그걸 받아들이지 않았다. '성적은 노력을 배신하지 않는다'는 주의였다. 시험 치기 전날 밤샘 공부도 많이 했다. 영어 과목은 교과서 전문을 통째로 외우기도 했다. 밤샘 공부를 하고, 학교에 가 시험지를 보면 사진을 찍은 듯이 공부한 것이 머리에 되살아났다.

내내 상위권 성적을 유지한 탓에 경북고등학교에는 어렵지 않게 합격할 수 있었다. 고등학교 때는 중학교 때만큼 열심히 하지 않았다. 사춘기를 통과한 탓이다. 또 다른 이유도 있다. 합격 후의 성취감에 안주한 것이다.

그 시절, 좋은 친구들을 많이 만난 것은 큰 보람이었다. 고등학교 동문들은 훗날 내가 구미시장을 할 때, 시정에 도움을 이끌어내는 소중한 인적 자원이 되었다.

1학년을 마치고 나는 문과, 이과 중 이과를 선택했다. 당시는 공대가 아주 유망

• 고등학교 시절

한 때였다. 그런데 한 달 안 가 나의 선택이 잘못된 것임을 깨달았다. 이과 공부가 적성에 안 맞았던 것이다.

선생님을 찾아가 문과로 가게 해달라고 졸랐다. 선생님은 안 된다고 하셨다. 선생님이 보시기에 내가 무척 당돌해보였을 것이다.

그런데 해결방법이 나왔다. 당시 같은 학년에 김용순이란 친구가 있었다. 그 친구는 이과로 가고 싶어 했다. 결국 그 친구와 문·이과를 바꿔 공부할 수 있었다.

이 일은 나의 캐릭터를 보여주는 일화다.

사람은 누구나 잘못된 결정, 판단 착오를 할 수 있다. 선택 후에는 후회가 찾아온다. 어떤 사람은 그 잘못된 결과를 되돌리려는 노력을 포기하기도 한다. 나는 이게 지혜로운 태도가 아니라고 생각한다. 잘못된 것이 있다면 최대한 빨리 바로잡아야 한다.

이런 경우가 아니더라도, 사람은 어떤 일을 하든지 자신이 현재 자리하고 있는 좌표나 궤도를 수시로 점검할 필요가 있다. 이러한 태도는 그의 삶

에서 실수나 실패를 줄여준다. 또 타성이나 관성에서 벗어나 새로운 도전을 시도하는 힘이 된다.

내가 이과에서 문과로 궤도 수정을 한 데는, 내 적성에 맞을 것 같은 미래를 발견하였기 때문이었다. 그것은 정치를 포함하여, 공적 영역에서 활동하는 것이었다. 그러려면 의대나 공대보다, 문과 계통이 맞을 것 같았다. 시간이 흘러, 나는 서울대학교 문리대에 입학하였다.

콤플렉스 無

아들의 서울대 합격 소식을 들은 아버지는 군청 앞 다방에서 모든 손님들에게 인삼차를 돌렸다. 요즘으로 치면 '골든벨'을 울린 것이다. 아버지의 기분을 이해할 수 있었다. 아버지의 소망은 아들이 군수를 하는 것이었다.

그런데 아버지는 이 일로 어머니의 질책을 들어야 했다. 쓸데없이 자식 자랑을 했다는 이유에서였다. 아버지는 아내가 질책한다 하여 버럭 화를 내는 남자는 아니었다. 이유가 있으면 수긍하는 남자였다. 이 탓에 두 분은 부부싸움을 거의 하지 않았다.

이런 부모님 덕분에 나의 유년시절은 구김살이 없는 시절이 될 수 있었다. 부부의 화목은 아버지가 공무원이어서 당장 먹고 사는 데 걱정이 없다는 물질적인 안정보다, 더 소중한 것을 주었다. 정신적인 안정감이었다. 이런 성장환경은 나를 모난 구석이 없는 원만한 사람으로 성장하게 해준 자양분이 되었다. 또 콤플렉스가 없는 사람으로 만들어주었다.

콤플렉스는 부정적으로 작용할 때가 많다. 리더도 마찬가지다. 조선왕

* 대학 입학식 때 친구들과 함께

조를 보면 나라를 망친 왕 중에, 마음 깊은 곳의 콤플렉스가 나쁘게 발현한 경우가 있다. 대표적인 것인 조선 제14대 왕인 선조이다. 중종의 서손(庶孫)인 선조는, 신하들에 의해 왕으로 선택된 탓에, 정통성에 대한 콤플렉스가 있었다. 일부 역사학자들은 이점이 훗날 그의 이해할 수 없는 정치적인 선택, 행동의 배경이 되었다고 평가한다.

부모님은 내게 당신들이 가진 좋은 기질도 많이 물려주셨다.

아버지는 머리가 빼어났다. 일제강점기 때 일본인 담임선생님이 '싹수'를 알아보고 일본 유학을 권했을 정도였다. 그래서 초등학교 졸업 후 집안에서 어렵게 유학비를 마련하여 일본 도쿄에서 아르바이트를 하며 상업고등학교를 졸업하였다. 그 후 몇 년 만에 고향에 돌아왔다가 해방을 맞았고, 고향 선산에서 공무원 생활을 시작했다.

아버지는 호방한 남자였다. 풍채도 근사하였다. 운동실력도 일품이었다. 그것은 내 동생 둘이 육상선수를 했으니 증명이 된다. 나도 축구로 야구로 남들보단 운동신경이 뛰어나니 우리집 가계는 아버지 혈통을 제대로 받은 것이다. 아버지가 화를 내는 것은 한 번도 본적이 없다. 나는 매도 한 번 맞지 않고 자랐다. 우리 집은 늘 그렇게 화평스러웠다. 어머니의 차단지 같은 살림살이 솜씨로 5남매가 대학을 다 나왔다. 아버지는 많이도 베푸신 것 같다. 넉넉한 품새로 득인심을 한 것이다. 지금도 아버지의 공직 후배들이 많이 있는데 한결같이 이같이 얘기를 한다.

우리집 기둥은 어머니였고 아버지는 큰 우산이었다. 또 매사에 긍정적인 분이었다. 맏아들이었던 나는 아버지의 그런 기질을 많이 물려받은 것 같다. 구미시장이 된 후 나는 새로운 일을 추진할 때 겁 없이 추진한 것이 많았다. 또 어려운 일에 직면해도 긍정적인 마인드로 헤쳐 나갔다. 여기엔 아버지로부터 물려받은 기질이 작용하였다고 생각한다.

대구에서 하숙을 하는 동안 종종 부모님의 편지를 받았다. 아버지가 편지에 자주 쓰신 게 있다. '정신일도하사불성(精神一到何事不成)'이었다. 정신을 집중시켜서 노력하면 어떠한 어려운 일도 성공한다는 뜻이다.

아버지가 어린 아들에게 이 문구를 자주 사용하신 뜻은 명확하다. 공부할 땐 집중하라는 뜻이었다. 난 그 말에 따랐고, 이것은 내가 성인이 된 후 사회생활을 할 때 큰 힘이 되어 주었다. 남다른 집중력을 가진 사람이 되었던 것이다.

아버지에게 물려받은 또 하나의 좋은 유전자는 건강이었다. 아버지는 육상에 특기가 있었고, 씨름도 잘하셨다. 당신의 건강체질을 물려받은 덕분에 나는 구미시장으로 있으면서 정력적으로 일할 수 있었다. 2010년 도민체전에선 구미시 축구 대표선수로 뛰기도 했다. 나의 두 동생은 학창시절

육상선수를 하기도 했다.

어머니는 참 지혜로운 분이었다.

어머니로부터의 가장 소중한 물려받음은, 사람으로 태어나 어떻게 사람들과 관계를 맺으며 살아가야 하는가에 대한 가르침이었다. 앞에서 언급한 것처럼, 어머니는 걸인조차 함부로 대하지 않았다. 타인을 존중하는 어머니의 태도는, 나에게 배려와 겸허함의 가치를 가르쳐주었다.

또 어머니는 나에게 절제의 가치를 가르쳐주셨다. 어머니에겐 당신만의 생활 철칙이 하나 있었다. 남 앞에서 절대 자식 자랑을 하지 않는 것이었다. 훗날 우리 형제들이 좋은 학교에 진학하였을 때도 어머니는 일체 자랑하지 하지 않으셨다.

나는 그 절제가 참으로 지혜로운 것이었다고 생각한다. 만약 어머니가 자식 자랑을 요란하게 하셨다면 어떻게 되었을까? 이웃의 부러움은 질투가 될 수도 있었을 것이고, 그것은 우리 형제들에게 나쁘게 작용할 수 있었을 것이다. 많이 배우시진 않았지만 어머니는 삶의 경험으로 그런 세상사의 이치를 헤아리셨던 것이다.

세상사를 미리 헤아린다는 것! 그것은 길게, 넓게, 객관적으로 세상을 바라보아야 가능하다. 그런 어머니의 영향 탓일까, 나도 구미시장으로 일하면서 사안을 길게, 넓게, 객관적으로 보려고 노력하였다.

여명의 눈동자

서울대학교에 원서를 냈을 때 나의 1지망 학과는 정치학과였다. 1지망에서 아깝게 떨어지고 말았다. 당시 서울대 정치학과는 커트라인이 매우 높았다. 경영학과보다 3점이 높았다. 다시 한 번 찾아온 좌절! 누굴 탓하랴. 다 내 탓이었다.

결국 2지망인 철학과(종교학 전공)에 입학하게 되었다. 정치학과에 입학하지 못해 실망한 것은 잠시였다. 철학과에 들어간 것은 결과적으로 내 삶에 도움이 되었다. 인문학 지식과 소양을 듬뿍 습득할 수 있었기 때문이다.

대학에 다니던 1970년대의 구미 모습이 기억난다. 산업단지가 조성된 후 구미는 하루가 다르게 변화했다. 당시 현재의 구미시에는 산업현장에서 일할 사람들을 수용할 집이 크게 부족했다. 많은 근로자가 선산읍에서 세 들어 살았다. 아침이면 선산에서 구미로 향하는 출근버스가 꼬리를 이었다.

대학시절 고향에 내려와 이런 모습을 보면서 시대의 변화를 절감했다.

caption
• 대학 졸업식 때 부모님과 함께

그것은 단군 이래 가장 드라마틱한 범국민적인 변화였다. 가난에서 벗어
나려는 근면과 자조와 도전정신이 공기처럼 선산과 구미 지역에 흘러 다
녔다.

　그 시절은 한국 현대사의 큰 전환기이기도 했다. 오래된 농업국가가 제
조업 중심의 산업국가로 변화하던 순간이었던 것이다. 정신적인 면에서
는, 오랜 가난 때문에 잠재의식화 된 패배주의, 좌절감이 '하면 된다'는 자
신감으로 바뀌던 시절이었다.

　국가 산업단지가 들어선 구미는 대한민국 그 어느 도시보다 그 거대한
변화의 에너지가 약동하고, 그 변화가 가져다줄 미래의 서광이 선명하게
떠오르는 도시였다.

　한국의 국토를 몸에 비유한다면, 1970년대는 그 몸이 긴 잠에서 깨어나
새로운 새벽을 맞던 시절이었다. 그리고 구미는 그 새벽 여명 속에서 유독

156
남유진은 경제다

반짝이는 눈동자와 같은 도시였다. 나는 이 감격적인 변화의 도시에서 태어났다는 것이 자랑스러웠다. 그 긍지는 지금도 여전하다.

대학 3학년이 되면서 고향에 자주 내려오지 못했다. 본격적으로 행정고시 공부를 시작했기 때문이다. 영천시 신령면에 있는 수도사의 암자 등 전국 여러 곳의 절에서 공부했다. 모든 걸 공부에 쏟아부었다. 구미시장이 된 후에도 꿈에 고시 공부할 때의 모습이 나타날 정도로 열심히 했다. 노력은 보답을 받았다. 1978년 22회 행정고시에 합격한 것이다. 시험을 치른 직후, 합격을 자신할 정도로 성적이 좋았다.

수습사무관 교육은 1979년 5월에 시작될 예정이었다. 몇 개월의 여유 시간을 활용하고 싶었다. 그 동안 나의 부족한 부분을 보완하면 좋을 것 같았다.

'내게 부족한 점은 무엇인가?'

진단해보니, 발표력이 부족하다는 걸 알게 되었다. 고등학교 시절에 원인모를 이유로 한 동안 말을 더듬거린 경험도 있었다.

발표력은 리더에게 중요한 능력이다. 좋은 발표는 쉽고 명쾌하게 메시지를 전달하는 것이다. 이를 위해서는 요점을 잘 파악하고, 메시지를 잘 설계하는 능력도 필요하다. 언변도 좋아야 한다. 타고난 웅변가, 연설가도 있지만 대부분 사람에게 발표력은 단숨에 습득되는 능력은 아니다. 노력이 필요하다.

궁리 끝에 발표력을 키울 방법을 찾아냈다. 학원에서 강의를 하는 것이었다.

일로 승부하라

학원 강사를 한다는 건 고시 합격생으로선 당돌한 발상이었다. 아버지를 닮은 탓에, 새로운 일을 시작할 때 겁을 잘 안내는 나는 주저하지 않고 행동했다. 이력서를 들고 당시 종로 화신백화점 뒤에 있던 공평학원(구 콜롬비아 학원)에 갔다. 담당자에게 행정학 강의를 하고 싶다고 했다. 나의 어떤 점을 좋게 보았는지는 알 수 없으나, 그 자리에서 오케이를 받았다.

학원에서 세 달간 행정학을 강의했다. 강의는 내게 여러모로 도움이 되었다. 강의를 준비하면서 다시 행정학을 공부하게 되었다. 또 수강생들에게 가르칠 내용을 쉽게, 재미나게 전달하는 과정에서 발표력이 좋아졌다.

이듬해 5월, 대전에 있는 중앙공무원교육원에서 교육을 받는 것으로 나의 공직생활은 시작되었다. 교육기간은 2개월이었다. 행시 22회 동기는 250명이었는데, 훗날 동기 중에 장관이 여럿 나왔다.

2개월의 교육은 즐거운 기억으로 남아 있다. 휴일에 동기들과 축구를 하였는데, 내가 동기들 중에서 1호 골을 넣었던 추억도 있다. 1주일간 새마을

교육을 받았던 것도 기억난다.

교육과정에서 공직 선배들로부터 좋은 충고도 많이 들었다. 당시 교육원 원장인 김용래 씨가 했던 말이 특히 기억에 남는다.

"여러분이 앞으로 어느 부서에서 일하든 바로 위의 상급자를 잘 모셔야 합니다. 그것이 알찬 공직생활의 시작입니다."

계장이면 과장, 과장이면 국장을 잘 모시라는 이야기였다. 잘 모시란 이야기는 물론 아부를 하라는 이야기는 아니었다.

왜 직상급자를 잘 모셔야 하는가? 먼저, 그것이 가장 빨리 업무를 파악하는 방법이기 때문이다.

어느 영역에서든지 일을 잘 파악하는 것은 성공의 최소 요건이다. 특히 공직에 있는 사람이 자신의 업무를 A부터 Z까지 잘 파악하는 것은 당연한 책무다. 제대로 파악하지 못하는 것은 직무유기다. 직상급자는 업무에 관한 한 최고의 멘토(mentor)다. 멘티(mentee) 즉 가르침이나 도움을 받는 사람은 멘토에게 묻고, 소통하고, 충고를 받아야 빨리 업무를 파악할 수 있다. 이것이 잘 모시는 것이다.

또 이런 태도로 직상급자와 소통을 잘 하는 것은 조직을 건강하고, 탄탄하게 만든다. 사라져야할 병폐지만 지금도 어떤 조직에는 소위 '라인'이라는 것이 있다. 요즘도 조직에 몸담은 사람 중엔 좋은 라인에 합류하려고 공을 들이거나, 조직의 '실력자'와 친분을 쌓으려고 애쓰는 사람이 있다. 그래선 안 된다.

조직이 발전하고 또 자신이 진정으로 발전하려면 자기 업무부터 충실해야 한다. 자기의 업무와 관련이 있는 사람들로부터 산 경험과 지식을 배워야 한다. 그러므로 직상급자를 잘 모시라는 말은, 어떤 조직에서 일하든지 '일로 승부하라'는 권고이기도 하다. 교육과정에서 들은 그 충고는 훗날 내

• 중앙공무원 교육원 연수 후

가 구미시장이 된 후 공무원들에게 자주 하는 말이 되었다.

교육이 끝나고 수습사무관으로 공직생활을 시작했다. 경제기획원, 법무
부 등에서 수습을 받았다. 지방 수습은 경상북도 도청과 칠곡 군청, 대구
시청에서 했다.

수습 과정이 끝난 후 문교부(현 교육부)에 발령받았다. 첫 보직은 경북
대학교 도서관 수서과장이었다. 문리대 철학과 출신이라는 전공이 반영된
인사였던 것으로 생각한다. 바라던 보직은 아니었다. 하지만 최선을 다했
다. 이 또한 소중한 경험이 될 거라고 생각했기 때문이다.

그 생각은 맞았다. 이때의 경험은 훗날 구미시장이 되었을 때 범시민이
참여하는 책읽기 운동을 기획하고, 구미를 '도서관 도시'로 만드는 데 큰 도
움이 되었다.

공직생활을 시작한 후 얼마 안 되어, 소중한 인연을 만나 그 사람의 남편이 되었다. 아내는, 지금도 나의 따뜻하고 든든한 반려자로 함께 하고 있다.

공직에 들어선 후 구미시장이 되기까지, 정부 여러 부처에서 다양한 경험을 하였다. 근무한 부서와 주요 보직을 간단히 언급하면 이러하다.

문교부, 새마을운동중앙본부(파견), 산림청 기획관리관실, 내무부(지방재정국, 민방위본부 소방국, 지방자치기획단), 대통령비서실 행정수석실 행정관, 경북 청송군수, 내무부 장관 비서실장(감사담당관, 기획과장), 행정자치부(교부세 과장, 공기업 과장), 대통령 비서실 정무수석실 국장, 구미시 부시장(2001년 2월~2003년 9월), 국가청렴위원회 홍보협력국장 등.

이 경험들은 내가 행정 분야에서 누구에게도 뒤지지 않는 지식을 갖추는데 도움이 되었다. 새마을운동중앙본부에서 2년간 파견 근무를 하였던 경험도 잊을 수 없다. 그곳에서 일하며 새마을운동에 눈을 뜨게 되었다. 또 전국의 새마을 현장을 돌아다니며 지방 행정에 대한 식견을 넓힐 수 있었다.

내무부에서 근무하면서 내 나름의 미래를 꿈꾸었다. 시장이나 도지사가 되는 것이었다. 내가 공직생활을 시작하던 때는 지방자치제도를 실시하기 전이어서, 정부에서 단체장을 임명하였다. 중앙 부처에서 경력을 쌓으면 젊은 나이에 군수, 시장도 할 수 있었다.

빨리 출세하고 싶다는 욕망 때문만은 아니었다. 나는 한 조직을 완전하게 책임진 리더가 되고 싶었다. 나의 역량으로 조직에 큰 변화를 이끌어내고 싶었다. 그 변화가 내가 리드하는 공동체의 발전으로 이어지는 근사한 상황을 만들어내고 싶었다.

당시 정부 부처 중에서 경제부처는 경제기획원, 재무부가 인기가 있었다. 비경제부처는 내무부가 단연 인기 최고였다.

여러 부서에서 근무하며 행정 경험을 쌓은 후인 1993년 3월, 경북 청송 군수가 되었다. 가족이 모두 청송군으로 내려가 1년여를 살았다. 덕분에 도시에서 나고 자란 아들도 소중한 시골 생활을 경험할 수 있었다. 군수 발령이 난 후 아버지의 소원을 이뤄드렸다는 사실도 무척 기뻤다.

젊은 나이에 군수라니! 가슴이 설레는 일이었다. 발령장을 받고 노귀재를 넘어 청송군으로 갈 때의 기분은 지금도 생생하다.

그런데 부임 후 몇 사람에게 이런 인사말을 들었다.

"오지에 오셔서 고생이 많겠습니다."

위로의 뉘앙스를 주는 이 인사말이 신경 쓰였다. 또 첫 업무보고에선 청송이 안동문화권에 예속되어 있다는 보고를 들었다.

신임 군수로서 청송군에 대한 이런저런 선입견을 깨야 할 필요성을 느꼈다. 이 시대 최고의 승지(勝地)로 만들고 싶다는 의욕까지 느꼈다. 그래서 명확한 군정 방침을 정하였다. '승지 청송 건설'이었다.

방침을 정한 후엔 다양한 사업을 추진했다. 장학재단을 만들었고, 군민헌장을 제정하였다. 주왕산 진입로 수 킬로미터 구간에 벚꽃을 식재하였다. 먼 훗날 주왕산 일대가 국내 최고의 벚꽃축제가 열리는 공간이 되는 것을 염두에 둔 사업이었다.

길지 않은 시간이었지만 청송군수 시절은 지금 생각해도 보람된 시간이었다. 아들이 훗날 자기 소개서에 청송에서 보낸 시간을 적는 것을 보면, 우리 가족에게도 청송에서 보낸 시간은 소중한 것이었다.

이듬해 4월 나는 내무부로 복귀했다.

내무부 복귀 후 여러 부서에서 일했다. 장관 비서실장으로 일하기도 했다. 비서실장으로서 내가 모신 장관은 조선일보 편집국장 출신으로, 4선 국회의원이었던 김용태 장관이었다.

비서실장으로 한 일 중엔 연설문을 최종적으로 다듬는 일도 있었다. 기자 출신인지라 김용태 장관은 필력이 뛰어난 분이었다. 그런 분에게 연설문을 다듬어서 보고하는 일은 여간 신경 쓰이는 일이 아니었다. 다행스럽게도 김용태 장관은 온후한 분이어서, 내가 최종적으로 손 본 연설문을 드리면 아무 말씀도 안 하셨다. 이 경험은 나의 필력도 향상시켜 주었다. 단련된 필력은 훗날 내가 수필가로 등단하게도 해주었다.

이 무렵 내무부 관료들은 사기가 약간 떨어진 상태였다. 1995년 실시 예정인 지방자치제도 때문이었다. 이로서 내무부 관료 생활을 하다가 도지사나 시장으로 나가는 길이 막혀버렸다.

이 무렵 나는 미래에 어떤 위치에 있게 되든지, 역량을 강화할 필요를 느꼈다. 그런 모색 끝에 새로운 도전 목표를 세웠다. 외국 유학이었다.

'열공' 비서실장

외국 유학을 결심한 데에는 구체적 이유가 있었다. 먼저 행정학을 더 심도 있게 공부를 하고 싶었다. 그중에서 특히 한국보단 지방자치가 앞선 미국의 행정제도를 공부하고 싶었다.

또 잠시 한국을 벗어나서 살아보고 싶었다. 유학은 세계를 보는 내 눈을 넓혀주는 계기가 될 것 같았다.

세 번째는 영어 능력을 키우고 싶었다. 외무부 같은 부서와는 달리, 내무부에선 영어를 사용할 일이 거의 없었다. 내무부에서 오래 근무하면서 영어 실력은 점점 떨어졌다. 유학을 통해 능력을 다시 키우고 싶었다.

당시 나는 40대였다. 관료로서 외국 유학에 도전하기에는 늦은 나이였다. 총무처에서 주관하는 유학생 선발시험은 경쟁률도 높았다. 목표를 이루는 게 힘들다는 생각은 하지 않았다. 당시 나는 내 나름의 확고한 캐릭터를 갖춘 상태였다. 그것 중 하나가 '도전할 만한 가치가 있는 목표가 선다면, 그 목표의 완성을 향해 주저하지 않고 실행하는 것'이었다.

『아카데미 토플』 같은 책을 보며 시험에 대비했다. 장관 비서실장 자리는 장관이 퇴근하기 전까지는 보좌 업무로 늘 긴장되고 바쁜 자리였다. 그래서 퇴근 후 집중적으로 공부했다. 즐거운 마음으로 요즘 말로 '열공'하였다.

유학 준비를 할 때 몇 분이 유학을 말렸다. 현실적인 면에서 이해가 안 된다고 했다. 난 생각을 바꾸지 않았다. 당장의 편리함을 생각한다면 주변 분들의 권고에 타당한 면이 있었다. 하지만 눈앞의 현실에 골몰하기 싫었다. '인생은 길다. 레이스도 길다'고 생각했다. 또 스스로에게 분명한 믿음이 있다면, 행동으로 최선을 다하는 인간이 되고 싶었다. 결과는 내가 책임지면 되는 거라고 생각했다

1995년 8월 치러진 시험에서 합격하였다. 당시 내무부에 할당된 국비유학생은 4명이었다. 성적에 따라 2명이 미국으로 갈 수 있었는데, 그중 한 명에 들었다.

내가 유학한 학교는 미국 워싱턴DC에 있는 조지타운대학이었다. 1789년 개교한 대학으로, 미국의 수도에 있는 학교인지라 외교, 정치, 행정 분야는 아이비리그 대학을 능가하는 명문대학이었다. 1996년 8월에 떠나, 1998년 8월까지 2년간 그곳의 공공정책대학원(Public Policy Program)에서 공부했다.

행정관료인 내가 미국 행정의 중심도시인 워싱턴DC에 있는 대학에서 공부할 수 있었던 것은 행운이었다. 워싱턴에서 한 유학 경험은 유학에 대한 내 나름의 독특한 관점도 가지게 해주었다.

2016년 대구한의대에서 한 특강에서 학생들에게 이런 말을 했다.

"여러분이 훗날 유학 가면 대학 지명도 못지않게, 고려할 것이 있습니다."

"그게 무언가요?"

"전공에 잘 부합하는 도시를 선택하는 것입니다."

왜 그러한가.

미국에서 정치나 행정 분야는 워싱턴DC가 중심도시이다. 당연히 이 도시에 있는 조지타운대학은 정치와 행정 분야에선 최고 명문대학이다. 그런데 이게 전부가 아니다. 워싱턴DC에서 공부하면 미국의 수도인 그 도시에 있는 여러 정치, 행정 인프라(백악관, 연방의회, 연방정부, 최고재판소 등)와 콘텐츠를 체험하는 기회가 많아진다. 이것은 또 하나의 공부이다.

나도 그랬다. 대학에서 듣는 강의 외에도 나는 의사당 등 여러 기관을 방문하여 유의미한 체험학습을 하였다. 또 2년간 매일 〈워싱턴 포스트〉를 읽으며 미국 정치와 행정의 흐름을 읽었다. 그것은 살아있는 공부, 입체적인 공부였다.

그 과정에서 나의 눈은 단순히 내무부 소속 유학생 차원에서, 크고 넓은 세계를 직간접적으로 체험하는 차원으로 높아졌다. 내가 요즘도 자주 하는 말이지만, '동산에 올라가면 마을밖에 안 보이지만, 태산에 올라가면 천하가 보인다.'는 말을 실감한 시절이었다.

이것이 어찌 행정학에 국한되는 것일까. 경영학, 철학, 공학 등 전공에 따라 맞는 도시가 있을 것이다. 그런 것까지 염두에 두고 유학 갈 학교를 정한다면 더 알찬 공부를 할 수 있을 것이다.

미국에서 받은 첫 과정은 어학연수였다. 어학연수를 받던 중, 새로운 목표가 생겼다. 미국 행정제도에 대한 책을 쓰는 것이었다.

미국유학시절, 꿈은 영글고

책 쓰기는 유학 스케줄이 결정된 후에 막연하게 생각한 일이었다. 계기는 유학을 떠나기 전 교보문고에 가서 예습 삼아, 미국의 행정과 관련 있는 책을 구입하던 중에 찾아왔다. 그날 서가를 둘러보고 놀랐다. 해당 분야 국내서적이 별로 없었던 것이다. 한국의 지식 인프라가 아직도 얕구나 하는 생각이 들었다.

'그럼, 내가 한 번 써볼까?'

교보문고를 나오며 문득 이런 생각이 스쳐갔다. 이 생각이 미국에 도착하여 어학연수를 받던 중에 구체화된 것이다.

결심이 서자, 많은 것이 달라졌다. 도서관에서 책을 대하는 자세부터 달라졌다. 꼭 필요한 책은 정독하게 되었다.

이는 당연한 일이었다. 어떤 일에서든 목표를 세웠다면, 목표 달성을 위해 전력을 다 해야 한다. 나도 적당히 하는 건 싫었다. 이것은 그때나 지금이나 변함없는 내 삶의 원칙이다.

검술을 배우는 병사의 비유를 들어보자. 병사가 검술을 배우는 것은 훗날 일어날지 모르는 전투에 대비해 전투력을 키우기 위해서다. 그런데 내일 전장에 나가는 병사라면, 검술을 배우는 태도가 달라질 것이다. 아니, 달라져야 한다. 자신의 모든 에너지를 집중하여 배워야 한다. 어떤 목표를 자신이 원하는 수준으로 이루어내려면, 내일 전장에 나가는 병사가 검술을 배우는 수준의, 몸과 마음의 치열한 집중이 필요하다.

참고서적 정독은 시작에 불과하였다. 무수한 자료를 필사하여야 했다. 복사할 것도 많았다. 또 책에 쓸 내용을 구상하느라, 생각할 것도 많았다.

책을 쓰는 것은 또 하나의 공부이기도 했다. 그것은 눈이 아닌 손과 몸으로 하는 공부였다. 읽고, 생각하고, 쓰고 … 그런 과정에서 배우고 익힌 내용들이 피가 되고 살이 되어 체화되는 느낌을 받았다. 설렘도 있었다. 미지의 한국 독자들에게 유익한 지식을 전할 수 있겠구나!

한 번도 안 해본 일이라 처음엔 쉽지 않았다. 진도도 잘 나가지 않았다. 첫 원고를 쓸 때는 대학노트 한 페이지도 채우기가 힘들었다.

이건 어느 분야나 마찬가지다. 운동이나 공부도 처음 시작하고 얼마동안은 실력이 늘진 않는다. 그런데 꾸준히 하면 언젠가, 자신도 모르는 사이에 실력이 느는 순간이 온다. 비행기가 나는 것에 비유하면, 평지의 활주로를 박차고 비상하는 'take off' 즉 이륙의 순간이 오는 것이다. 맨땅에 박치기하는 식으로 시작하였지만, 지속적인 노력이 보답을 받는 일취월장의 순간이다.

나도 그랬다. 어느 순간부터 하루에 작성하는 원고 양이 쑥 늘어났다. 시간이 꽤 흐른 후, 컨디션이 좋을 때는 하루에 30페이지를 쓴 날도 있었다.

처음 도전한 책 쓰기는 또 하나의 선물을 주었다. 몰입 습관이었다. 이것은 학창시절부터 어느 정도 습관화한 것이지만, 책 쓰기는 몰입 습관을

내 몸에 더욱 단단하게 심어주는 계기가 되었다. 원고는 주로 대학 도서관에서 썼는데, 어떨 땐 형광등 불빛에 눈이 아파서, 선글라스를 끼고 원고를 쓰기도 했다.

수업과 별개로, 시간 날 때마다 1년여를 쓰고 또 썼다. 만년필 카트리지를 수도 없이 갈아 끼웠다. 밤 10시쯤 복사 가게인 킨코스에 가서 참고자료를 복사한 날도 많았다.

그 결과 유학을 떠난 지 1년 반 만에 원고를 완성하였다. 내가 기울인 노력은 한 장의 플로피디스크에 저장되었다. 그것은 물리적으론 가볍지만, 정신적으론 한없이 묵직했다. 뿌듯한 성취감이 주는 근사한 중량감이었다.

이어서 다른 주제의 책 집필을 시작하였다. 이때 시작한 원고는 유학기간이 6개월밖에 남아 있지 않아, 미국에선 원고의 반만 완성하였다.

유학을 마치고 한국에 돌아온 후 첫 번째 원고가 1999년 단행본으로 출간되었다. 『미국 정치와 행정』(나남 출판사)이다. 두 번째 시작한 원고는 『미국 지방자치의 이해』(집문당 출판사)라는 제목으로 2005년 출간되었다.

책이 서점에 배포된 후의 일이다. 주미 한국대사관에 발령받은 지인 한 분이 나에게 연락을 해왔다. 미국 근무에 대비해서 참고할 책을 찾기 위해 교보문고에 갔는데, 내가 쓴 『미국 정치와 행정』을 발견했다는 것이다. "큰 도움이 될 것 같다, 고맙다"고 했다. 그 말에 책 쓴 보람을 느꼈다. 과분하게도 나는 이 책으로 2000년 행정자치부 전국공무원 문예대전 저술부문 우수상을 받기도 했다.

2015년 미국 출장 때 조지타운 대학을 다시 찾은 적이 있었다. 캠퍼스 벤치에 앉아 주변 풍경을 둘러보았다. 어디서 왔는지 다람쥐 한 마리가 살금살금 내가 앉아 있는 벤치로 다가왔다. 풍경은 평화로웠고, 마음은 여유로웠다.

나는 눈을 감고 지난 시절을 추억했다.

'내 삶의 어느 한 시절, 가치 있는 목표에 도전하여 마침내 이루어 낸 그 자리! 그곳에 내가 다시 돌아와 과거를 추억할 수 있다니… 이런 멋진 일이 내게 찾아오다니…'

마치 꿈인 것 같아 허벅지를 꼬집어보기도 했다. 흡족한 마음에 미소가 절로 떠올랐다.

그 막중한 책임 앞에서

2001년 2월, 구미시 부시장 발령을 받았다. 미국에서 한국으로 돌아온 지 약 3년 후였다. 당시 구미시장은 김관용 현 경상북도 지사님이었다.

원래 구미시엔 2000년 초에 내려오게 예정되어 있었지만 2000년 2월 갑자기 청와대로 발령이 나서 1년이 늦어졌다.

부시장 발령 후, 구미로 내려오며 여러 마음이 교차했다.

먼저 기뻤다. 구미시 선산읍에서 태어난 사람이, 장성하여 고향에서 일을 하게 된 그 소중한 인연이 기뻤다. 복된 운명이라고 생각하였다.

기쁨과 더불어, 책임감을 느꼈다. 막연한 책임감이 아니라, 큰 무게로 다가오는 책임감이었다. 나를 키워준 구미임에도, 공직생활 동안 직접적으로 구미를 위해 일한 적은 없었다. 때론 그것이 고향에 대한 부채의식이 되기도 하였다. 그러하기에 구미에선 최선 그 이상의 최선이 필요하다고 생각했다.

부시장 취임 후 지역의 지인 몇몇 분들에게 인사 편지를 보냈다.

'길가에 피어 있는 풀 한 포기, 꽃 한 송이는 물론 귓가에 스쳐가는 바람소리조차 정겹게 느껴지는 내 고향 구미에서 일하게 되었습니다'로 시작하는 편지였다.

구미 부시장은 2003년 9월까지 하였다.

부시장으로 일하는 동안 원리원칙에 따라 엄정하게 업무를 보았다. 일에 관한 한, 아래의 공무원들도 엄격하게 대하였다. 그때 훗날 구미시장을 해보고 싶다는 생각을 염두에 두었더라면, 주변의 평판에 신경을 썼을 것이다. 그러다 보면 '좋은 게 좋은 것이다' 식의 무골호인형 공직자가 되었을지도 모른다.

지자체 부시장 치곤 오래 근무한 탓에, 구미의 시정을 꿰뚫게 되었다. 이 경험은 훗날 구미시장이 되었을 때, 별 시행착오 없이 막중한 소임을 시작할 수 있게 해주었다.

부시장으로 일하며, 구미시장으로 일하는 나의 미래상은 생각하지 않았다. 내 역할에만 최선을 다했다. 다만 구미시의 현장 곳곳을 돌아다니면서 문득문득 '내가 만약 시장이라면 저건 이렇게 바꾸면 좋겠다', '구미가 더 발전하려면 이런 게 필요하지 않을까' 같은 생각은 간혹 하였다.

이건 어느 조직에 몸담고 있는 사람이라도 누구나 해보는 상상이다. 기업체에서 일하는 평사원도 '내가 만약 사장이라면 무얼 바꾸고 싶다' 같은 생각을 하니까.

시장 출마를 생각한 것은 부패방지위원회 국장으로 재임하던 2004년 무렵이었다. 행정관료 중에는 훗날 국회의원 되는 걸 바라는 사람들이 있는데, 나는 거기엔 관심이 없었다. 현장에서 뛰면서 무언가를 새롭게 만드는 일에 더 관심이 많았다.

시장 선거는 2006년에 있었다.

'내가 시장 선거에 나간다?'

만약 그게 현실이 된다면, 그것은 내 인생의 새로운 도전일 터였다. 또 그것은 내 삶의 좌표가 행정관료 영역에서 정치 영역으로 확장되는 것이기도 했다.

'나는 준비되어 있는가?'

자주 이런 물음을 나에게 던지며 스스로를 점검하였다. 이 과정을 거친 후에 결심을 굳혔다. 이후 매주 주말이면 구미로 내려와서 많은 사람들을 만났다.

국가청렴위원회에서 국장으로 근무하던 2005년 10월 사표를 냈다. 2006년 지자체장 선거에 나갈 생각이던 중앙부처 관료 중에선 가장 빨리 사표를 낸 케이스였다.

빨리 사표를 낸 것은, 목표를 세우면 빨리 실행하는 나의 스타일에 부합하는 것이었다. 이런 저런 눈치를 보면서 가장 이익이 되는 시점을 저울질하는 것은 내 성격에 맞지 않았다.

선거가 있던 2006년 구미 지역은 정부의 수도권 규제완화 방침으로 여론이 뒤숭숭하였다. 그런 분위기에서 나를 포함해 네 명의 후보가 본선에 나선 한나라당 당내 경선은 매우 치열하였다. 나는 그 경선을 무사히 통과해 한나라당 후보가 되었다. 2년 넘게 부시장으로 일한 경력, 인물론, 경선 기간 동안 몸이 파김치가 되도록 사람들을 만나며 나를 알린 것이 고루 작용하여 거머쥔 승리였다.

한나라당 후보가 되면 시장 당선은 어렵지 않았다. 그럼에도 긴장을 늦추지 않았다. 시민들의 전폭적인 지지를 받아 당선되고 싶었다. 높은 득표율은 훗날 시정을 펴나가는 데 큰 힘이 될 것이라고 생각했기 때문이다.

선거일은 2006년 5월 31일이었다. 그날 밤 개표 결과가 나왔다. 결과를 보고 깜짝 놀랐다. 득표율 75.9%. 압도적인 승리였다. 이로서 나는 민선 4기 구미시장이 되었다.

당선 확정 후, 나를 지지해준 분들이 환호했다. 나도 기뻤다. 그러나 높은 득표율은 또 다른 의미로 다가왔다. 그것은 구미 시민들이 나에게 기대하는 것이 그만큼 많다는 뜻이기도 했다. 내가 기대에 부응하지 못한다면, 실망도 클 것이다. 리더의 자리는 그런 것이다. 박수는 짧고, 책임은 길다.

그래서 승리의 기쁨은 오래가지 않았고, 이런 상념이 뇌리를 울렸다.

'나는 나를 선택한 시민들의 기대에 온전히 부응할 수 있을까? 나를 선택하지 않은 분들에게도 구미 발전의 혜택을 돌려드리는 시장이 될 수 있을까? 어떻게 이 큰 책임을 온전히 완수할 것인가!'

태어나 가장 큰 책임감을 느꼈다. 그리고 다짐하였다.

'나는 선거운동을 하며 경제시장, 문화시장, 교육시장이 되겠노라고 시민들에게 약속하였다. 이 마음, 변함없이 지켜나가리라! 그리하여 구미 시민이 함께 성장하고, 함께 발전하는 미래를 만들어나갈 것이다.'

●4대 시장 취임식

4부

처음 마음 그대로

Yes Gumi (예스 구미)

시장 당선 후에도, 나는 선거운동 때 못지않게 바빴다. 구미의 새로운 비전을 만들어야 했기 때문이다. 그 중엔 도시브랜드 슬로건과 디자인 만들기도 있었다.

구미의 정체성과 비전을 잘 드러내는 슬로건이 필요하다고 생각했다. 쉽고, 메시지가 명료하면 좋을 것 같았다. 그래서 정한 것이 'Yes Gumi'였다. 여러 사람과 머리를 맞대고 의견을 모아서 만들었다.

'Yes'의 어감은 긍정적이다. 'Yes'라고 말할 때의 얼굴 표정도 'NO'라고 할 때보다 밝다. 발음하면 입 꼬리가 위로 올라간다. 도시브랜드 슬로건을 'Yes Gumi'라고 지은 것 역시, 그 긍정의 느낌을 도시 전체에 녹아들게 하고 싶어서였다.

'Yes Gumi'의 'Yes'엔 남다른 뜻도 담았다. 'Young(젊은)', 'Electronics (전자)', 'Satisfaction(만족)'을 담은 것이다. '젊은 도시, 전자산업도시, 구미에서는 모든 것에 만족하고 모든 것을 이룰 수 있다'는 의미였다.

Basic System

기본형

YES Gumi

구미시의 도시 브랜드 YES GUMI는 미래로 비상하는 구미시의 발전성과 역동성을 의미하며 YES 각각의 이니셜은 젊음이 넘치는 도시-Young, Youthful, 전자산업도시-Electronic, 모든 것에 만족하고 모든것을 이룰 수 있는도시-Satisfaction을 의미한다.
도시브랜드 형상은 비상하는 날개를 기본 모티브로 꿈과 희망을 모두 이룰 수 있는 미래비젼을 의미하고 있으며 위대한 구미, 찬란한 구미를 열어가는 도전정신을 상징하고 있다.

Color

Gumi Purple	Gumi Blue	Gumi Orange	Gumi Green	Gumi Gray
Pantone 2415 CVC	Pantone 300 CVC	Pantone 137 CVC	Pantone 354 CVC	Pantone Cool Gray 3 CVC

Color Variation

Full Color 사용을 원칙으로 하되, Full Color 사용이 불가피할 경우는 전용색상을 활용하여 단색으로 사용한다.

Light Color Screen   Dark Color Screen   Light Image Screen

이어 디자인 작업에 착수했다. 차별화된 디자인을 위해 조달청을 통해서 전국 공모를 실시했다. 그런데 낙찰된 디자인이 만족스럽지 못했다. 진부했던 것이다. 구미의 정체성과 비전을 세련되게 담아낼 참신한 디자인을 요구했다.

며칠 후 새로 디자인한 6개의 샘플로 설문조사를 실시했다. 그 결과 최종 디자인이 선택되었다. 미래를 향해 비상하는 날개를 모티브로, 구미를 이끌어가는 역동적인 힘을 표현한 디자인이었다. 브랜드 슬로건의 워드마크(Word mark) 중 'Yes' 부분을 캘리그라피(Calligraphy)로 표현하거나, 그라데이션(gradation) 기법으로 변화를 준 것은 당시 지자체의 디자인으로선 획기적이었다.

이 일을 끝낸 후 나는 생각했다.

'슬로건은 말이 아닌, 현실이 되어야한다. 'Yes Gumi'에 담긴 긍정과 희망이 실재하는 긍정과 희망으로 실현되지 않는다면? 그것은 무의미가 된다. 현실을 좋게 변화시키지도 못하면서, 말로만 긍정과 희망을 말하는 리더는, 리더의 자격이 없다.'

그래서 시장 취임 직후부터 긍정과 희망을 현실 속에서 이루어나가는 일을 시작했다. 첫 번째는 경제 살리기였다.

전국 최초의 기업사랑본부, 기업사랑 도우미

'내가 할 수 있는 것은 다 해야 한다!'

시장 당선 후 내가 결심한 것 중 하나다. 경제문제에 대해서도 이런 태도로 접근했다.

이때의 '할 수 있음'은 내가 가진 권한 안의 '할 수 있음'만이 아니었다. 그것은 소극적인 실천이었다. 상상력을 발휘하고, 새로운 가능성에 도전하고, 눈에 보이지 않는 인적 자원과 물적 자원을 새롭게 발굴하고 … '진정할 수 있는 일'은 많고도 많았다.

선거운동 기간에 경제에 관한 나의 비전은 '구미를 최고의 기업도시로 만드는 것'이었다. 그래서 민선 4기 구미시장 선거를 준비하던 때부터 수첩을 들고 기업을 찾아다녔다.

당시 구미공단은 힘든 시기였다. 수도권 규제 완화, 세계 경기침체, 공단 노후화로 중소기업뿐만 아니라 대기업까지 흔들리고 있었다. LG필립스 LCD는 파주로 대거 옮겨갔다. 특단의 대책이 필요했다.

* 기업사랑본부10주년사진전

많은 기업을 방문하여 기업의 소리를 듣고 기록했다. 이 과정을 통해 '늘 기업의 목소리를 경청하는 시정(市政), 기업의 손톱 밑에 박힌 작은 가시까지 제거해 주는 섬세한 시정을 해야 한다'는 생각을 하게 되었다.

2006년만 해도 행정기관과 기업 사이에는 일원화된 의사소통 창구가 없었다. 그래서 기업들은 궁금해도 물어볼 곳이 별로 없었다. 또 지원제도가 있어도 몰라서 활용 못하는 일도 있었다. 더구나 행정기관에는 적극적으로 기업을 돕고자 하는 마인드가 부족했다.

그래서 시장 당선 후 기업지원 전담부서 만들기부터 시작했다. 그러나 인사 부서에서는 '현실적으로 어려움이 있으니 전담부서가 아닌 투자통상과 내에 직원 5명 정도의 소규모 조직을 만들자'고 했다.

나는 말했다.

"안 됩니다. 시늉만 내는 기업지원, 형식만 갖춘 기업지원은 하나마나입니다. 중요한 것은 실질이요, 효과입니다. 구미공단의 기업들을 제대로 지원하려면 반드시 별도의 전담조직이 필요합니다. 인력 구성도 실력을 갖춘 직원들로 하세요."

이리하여 시장인 나를 본부장으로 하여 기업지원팀, 기업육성팀, 기업애로대책팀으로 된 1단 3팀 20명의 '기업사랑본부'의 그림이 완성되었다. 그리고 2006년 7월 1일, 취임 공식 첫 행사로 기업사랑본부 현판식을 가졌다.

기업사랑본부는 구미 지역 기업이 무엇을 필요로 하는지를 들은 뒤, 구미시와 기업이 함께 해결책을 찾는 기구였다. 이곳을 통해 기업의 민원 접수부터 완결 시까지 모든 과정이 처리되도록 했다. 특히 애로대책팀은 행정직을 비롯해 건축직, 임업직, 농업직, 세무직, 토목직으로 구성하여 어떤 애로사항에도 발 빠르게 대처할 수 있게 하였다.

이와는 별도로 기업 애로사항을 원-스톱으로 처리할 수 있는 시스템도 갖추었다. '1기업 1공무원 기업사랑 도우미제도'였다. 이것은 구미시청의 공무원이 퇴직할 때까지, 자기가 맡은 기업의 도우미 역할을 하는 제도였다. 이 제도를 통해, 갓 들어온 신규공무원을 제외한 1천여 명의 공무원이 1천여 기업의 도우미가 되었다. 기업이 사라지지 않는 한, 각 기업의 도우미가 된 공무원은 퇴직할 때까지 자기가 맡은 기업을 책임지도록 하였다. 이것은 기업 입장에서는 '공무원 비서' 한 명을 둔 것이라고 할 수 있다. 그것도 무료로.

이 제도를 통해 행정기관과 기업의 의사소통 경로가 간소화되었다. 공무원들은 자신이 도우미가 된 기업에 정기적으로 찾아가 애로사항이 없는지 살폈다. 접수한 애로사항은 곧바로 기업애로대책팀에 보고하여 해결책을 찾도록 했다.

남유진은 경제다

* LS전선기숙사건축허가증전달식

　애로사항의 경중은 따로 없었다. 공장부지 마련, 자금 지원 등의 큰 문제 외에도, 주차장이 부족하다든지, 회사 앞 가로등이 깨져 밤길이 어두운 것 같은 문제도 곧바로 관련부서와 협의해 처리하도록 했다.

　처음 이 제도를 도입할 당시, 회의적 반응을 보인 기업도 있었다. 그러나 오래 가지 않았다. 구미시청 공무원들이 꾸준하게, 먼저 다가선 덕분에 곧 기업의 신뢰를 가져왔다.

　특히 인허가 원스톱 처리는 구미를 선택한 많은 기업에게 감동을 주기까지 했다. 실례로, 구미에 터를 잡게 된 삼성전자 정밀금형 기술센터 공장 건축허가의 경우, 서류접수 후 6시간 만에 허가 처리를 완료했다. 어떻게 그것이 가능했던가. 기업사랑본부를 중심으로 충분하게 사전 협의를 하고, 신속한 처리가 가능하게 하였기 때문이었다.

발족 11년이 지난 지금, 기업사랑본부는 여전히 가동 중이다. 구미시청 조직도에서도 여전히 시장 직속 부서로 자리하고 있다. 기업사랑 도우미 제도도 변함이 없다.

LS전선 안양공장, 구미로 오다

2007년 7월, 기업사랑본부 기업애로대책팀에 한통의 전화가 걸려왔다. LS전선 안양공장의 김종찬 부장이었다.

"저희 회사가 안양 공장 이전을 계획하고 있습니다. 전북 군산과 경북 구미를 검토하고 있는데, 1만 평 규모의 기숙사 부지 때문에 애를 먹고 있습니다. 구미에 적당한 곳이 있으면 추천받고 싶습니다."

기업사랑본부가 설치되고 약 1년 만의 일이었다. 희소식이었다. 수도권 규제 완화로 지방 소재 기업이 수도권으로 빠져나가는 현실에서, 역으로 수도권 기업을 유치할 수 있는 기회!

기업사랑본부에 '비상'이 걸렸다. 기업애로대책팀은 곧바로 2일간 구미의 23개 지역을 답사하며 기숙사 부지로 적합한 곳을 찾았다. 그중 2개 지역을 예정부지로 선정하여 LS전선에 전달했다.

두 달 뒤 LS그룹 회장이 구미 LS전선을 방문한다는 소식이 들려왔다. 무언가 기업을 감동시킬 이벤트가 없을까 고민했다. 말보다는 행동이 우선

* LS전선 구미 투자 MOU 체결

이었다. 연인 사이에서도 열 번의 사랑한다는 말보다, 진심이 담긴 한 번의
행동이 더 큰 감동을 줄 수 있듯이.

수출탑에서 LS전선 정문까지 이르는 가로변에 LS전선 깃발 250개를 게
양하게 했다. 구미시가 얼마나 LS전선에 관심을 가지고 있는지 행동으로
보여준 것이다.

구미시의 진심이 전해진 것일까, LS그룹 회장은 구미시에 감사의 마음을
전했다. 또 며칠 후엔 LS전선과 기숙사 예정부지에 대한 본격적인 논의를
시작할 수 있게 되었다.

그러나 예상치 못한 난관에 부딪혔다. 토지 매입과 보상과정이 순탄치
않았던 것이다. 기업과 토지 주인 사이의 타결을 기다릴 수만 없었다. 기업
애로대책팀 팀원들은 구미, 대구, 칠곡 등에 거주하는 소유자를 일일이 찾
아다녔다. 때로는 문전박대를 당하기도 했다. 그래도 40여 차례 설득에 설

득을 거듭했다. 그 결과 2009년 2월, 기숙사 부지를 확정할 수 있었다.

2달 뒤인 4월 22일, 서울 롯데호텔에서 LS전선 안양공장 구미 이전을 위한 MOU를 체결하였다. 이후 2011년까지 LS전선은 기숙사 공사가 진행되는 동안 순차적으로 공장을 이전하였다. LS전선 구미 이전은 수도권규제 완화 이후 대기업이 수도권에서 지방으로 이전한 첫 사례로, 언론에서도 많은 관심을 받았다. 그리고 시간이 흘러, 2011년 6월 기숙사는 개원하였다. 신동면 인덕리에 있다.

『탈무드』에는 내가 좋아하는 구절이 있다. 어머니가 시집가는 딸에게 읽어주는 구절이다.

사랑하는 딸아.
네가 남편을 왕처럼 존경한다면 너는 여왕이 될 것이다. 그러나 남편을 돈이나 벌어오는 머슴처럼 여긴다면 너는 하녀가 될 것이다.
또 네가 자존심을 내세워 남편을 무시하면 남편은 폭군이 될 것이다. 남편의 말에 정성을 다해 공손히 대답하면 남편은 너를 소중히 여길 것이다.

어찌 아내뿐이랴. 남편도 아내를 여왕처럼 대하여야 아내로부터 존중을 받을 수 있다. 나는 『탈무드』 이 구절의 의미를 구미 시정의 좋은 길잡이로 활용하고 있다. 탈무드의 이 가르침은 구미에선 '구미시가 기업을 왕처럼 모시면, 기업은 구미시의 최고 파트너가 될 것이다'로 실현되고 있다.

LG필립스LCD 주식 한 주 갖기 운동

"LG필립스LCD 주식 한 주 갖기 운동을 하려고 합니다."

2007년 어느 날, 간부회의 자리에서 이렇게 말하였다.

"취지는 좋지만…"

내 말에 회의적인 반응을 보인 사람도 있었다. 물론 간단한 일은 아니었다. 하지만 나는 꼭 추진해야 한다고 보았다.

그렇다면 나는 왜 LG필립스LCD 주식 1주 갖기 운동을 추진하려고 했는가. 2007년 당시, LCD 모듈의 가격 폭락과 환율 인하로 LG필립스LCD가 일시적으로 경영상의 어려움에 봉착했다. LG필립스LCD는 구미공단 내 6개 사업장에, 정규직원만 1만2천 명을 고용하고 있었고, 4천억 원을 들여 3공단에 G7 공장도 짓던 중이었다.

나는 이렇게 지역산업의 중추적 역할을 담당하는 기업의 위기는, 구미의 위기라고 보았다. 왜 그런가. LG필립스LCD의 위기는 해당기업 직원뿐 아니라, 중소 협력업체의 위기로 이어진다. 또 지역상권 침체로도 이어진다.

일시적인 어려움이라 하더라도 그냥 넘길 수 없는 문제였던 것이다.

LG필립스LCD 주식 한 주 갖기 운동을 시작하면서 구미시청 공무원들부터 설득했다. 이어서 지역단체를 설득했다. 다행스럽게도 많은 경제인들이 필요성에 공감해주었다. 범시민운동으로 확대하자는 의견이 나왔다. 그 의견이 옳다 싶었다. 진정한 의미의 기업사랑을 실천하려면 시민과의 공감대 형성이 중요하다고 보았기 때문이다.

그런데 범시민운동에는 넘어야 할 벽이 있었다. LG필립스LCD에 대한 일부 시민과 시민단체의 반대 여론이었다. 2005년 수도권 신증설 허용과 함께 LG필립스LCD 파주공장이 신설되면서, 일부 협력사들이 구미를 떠나 구미경제에 적지 않은 타격을 준 적이 있기 때문이었다.

시민들의 동참을 이끌어낼 방법을 찾아 나섰다. 그래서 시민단체 연합으로 구성된 '구미사랑 시민회의'와 구미시가 공동으로 추진하기로 방침을 정했다.

방침은 정해졌으니, 이젠 실행이다!

나부터 먼저 주식계좌를 개설하였다. 이어서 시민들을 직접 찾아다녔다. 각 읍면동에서 수 차례 주민설명회를 개최하고, 계좌 개설행사를 추진했다. 구미시는 물론 시의회, 시민단체가 합심하여 시민의 동참을 호소했다.

화답이 돌아왔다. 당초 목표치인 3만 주를 7배나 뛰어넘는 놀라운 결과가 나온 것이다. 2007년 1월 말부터 3월 말까지 약 2달 동안 207,747주가 매수되었다. 금액만으로도 66억 원에 달하는 큰 성과였다.

한국에선 지역 소재 기업을 돕기 위한 비슷한 운동이 몇몇 도시에서도 추진되었지만 실패로 끝난 적이 있었다. 구미는 달랐다. 구미시가 잘해서가 아니었다. 시민의 협조와 동참이 있었기 때문에 가능했다. 10년이 지난 지금도, 그때를 생각하면 시민들이 고맙고 또 고맙다.

　이 운동은 아름다운 상생으로 이어졌다. 회사명이 LG디스플레이(주)로 바뀐 뒤 2008년 이후 7차에 걸쳐 7조 원을 구미에 투자하는 것으로 화답해 준 것이다. 이 일은 한국의 경제사에서, 기업과 그 기업이 있는 도시의 시민이 만들어낸 아름다운 상생으로 기록될 것이다.

5공단, 하루 빨리 만들어주세요

2008년 3월 17일 오전 10시 45분.

나는 지금도 그 시간을 잊지 못한다. 내가 구미 발전을 위해 대통령에게 말을 건넨 시간이었기 때문이다.

그날 이명박 대통령이 구미를 방문했다. 이명박정부는 '창조적 실용정부'를 내세우며 과거 중앙에서 받던 업무보고 형식에서 탈피해 현장으로 직접 찾아가는 업무보고를 실시했다. 그래서 새 정부의 지식경제부 첫 업무보고 장소를 우리나라 대표 산업현장인 구미로 정했던 것이다.

일정 확정 후, 나는 1주일 동안 시간이 날 때마다 시험을 앞둔 학생처럼 외우기를 하였다. 구미시와 관련한 최신 통계 수치를 외운 것이다.

업무보고 당일, 구미전자정보기술원에서 대통령을 맞았다. 지식경제부 업무보고 전, 약 15분의 티타임이 있었다.

이때 대통령께 말씀드렸다.

"대통령님, 구미에 오셨으니 구미 시민에게 큰 선물 하나 주십시오."

"말씀해보세요."

"현재 계시는 곳이 4공단 지역인데 지금 남아 있는 공장 용지가 10만 평 정도밖에 없습니다. 300만 평 규모의 5공단을 만들어주십시오."

대통령이 물었다.

"공단을 조성하면 들어올 기업은 있습니까?"

"지금 구미시와 투자 상담 중인 기업이 요구하는 공장용지만 100만 평 정도 됩니다. 공단을 조성하는 데 10년이 걸린다고 보고 미리 대비해야 합니다."

그러자 대통령은 이것저것 많은 질문을 하였다. 내가 모든 물음에 명쾌하게 답변하자, 이렇게 물었다.

"공단 조성하면 분양은 책임질 수 있습니까?"

"분양은 제가 책임지겠습니다. 300만 평 조성해놓고 분양 안 되면 전적으로 저의 정치적 부담입니다."

대통령은 기분 좋게 웃으면서, 옆에 있던 이윤호 지식경제부 장관에게 지시했다.

"수요가 있으면 하루 빨리 해야지요, 적극 검토해보세요."

구미공단 일천만 평 시대의 시작을 알리는 순간이었다.

구미는 1960년대만 해도 흔한 농촌 마을이었다. 특산물이라면 낙화생(땅콩) 정도였다.

그러던 구미가 1969년 구미 국가산업단지의 시작과 함께 우리나라 경제계에 발을 내디뎠다. 박정희 대통령이 경제개발 5개년계획을 수립하고, 수출 지원에 중점을 둔 경제정책을 시행한 덕이었다.

이에 따라 대구지역을 배경으로 한 풍부한 인적자원, 낙동강을 통한 풍부한 공업용수, 깨끗한 공기와 탄탄한 지반 등의 장점을 갖춘 구미가 섬유, 전자산업 중심의 공단 최적지로 선정된 것이다.

1973년 11월에 완료된 1공단에는 코오롱과 제일합섬 등 굴지의 섬유업체가 입주하였다. 이후 1981년과 1995년 2공단, 3공단이 연이어 완공되면서 삼성과 LG 등 주로 전자업종 대기업이 구미에 자리를 잡았다. 그리고 1998년 IMF 타개책으로 2008년까지 추진된 4공단에는 전자산업 분야 기업이 주종을 이루며 입주하여, 구미는 모바일과 디스플레이를 중심으로 한 전자산업의 메카로 거듭나게 되었다.

그러나 4공단 조성으로도 늘어나는 기업체의 수요를 따라 갈 수 없었다. 2008년 상반기까지 구미공단에 공장용지를 희망한 기업체가 18개사였고, 규모는 3.27㎢(약100만 평)에 달할 정도였다. 구미공단이 한 단계 더 도약하기 위해서는 신규 산업단지가 절실했다.

* 구미국가산업단지 제5단지 조성지

    그러한 때, 이명박 대통령의 방문은 절호의 기회였다. 그리고 나는 구미 경제의 판을 바꿀 그 기회를 놓치지 않은 것이다.

    이명박 대통령은 업무보고 중에도 5공단 조성에 관심을 보여주었다. 통상 공단 조성에는 3년 이상의 기간이 필요한데, 규제를 줄여 국내외 기업들이 투자할 수 있도록 분위기를 만들라는 지시까지 지식경제부에 했다.

    또 "구미는 공단만 확보해주면 투자할 기업이 있다고 하니 공단 확보 문제는 적극 지원해줘야 한다. 그리고 수요가 있는 곳에 가장 빠른 시간 내 공단을 만들어줘야 한다"며 국토해양부와 협의해 적극 대비해 줄 것을 한 번 더 강조하였다.

    나는 업무보고 후 이명박 대통령을 환송하며 말했다.

    "대통령님, 큰 선물을 주셔서 고맙습니다."

    그러자 대통령은,

    "수요가 있으면 해야지요. 축하합니다. 열심히 하세요"라고 격려해 주었다.

이렇듯 5공단 조성사업은 대통령의 관심과, 정부의 적극적인 지원으로 지식경제부의 첫 업무보고가 있은 후 채 6개월이 되기 전인 2008년 8월 21일 추진이 확정되었다.

2012년 8월, 5공단 기공식에 즈음하여 나는 대통령의 구미 방문을 요청했다. 구미 재도약의 발판을 마련해준 대통령과 함께 시작을 기념하고 싶어서였다.

때마침 지식경제부 '비상경제 대책회의'를 구미시에서 개최하게 되면서 대통령을 다시 만났다.

대통령께서 내게 물었다.

"5공단 조성은 잘 진행되고 있습니까?"

"예. 잘되고 있습니다."

그러자 대통령께선,

"내가 그때 남 시장한테 큰 봉을 잡혔어요"라며 5공단에 대한 많은 관심을 보였다.

현재 5공단은 구미시 산동면과 해평면 일원 9.34㎢(283만평)에 총 1조 7천억 원을 들여 조성되고 있다.

구미시는 5공단 조성과 함께, 4공단 확장단지도 2.46㎢(74만평) 규모로 조성하고 있다. 공단의 배후지원 단지로서 개발되는 확장단지는 기존 구미공단에 부족했던 주거, 문화, 휴식공간을 제공하여 근로자들이 자녀교육이나 주거생활에서 불편을 못 느끼도록 하기 위한 것이다.

2017년 10월 말 기준으로 5공단 1단계 공정률은 88%로, 조성과 병행하여 분양이 진행 중이다. 확장단지의 경우 96%의 공정률을 보이며 준공을 앞두고 있다.

5공단과 4공단 확장단지 조성으로 구미는 기초자치단체 중에서는 처음으로 공단 규모 일천만 평 시대를 열었다. 대한민국 내륙에서는 최대 규모이다.

 5공단 조성을 위해 기울인 오랜 노력은 벌써 결실을 맺고 있다. 2016년 10월 19일 도레이첨단소재가 5공단 내 첫 입주기업으로 기공식을 가진 것이다. 도레이첨단소재는 일본 도레이가 100% 단독 투자한 기업으로, 탄소섬유를 비롯해 IT소재, 복합재료, 부직포 등을 생산하고 있다.

 도레이의 기공식은 5공단의 미래에 긍정적인 신호탄이었다. 산업단지 조성이 마무리되기도 전에 기업이 들어온 것이기 때문이다. 산단 조성과 기업 유치가 동시에 진행되고 있는 것은 그만큼 구미가 기업하기에 매력적인 도시임을 보여준다.

 2017년 9월부터 본격적으로 분양이 시작된 5공단에는 탄소섬유, 전자의료기기, 이차전지, 홀로그램 중 미래형 산업들을 속속 유치하여 4차 산업혁명 시대의 새로운 성장 거점으로 자리 잡아 나갈 것으로 기대한다.

 9년 전 대통령에게, 예정에 전혀 없던 제안을 했던 기억은 지금도 생생하다. 주지하다시피, 대통령이 참석하는 공식행사에는 절차와 의전이 중요하다. 나도 청와대에서 근무한 경험이 있기에, 그런 관행을 잘 알고 있었다. 내가 업무보고 자리에서 예정에 없던 5공단 조성을 건의한 것은 관행에 어긋나는 것이었다. 그때 대통령 옆자리의 참모들은 무척 놀랐을 것이다.

 당시 절차대로 했다면 지금의 5공단은 없었을 것이다. 나에게 더 중요한 것은 절차와 의전이 아니었다. 구미의 미래였다. 대통령의 구미 방문 그리고 15분의 시간을 절대 놓칠 수 없었다. 그래서 철저히 준비하였고, 기회를 포착하였다. 결과는 해피엔딩이었다.

새로운 산업지도 그리기

지도자는 누구나 미래의 희망을 이야기한다. 그러나 미래의 희망은 절로 굴러오는 것이 아니다. 미래를 통찰하고, 대비하고, 변화를 주도해야 진짜 희망이 된다.

시장으로 있으면서 '구미의 미래'는 늘 내 마음의 화두였다. 날로 경쟁이 치열해지는 경제 환경에서 산업도시 구미가 미래를 생각하지 않으면 언제 도태될지 몰랐기 때문이다.

1970년대부터 한국경제발전의 견인차 역할을 해왔다는 과거는 명예로운 것이지만, 그것은 과거사였다. 나에겐 늘 미래가 중요하였다.

그 고민은 2006년 시장 취임 때부터 있었다. 그 무렵 어떤 기자가 물었다.

"구미시의 주력산업은 무엇입니까?"

"모바일, 디스플레이 산업입니다."

대답을 하면서도 마음이 무거웠다. 당시 구미의 산업구조는 약점이 있었기 때문이다. 일렬로 정렬된 도미노처럼, 하나의 칩만 넘어져도 연쇄적으

로 무너져 내릴 수 있는 불안한 구조였던 것이다.

급변하는 경제상황에서 변하지 못하는 도시는 곧 정체된다. 정체는 도태로 이어질 수 있다. 도태의 결과는 시민의 고통이 된다. 그러나 미래를 위해 과감하게 혁신하고 변화하는 도시는 다시 거듭날 수 있다.

단적인 사례가 있다. 세계 최대 제철도시였던 미국 피츠버그시다.

오랜 기간 철강업종에 치중했던 피츠버그시는 1970년대에 위기에 봉착했다. 한국 등 동아시아 국가들의 약진으로 철강산업 경쟁력이 약화되었기 때문이다. 이는 대량해고, 잦은 노동쟁의로 이어졌다. 도시재정까지 악화되었다.

그런데 피츠버그시는 다시 일어섰다. 어떻게?

피츠버그시는 1990년대에 산업구조를 과감하게 재편했다. 첨단기술 및 고급 의료기술을 기반으로 한 정보기술, 생명공학산업으로 업종 다각화를 추진한 것이다. 그 결과 절망과 오염의 도시에서 녹색성장의 도시로 탈바꿈하였다.

피츠버그시의 사례에서 보듯이, 단순한 직렬적 산업구조는 경제 외풍에 약하다. 산업이 실타래처럼 복잡하게 얽혀 있어야 경기 변동에 쉽게 흔들리지 않는다.

나는 피츠버그에서 구미를 보았다. 산업구조를 다각화할 수 있는 인프라를 조성해야 밝은 미래가 지속 가능하다고 보았다. 이런 인프라 위에서 미래 신성장 동력산업으로 업종 다각화를 추진해야 한다고 생각했다. 아울러 글로벌 첨단기업 유치도 서둘러야 한다고 생각했다. 한 마디로 요약하면 '새로운 산업지도 그리기'였다.

새로운 산업지도 그리기를 위한 구미시의 노력은 지속적으로 추진되었다. 그런 노력은 시간이 흐르면서 괄목할 성과로 이어졌다. 몇 가지 사례를 들어보겠다.

산업 다각화 과정에서 내가 주목한 것 중 하나는 전자의료기기 분야였다.

당시에 MRI, 초음파진단기, 레이저 등 세계 의료기기 시장의 규모는 2017년 4,344억 달러에 이를 것으로 전망되었다. 국내 의료기기 생산액도 2011년 3조3,665억 원으로 2010년과 비교해 13.6% 증가하며 시장이 점점 커지고 있었다.

특히나, 전자의료기기 산업은 IT산업과의 융복합 가능성이 큰 산업이기 때문에 IT와 관련해 오랜 노하우를 지닌 구미로서는 안성맞춤인 산업이었다. 물론 기술의존형 산업의 특성상 초기 연구개발 투자 부담이 크고, 제품

개발부터 생산까지 소요시간이 길다는 단점이 있지만, 연구개발비를 회수한 후부터는 지속적으로 부가가치를 창출하는 장점이 있었다.

2011년 디스플레이산업과 연계해 경상북도, 산업통상자원부와 함께 구미공단 내 IT기업들이 전자의료기기로 사업전환을 하도록 돕는 '전자의료기기부품소재 산업화 기반구축 사업'을 국책사업으로 추진했다.

정부도 전자의료기기를 포함한 의료기기 산업을 성장산업으로 판단하고 경쟁력 향상을 위해 노력하던 시점이었는데, 구미시가 동참하게 된 것이다.

이 국책사업의 주요 내용은 전자의료기기 부품소재 상용화 지원센터 구축, 집적 생산단지 조성, 구미지식산업센터 건립, R&D 지원 등이었다.

사업추진 결과, 먼저 IT의료융합기술센터가 구축되었다. 센터는 2015년 5월 건립되었다. 영상, 재활, 복지 의료기기 등의 공용장비를 구축하고 전자의료기기와 관련한 연구개발 및 업종전환을 지원하고 있다.

또 2017년 5월에는 전자의료기기산업의 활성화 및 경쟁력 지원을 위한 구미지식산업센터를 착공하였다. 구미지식산업센터 신축 사업은 구미시 공단동 공단운동장 부지 7천273㎡에 건설하는 지상 10층 지하 1층 연면적 1만8천820㎡ 규모로, 2018년 말 완공 목표로 추진하고 있다. 센터가 완공되면 시제품 제작 및 테스트베드 시설 등을 갖춰, 전자의료기기 부품소재의 개발 및 상용화와 양산화를 지원하게 된다.

구미시가 추진한 산업 다각화 중에는 탄소섬유 산업도 있다.

탄소섬유는 '미래 산업의 쌀'이라 불린다. 현재의 철을 대신할 수 있는 유일한 대안일 정도로 강력한 강점을 지니고 있기 때문이다.

철과 비교해 강도는 10배지만 무게는 4분의 1밖에 되지 않아 철과 플라

스틱의 단점을 모두 극복할 수 있는 슈퍼 섬유이다. 전기, 물리, 화학 등과 융복합이 쉬워 활용 가능성과 파급효과도 무궁무진하다.

탄소섬유 산업 확보를 위해 구미는 무엇을 해야 할까? 이러한 물음으로 시작된 나의 고민은 관련 기업의 투자유치 활동으로 이어졌다.

그렇게 해서 인연을 맺은 기업이 일본의 도레이사였다. 2011년 1월 롯데호텔에서 MOU를 체결하는 데 성공했다. 도레이사가 중국에 투자할 수도 있는 상황에서 이루어낸 성과였다. 여기엔 정부 차원에서 탄소섬유 산업을 국책사업으로 추진한 것도 큰 힘이 되어 주었다.

2014년 9월에는 김관용 도지사와 함께 일본 도레이사 본사를 방문해 닛카쿠 아키히로[日覺昭廣] 사장을 만나, 5공단에 국내 최대 규모의 탄소섬유 생산 공장 건립 투자를 이끌어냈다. 이로써 세계시장의 50%이상을 점유하고 있는 기업과의 긴밀한 협력관계를 구축하면서, 구미의 미래 먹거리가 되어줄 탄소섬유 육성에 더욱 탄력을 받았다.

2016년 12월에는 '융복합 탄소성형 부품산업 클러스터 조성사업'이 국책사업으로 최종 결정되었는데, 2021년까지 66만1천㎡(20만 평)에 714억 원이 투입된다. 아울러 탄소섬유 원천기술 확보와 상용화 촉진을 위한 연구개발 지원, 중소기업 기술개발 지원을 위한 핵심 장비 등을 구축하게 된다.

또한, 2017년 5월에는 산자부의 지역 거점사업으로 '탄소성형부품 상용화 인증센터' 구축사업이 확정되었다. 2022년까지 255억 원을 투입하여 탄소소재 상용화를 위한 시험생산 및 인증시스템을 구축, 탄소부품이 실생활에 유용한 제품으로 생산되어 판매되기까지 일련의 과정을 지원하게 된다.

아울러 9월 14일 독일 북부 최대의 탄소산업 클러스터인 CFK-Valley 한국지사가 벨기에, 일본에 이어 세계에서 3번째로 구미정보기술원에 문을 열었다. 이는 수 년간 독일과 유럽 등지를 방문하여 맺어온 인적 네트워크가 이뤄낸 값진 결실이었다. 개소식에 참석한 군나르 메르츠 CFK-Valley 회장은 "구미가 8억 아시아 탄소시장의 교두보가 될 것"이라는 벅찬 청사진을 제시했다.

위와 같은 산업 다각화 시도 덕분에 지난 10여 년간 구미의 산업지도는 상당 부분 변화하였다. 수출의 경우, 2005년에는 75%로 압도적 비중을 차지했던 전자제품이, 2012년도에는 61%로 비중이 감소한 반면, 기계류와 광학제품 등 차세대 전략산업이 15%에서 25%로 비중 증가를 보이는 등 다각화 효과가 가시화되고 있는 것이다. 근로자 수, 생산액, 기업체 수 등에서 금속가공, 의료, 광학기기가 차지하는 비중도 증가하였다.

"구미시의 주력산업은 무엇입니까?"

지금 누가 나에게 11년 전과 같은 질문을 한다면 나는 자신 있게 말할 수 있다.

"구미의 주력산업은 모바일, 디스플레이산업을 중심으로 광학, 태양광, 자동차부품, 전자의료기기, 탄소섬유 등 IT융복합 산업입니다."

구미는 '한국의 실리콘밸리'

앞에서 언급했지만, 2008년은 구미경제 최대의 위기였다. 유가 및 원자재 가격 급등으로 기업의 경쟁력이 떨어지는 상황에서, 수도권 규제 완화로 상당수 기업들이 구미 투자를 꺼렸다.

장기적으로 구미의 미래를 이끌어갈 대책이 필요했다. 기존 구미공단은 제조업 중심으로 조성되었기 때문에, 연구개발 기반시설 부족이 약점으로 지적돼 왔다.

이를 극복하고 동시에 구미공단 최대 장점인 IT기술을 살려 부가가치를 창출할 수 있도록 기업부설연구소, 대학, 연구기관 등이 한 곳에 구축될 필요가 있었다. 그 해결책으로 조성한 것이 '금오테크노밸리'이다.

적합한 장소로 내가 주목한 곳은 금오공대가 있던 자리였다. 2005년에 금오공대가 양호동으로 이전하면서 신평동 소재 2만7천여 평 부지를 어떻게 활용할 것인지 여론의 관심이 컸다. 나는 이곳에 상업시설보다 구미의 미래를 책임질 R&D 기반시설이 들어서는 것이 좋겠다고 생각하였다.

그러나 금오공대 부지는 국유지였기 때문에 사용하는 데 한계가 있었다. 기획재정부 산하 한국자산관리공사가 위탁 관리하고 있기 때문에, 부지사용을 위해서는 복잡한 과정을 거쳐야 했다.

수 차례 기획재정부를 방문하고 협의를 하였다. 6여 년의 우여곡절 끝에 일부는 구미시가 매입하고, 일부는 금오공대가 정부로부터 임대받는 형식으로 사용승인을 받았다.

명칭도 멋지게 바꿨다. 미국의 실리콘밸리처럼 대한민국의 IT융합기술을 선도해 나갈 곳이 된다는 뜻을 담아 '금오테크노밸리'라고 정했다. 이곳엔 2019년까지 다양한 연구개발 시설과 교육시설, 기업지원시설이 들어서게 된다.

이미 '금오테크노밸리'에는 대형 국책사업으로 건립된 '모바일융합기술센터', 'IT의료융합기술센터', '3D 디스플레이 부품소재 실용화지원센터', '경북 창조경제혁신센터' 등이 설립되어 활발하게 운영되고 있다. 여기엔 모두 약 5천억 원의 예산이 투입되었다.

이 외에도 '구미시종합비즈니스지원센터'에는 출입국관리소, 구미중소기업협의회, 은행, 세무사, 건축사, 컨설팅 업체 등 기업 활동을 돕기 위한 다양한 지원시설도 모여 있다.

그리고 구미공단에 첨단기술과 인력을 공급하기 위한 '경북산학융합지구'도 자리하고 있다. 현재 금오공대, 경운대, 구미대, 영진전문대의 관련 학과가 수업을 진행하고 있다.

세계에서 가장 유명한 IT기업으로 꼽히는 애플의 시작은 작은 차고였다. 지금도 무척 인상적인 것이, 애플의 창업주 스티브 잡스의 자서전에서 읽은 차고 장면이었다. 작은 차고에서 키운 아이디어가 매킨토시를 만들었고, 아이팟과 아이폰으로 이어져 세계를 열광시켰다.

이것은 우리에게도 얼마든지 가능한 일이라고 생각한다. 구미에도 아이디어 대박, 기술 대박을 실현할 '꿈의 차고' 같은 금오테크노밸리가 있다. 미래 산업의 꿈들이 이곳에서 건강하게 자라고 있는 것이다.

4 처음 마음 그대로

지구를 12바퀴 넘게

2012년 3월 볼프스부르크AG사의 올리버 시링 사장이 구미를 방문했다. 시링 사장은 독일 프로축구 볼프스부르크팀에 진출한 구자철 선수의 이름이 새겨진 유니폼을 선물로 주었다. 본 논의를 시작하기 전에 축구를 화제 삼아 이야기를 나눴다.

내가 말했다.

"나는 지금도 축구시합을 뛰는 마니아입니다."

시링 사장이 "나도 그렇습니다" 했다.

"그래요? 여기서 종아리 비교해볼까요?"하면서 내가 바지를 걷어 올렸다. 시링 사장도 웃으며 바지를 걷어 올렸다.

이렇게 해서 외빈을 맞는 엄숙한 자리에서 갑자기 서로의 종아리를 비교하는 웃기는 장면이 연출되었다. 서로 어린 아이처럼 웃으며 아랫도리를 만져보면서 친밀한 스킨십까지 이루어졌다.

내가 이 장면을 페이스북에 올렸더니 다양한 반응이 올라왔다. '시장님은 다리에 보톡스 맞았습니까?', '시장님의 KO승 같습니다' 등등.

하여튼 이 일로 회의장은 웃음바다가 되었다.

그날 회의를 마친 후 시링 사장이 말했다.

"독일 오시면 축구 한 번 합시다."

그로부터 2개월 후 지역 기업인들과 독일을 방문했다. 이때 나는 축구화를 가져갔다. 그리고 독일인들과 '사커 파이브'(독일식 미니 축구)를 하였다. 그들과 축구를 한 것은 허심탄회하게 마음을 털어놓고 신뢰를 쌓기 위해서였다.

일화를 장황하게 소개한 것은 지난 11년간 해외 투자자들의 마음을 붙잡기 위해 구미시가 기울였던 노력을 말하기 위해서다.

이를 위해 해외 출장도 참 많이 갔다. 취임 후 2017년 상반기까지 해외 출장 거리가 약 50만km에 가깝다. 지구를 12바퀴 넘게 이동한 셈이다. 2017년의 경우 2월에 미국과 캐나다 출장을 다녀왔다. 5월엔 독일 출장을 다녀왔다.

이 중 상당수가 해외기업 투자 유치 목적의 출장이었다. 비행기에서 쪽잠을 자며 샌드위치를 끼니 삼아 보냈던 순간들이 주마등처럼 떠오른다.

투자 유치 활동의 핵심은 기업 유치였다. 한국 투자를 계획하고 있는 기업을 타깃으로 하여, 구미공단 인프라와 투자 인센티브를 알리며 개별 상담을 추진하였다. 또 그 나라의 투자관련 경제단체를 방문해 협조를 요청하였다.

해외에서 그 나라 기업을 대상으로 벌이는 투자 유치 활동은 녹록하진 않았다. 어느 국가가 자국 기업을 빼가려는데 좋아하겠는가? 결국 이들의 견제를 감수해가며 유치 활동을 벌여야 했다. 파트너로 여러분들의 아시아 진출에 도움을 드리겠다는 말로 친밀감도 쌓아야 했다.

그래도 많은 결실이 있었다. 특히, 구미의 중요한 경제 파트너인 독일과는 지속적인 투자 유치 활동을 바탕으로 깊은 신뢰를 만들어 왔다.

왜 독일인가? 2011년 한-EU FTA가 타결된 직후부터 나는 EU 진출을 적극 모색하였다. EU 국가 중 가장 많이 배우고 또 가까이 해야 할 나라는 독일이라고 보았다. 그래서 그해에 독일 출장을 계획했다.

2011년 출장에서 9박 11일의 일정으로 독일 예나시, 브라운 슈바익시, 볼프스부르크시 등 10개 도시를 방문했다. 본격적인 투자 유치 활동에 앞서 독일의 산업현장을 둘러보며 신뢰와 교류의 토대를 쌓았다. 독일로 출장을 갔을 때 베를린에서 한국대사관 경제공사를 만났다. 경제공사는 구미시의 발 빠른 EU 시장 개척에 큰 놀라움을 표시했다.

나는 구미시장으로 일하면서 여느 지자체보다 빨리 새로운 정책을 추진한 적이 많았다. 독일행도 그러했다. 2차 세계대전 당시 속도전으로 명성을 날린 독일의 롬멜 장군처럼, 빠름이 강력한 경쟁력이 될 수 있다는 것을 잘 알고 있었기 때문이었다.

2012년 5월에는 구미의 중소기업들과 다시 독일을 찾았다. 이 출장은 구미의 여러 중소기업들이 의료기기, 광학, 전기자동차 등으로 업종을 전환하거나, 공단의 산업 다각화를 위한 좋은 계기가 되었다.

2015년 3월엔 독일에 구미시 통상협력사무소를 개소했다. 유럽지역에 단독으로 해외 사무소를 설치한 것은 우리 구미가 전국의 기초자치단체 중 최초였다. 구미시의 새로운 미래산업을 찾기 위해 독일 전역을 누비며 유럽시장의 문을 두드린 지 4년 만에 이뤄낸 성과였다.

독일 외 다른 나라에도 투자 유치 목적의 출장을 자주 갔다. 투자유치단도 자주 파견하였다. 2017년에도 '미주지역 경제사절단'이 미국을 방문하

여 어바인 시청과 상공회의소, 대학 등을 방문, 양도시간 경제협력사업 추
진을 위한 청사진을 제시했다. 세계 최고의 의료기기 업체인 지멘스사와

탄소소재의 주요 고객인 보잉사를 방문하여 기업 간의 공동 프로젝트 추진을 제안하고 5공단 투자를 직접 요청하였다.

국내에서도 외국기업 투자 유치 활동을 열심히 했다. 서울에서 대규모 투자 유치 설명회를 개최하였고, 외국 대사관의 상무관을 구미로 초청하여 구미의 투자환경을 알리기도 하였다.

지난 11년간의 투자 유치 여정을 돌아보면 무척 고단했지만 그만큼 보람이 있었다. 무모하다는 말을 들으면서도 낯선 곳으로 한 걸음 한 걸음 내딛던 순간은 설레는 도전이었다. 물론, 먼 곳까지 동행해준 구미의 기업들과 시청 공무원들, 또 응원으로 함께 해준 시민들이 있었기에 가능한 일이었다.

5부

백년 후 경북을 위하여

진짜 백년대계(百年大計), 교육

2006년 구미시장 선거에 처음 나섰을 때 나는 시민들에게 많은 것을 약
속하였다. 그중 하나가 '교육시장'이 되겠다는 것이었다.

'교육시장'이 되겠다고 약속한 데는 이유가 있었다. 나는 내가 시장에서
물러난 후에도 구미가 계속 발전하는 것을 간절히 바랐다. 나의 후임 시장
이 또 퇴임한 후에도 그러해야 한다고 생각했다. 즉 구미가 '선순환 지속
가능형 도시'가 되어야 한다고 생각한 것이다. 이를 위해선 교육이 핵심이
라고 생각하였다. 인재를 육성하고, 교육 인프라를 확충하고, 또 이렇게 양
성된 인재들이 먼 훗날 구미를 이끌어가는 것이 중요하다고 보았던 것이
다. 이것은 퇴계 선생의 교육철학에서 배운 바도 컸다.

시장 당선 후 구미 교육을 위해 추진한 일 중에는 2008년 설립한 (재)구
미시장학재단이 있다. 나는 지역인재 육성을 위해선 장기간에 걸쳐 꾸준
하게 투입될 재원이 필요하다고 보았다. 그것은 구미 교육을 위한 '마중물'
이라고 생각했다. 그래서 장학재단 설립과, 1천억 원 장학기금 조성을 제

* 2016년 구미시장학재단 인재육성장학증서 수여식

안했다.

　재단은 장학금만 지급하는 단순한 재단 그 이상을 지향했다. 지역 교육의 중추적 역할을 담당하는 기구가 되어야 한다고 생각했다. 그러려면 시민의 뜻을 모으는 것이 전제되어야 했다.

　시민대표, 학계, 교육전문가 등 각계각층이 참여하는 형태로 발기인을 구성하였다. 재단 명칭은 (재)구미시장학재단이라고 정했다.

　시민들의 참여를 유도하기 위해 발로 뛰었다. 학교운영위원회연합회 회의에 수차례 참여하여 설명회를 가졌다. 출향인사들의 참여를 유도하기 위해 재경구미향우회 연말총회, 각종 행사도 찾아다녔다. 지역 언론을 통해서도 재단 설립에 대한 공감대를 형성하였다. 그 결과 2008년 5월에 500여 명이 참석한 가운데 발기인 대회를 개최할 수 있었다.

하지만 모든 게 순조롭진 않았다. 한 예로 의회와 시민단체에서는 1천억 원이나 되는 거금을 언제까지, 어떻게 조성할 것인지에 대해 의문을 가졌다. 당연했다. 나의 취임 초기 구미시의 교육예산이 약 7억 원이었으니까.

내가 제안한 1천억 원이라는 금액은 상징적인 수치였다. 미래의 구미를 위한 교육대계를 완성하자는 간절함을 1천억 원이라는 상징적인 수치에 담은 것이다. 구체적으로는 재원이 탄탄한 재단 설립을 위해, 향후 3년 내 100억 원이라는 목표를 정하였다.

기금 조성에서 가장 중요하게 생각한 것은 시민의 자발적 참여였다. 현실적으로도 장학기금을 기업체 기부금이나 시 출연금으로만 충당하는 데는 어려움이 있었다. 또 단체 기부와 예산 출연에 중점을 두면 지속성에 한계가 있었다.

그래서 순수 민간인으로 기금조성추진위원회를 구성했다. 시민 누구나 소액으로도 참여할 수 있도록 '1계좌 1만 원 시민장학계좌 갖기 운동'을 전개하였다.

시민, 출향인사, 단체 등에서 기부가 줄을 이었다. 그 정성이 모여 아름다운 산(山)이 되었다. 2008년 재단 설립 이후 2012년 2월까지 기금조성에 7,400여 명(단체 포함)이 참여해, 103억 원의 기금을 조성한 것이다. 2014년 2월에는 모금액이 200억 원을 돌파했다. 2017년 1월에는 300억 원을 돌파하였다. 기초자치단체로는 최단 기록이었다. 이렇게 조성된 기금에서 나오는 이자 수입으로 2011년 이후 매년 지역 학생들에 대한 장학금 지급 사업을 벌이고 있다. 장학금 지급 대상은 2011년 109명을 시작으로 매년 늘어나 지금까지 총 1,100명을 넘었으며, 지급액 또한 20억 원을 돌파했다.

기금 조성과정에서 시민들의 참여를 보며 가슴 벅찼던 순간이 한 두 번이 아니었다. 어떤 시민은 칠순잔치 비용을 장학기금으로 내놓았다. 주례비, 마을 공동작업장 수익금, 각종 상금과 포상금 등을 장학기금으로 기탁한 사례도 있었다. 각 지역의 향우회원과 국제자매도시도 기탁 대열에 가세했다. 시민들의 자발적인 참여는 지금까지도 재단 사업이 민원이나 부작용 없이 성공적으로 이어지는 비결이 되었다.

이처럼 구미에서 진행되고 있는 교육 백년대계(百年大計)는 단순한 구호가 아닌, '현실 속의 진짜 백년대계'로 추진되고 있다. 이 아름다운 기금 조성 사업과 장학 사업은, 구미를 그 어느 지자체보다 많은 인재를 배출한 지역으로 자리매김해 줄 것으로 확신한다.

남유진은 경제다

월 15만 원, 서울 구미학숙

구미를 훌륭한 교육도시로 만들기 위해 지난 11년간 내 나름 최선을 다했다. 그중엔 구미 출신으로 타지에서 공부하는 대학생을 위한 사업도 있었다. 인근 지역 대학으로 진학하는 학생들의 편의를 돕기 위해 경북대, 영남대, 계명대 등 5곳에 학내 기숙사인 '구미시 향토생활관'을 설치한 것이다.

그러나 또 하나의 과제가 있었다. 수도권에서 공부하는 구미 출신 대학생들을 위한 기숙사 건립이었다.

선산이 고향인 나는 중고등학교를 대구에서 다녔다. 당시에는 공부를 위해서 외지로(주로 대구) 나가는 학생들이 많았다. 외지에서 학교를 다니기 때문에 부모나 자식이나 많은 것을 감내해야 했다. 나도 그랬다. 학비와 주거비 부담이 만만치 않았다. 부모님 부담은 오죽하셨을까.

시장이 된 후, 수도권 대학에 진학하는 학생들에게는 편의를 제공하지 못하는 것이 내내 안타까웠다.

• 서울 구미학숙 개관식

'그들을 위해 무언가를 해야 한다.'

이런 고민을 하던 중, 수도권 지역에 학숙을 짓기로 의견을 모았다. 숙식 해결이 최우선이었기 때문이다.

이 소식을 전해들은 구미 지역 대표기업인 LG디스플레이(주)에서는 40억 원이라는 거액의 장학기금을 쾌척해주었다. 2013년 8월 구미 6공장 6세대 라인을 전환하는데 1조 2천억 원을 투자해 구미시로부터 인센티브 40억 원을 받았는데, 이를 전액 학숙 건립비용으로 내놓은 것이다. 덕분에 학숙 건립은 탄력을 받았다.

최상의 학숙을 세우기 위한 벤치마킹으로 영천학사, 제천학사, 여수학숙, 남도학숙 등 타 지자체 학숙을 방문했다. 이 중 남도학숙은 1994년 광주광역시와 전라남도가 공동으로 설립한 학숙으로, 정원 850명 규모로 특

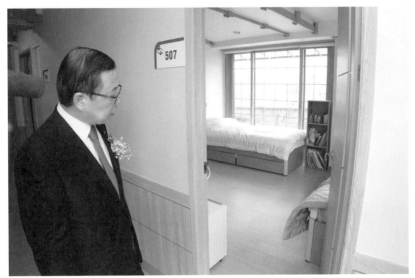

히 눈길을 끌었다.

　대상지 선정에는 실수요자인 학생들의 의견이 가장 중요했다. 구미 출신 서울 소재 대학생 133명을 대상으로 설문조사를 했다. 조사 결과 성북구 지역이 65%의 응답률을 보이며, 1순위 후보지가 되었다.

　2014년 3월, 많은 시민들의 바람이었던 서울 구미학숙이 문을 열었다. 110명 수용 정원에 개인 공부방, 구내 단체식당, 체력단련실, 독서실, 커뮤니티 룸 등 다양한 편의시설을 갖춘 학숙이 탄생한 것이다.

　오늘날 지방 출신 서울 지역 대학생의 연간 생활비는 원룸 임대료 월 50만원과 식비 월 20만원으로 볼 때, 1년에 약 840만원의 비용이 들어가는 것으로 추산된다. 구미학숙에서는 입사비 5만원에, 월 15만원이면 된다.

　학숙 건립이 마무리되고 나니, 짐 하나를 내려놓은 기분이었다. 학부모들의 경제적 부담이 조금이나마 줄어들 것이라 생각하니 내 마음이 다 가

벼웠다. 학부모들이 진심으로 감사해한다. 특히 여학생 부모들이…

이런 생각을 해본다.

'아직도 대구 · 경북 학숙이 서울에 없다는 게 말이 되는가. TK가 잘 나갔던 그 호시절 다들 뭘 했단 말인가. 앞으로 나에게 새로운 역할이 주어진다면 대구 · 경북 출신 학생들이 편하게 거주하며 학업에 전념할 수 있는 '대구 · 경북 학숙'도 반드시 세우겠다. 뜻만 잘 모은다면 1천 명 이상이 입소할 수 있는 큰 학숙도 가능할 것이다. 그런 곳이 생긴다면 현대사에서 한국의 발전을 이끄는 데 큰 역할을 한 TK의 긍지와 전통을 잘 이어갈 인재의 터전으로 자리매김할 수도 있을 것이다.'

구미학숙이 그러했던 것처럼, 멋지게 만들겠다. 찬바람 부는 황량한 들판에서 대구 · 경북의 정신과 기개를 오롯이 배우고 익힌 대한민국의 동량으로 키울 것이다.

내 생각이 틀렸습니다

2016년 11월, 구미시에서 '2016 대한민국 마이스터 대전'이 열렸다. 경
상북도·구미시가 공동 주최하는 이 행사는 미래 마이스터가 되려는 학생
과, 관심 있는 국민을 상대로 '전국 영 마이스터 대항전', '마이스터 꿈나무
기능경진대회', '로봇 경기대회' 등을 펼치는 축제이다.

이 행사에서 나는 연설을 하면서 이런 요지의 말을 하였다.

"청년 여러분에게 미안합니다. 과거에 나는 청년들에게 눈높이를 낮
추면 얼마든지 취직할 수 있다고 말했습니다. 늦게서야 그것이 현실을
잘 모르고 한 이야기였다는 걸 알게 되었습니다. 내 생각이 짧았습니다."
공식 석상에서 잘못을 시인하고, 사과 발언을 하는 게 즐거운 일은 아니다.
그래도 나는 해야 한다 생각하여, 기꺼이 사과하였다.

오늘날 청년 실업은 세계적인 문제이다.

오죽하면 프란치스코 교황께서 2016년 12월 31일 열린 신년 전야 기도

회에서 이런 말씀을 하셨을까.

'청년들은 우리 사회에서 설 자리를 잃고, 공적인 삶의 가장자리로 내몰리고 있습니다. 오늘날 우리 사회는 청년을 우상화하면서도 그들에게 관심을 보이지 않고 있습니다. … 현재 우리 사회는 청년들에게 허락돼야 할 존엄한 진짜 일자리를 박탈하는 등 빚을 지고 있습니다. 청년들이 꿈꾸고, 또 꿈을 위해 싸워나갈 수 있도록, 이들을 위한 문이 열려 있어야 합니다."

나는 교황의 말씀에 전적으로 동의한다.

왜 오늘날 청년 취업이 문제가 되고 있는가? 경제학자들은 큰 이유로 두 가지를 든다. 노동시장의 경직성과, 경기침체에 따른 성장률 저하이다.

노동시장의 경직성이란 취업한 사람을 해고하기가 어렵거나, 구인을 바라는 사람이 직장을 구하기 어려운 상황을 말한다. 경직성이 커지면 기업

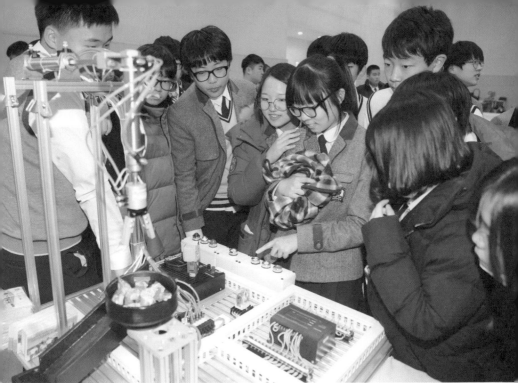

들은 경기가 좋아져도 고용을 늘리는 걸 망설인다. 경기가 나빠졌을 경우 인원을 줄이기 힘들기 때문이다.

세계 경기침체는 이보다 더 큰 청년실업 원인이다. 한국의 경우도 마찬가지여서 성장 잠재력까지 떨어지는 상황에 직면하고 있다.

청년들의 취업과 관련해 나는 우리 사회를 이끌어가는 리더들이 해서는 안 될 말이 있다고 생각한다. 이런 말들이다.

"젊어서 하는 고생은 사서도 하는 것이다."

"청년들이여 일자리는 많다, 눈높이를 낮춰라."

"요즘 젊은 사람들은 끈기가 없는 것 같다."

기성세대들은 청년들의 현실을 좀 더 깊게 들여다볼 필요가 있다.

젊어서 하는 고생도 어느 정도이지, 오랜 취업난으로 미래 전망이 잘 보이지 않는다면 좌절에서 온전히 자유롭기 힘들 것이다. 또 눈높이를 낮춰 취업한다 한들, 급여수준이 아주 낮다면 어떻게 쉽게 취업을 결심하겠는 가?

국가나 지자체에서 청년 취업난을 해결하기 위해 내놓는 방안도 아쉬운 점이 있다. 예를 들어 나는 경기도 성남시에서 청년수당을 지급한 것을 비 판적으로 본다. 100만 원을 분기별로 나눠 지역상품권으로 지역 청년들에 게 지급하고 있는데, 분기별 25만 원이라는 돈이 청년들 삶에 얼마나 도움 이 될까?

나는 그보단 철저하게 지역 청년들 각자의 생계수준을 파악한 후, 형편 이 어려운 청년들을 선별하여 그들의 자립과 취업에 도움이 되는 큰 금액 을 장기 저리로 융자해주는 것이 바람직하다고 본다. 그냥 주는 것은 안 된 다. 주사를 놓더라도 환부에 정확하게 놓아야 하듯이.

앞에서 언급한 것처럼, 나도 기성세대의 편견에 사로잡혀, 눈높이를 낮 춘다면 취업이 가능함을 강조한 적이 있었다.

거듭 말하지만 내가 틀렸다. 청년세대의 고통을 온전히 헤아리지 못했 다. 현실엔 어쩔 수 없는 '일자리 미스매치'가 존재함을 보지 못하였다.

미스매치(mismatch)는 사람이나 사물 간의 불일치를 뜻한다. 일자리 미 스매치는 구직자와 구인 기업 간의 불일치이다. 고용시장에선 어디나 일 자리 미스매치가 나타날 수 있는데, 특히 중소기업에서 많이 나타난다. 중 소기업은 인력난에 시달리는데, 청년들은 급여가 낮다고 쉽게 응하지 않아 채용에 어려움을 겪는 현상이 생기는 것이다.

이런 미스매치는 현 장년층이 청년이던 시절에는 보기 힘들었다. 나의 청년 시절도 그랬다. 당시엔 석사 학위 가지고도 대학교수가 되는 사람이 있었다. 요즘은 박사 학위를 가지고 있어도 희망에 부합하는 직장을 얻는 게 쉽지 않다.

더구나 2017년부터 300인 미만 기업에서도 정년이 55세에서 60세로 늘어났다. 이 또한 청년들에게 안 좋은 소식이다. 5년 동안 일자리가 늘어날 여지가 막힌 것이다. 물론 정년이 연장된 기성세대를 탓할 일도 아니다. 누구에게나 일자리는 소중한 것이니까.

마이스터 대전에서 청년 실업 문제에 대해 사과를 하기 전부터, 나는 내 나름대로 구미시의 청년들을 위한 특단의 취업 대책 만들기를 추진하고 있었다. 그중엔 청년들의 해외 취업도 있었는데, 이 노력은 2017년 결실을 맺었다.

네 꿈을 펼쳐라

청년 취업에 대한 시각이 바뀌면서, 나는 이런 생각을 하였다.

'청년들에게 무조건 앞으로 가라고 해선 안 된다. 길을 만들어주고 전진을 독려해야 한다.'

이런 생각은 '국내에 일자리가 없다면 외국에서 새로운 가능성을 열어줄 순 없을까?' 하는 생각으로 발전하였다.

2015년 3월, 구미 통상협력사무소 개소식 참석차 독일의 함부르크를 방문하게 되었다. 이때 장시정 주 함부르크 총영사로부터 독일에도 많은 일자리가 있음을 알게 되었다.

이후 구미시는 현지에서 AWO(노동자 사회복지협회) 관계자를 접촉했다. 1919년 설립된 AWO는 독일의 주요 사회복지법인중의 하나로 유치원, 청소년 호스텔, 노인요양보호원 등 산하기관 약 100여 곳을 운영하고 있는 기관이다.

협의를 거쳐 2016년 6월 구미시, AWO, 구미대학교가 양해각서를 체결했다. 그리고 10월 독일 브라운슈바이크에서 3자 간 업무협약을 체결했다. 이로써 구미시는 매년 구미대 졸업생 10명을 독일에 파견하여 AWO를 통해 요양전문치료사를 양성한 뒤, 현지에서 취업할 수 있는 길을 열었다.

무조건 해외에서 취업하는 것이 중요한 것은 아니었다. 내가 특별히 신경 쓴 것은 취업 조건이었다. 현실적으로 구미의 청년들이 만족할만한 프로그램과 취업 조건이 갖추어져야 한다고 본 것이다. 그리하여 현지에서의 어학교육→전공교육→취업까지 연계된 청년 일자리 장기 프로그램이 완성되었다.

학생들은 부담이 없게 하였다. 어학연수 비용, 항공료, 어학비자, 유학생 보험은 구미시가 지원하였다. 이후 학생들은 현지에서 3년 교육기간 동안 독일 측으로부터 실습비, 주거비, 교육비를 지원받는다. 이것은 1970년대 독일에 파견된 간호사와는 조건이 다르다. 당시엔 대부분 파견 간호사들이 간호 보조 역할을 하였다. 이번 경우는 자격을 취득할 경우, 독일에서 정규직으로 일하게 된다.

이 소식은 화제가 되었다. 그동안의 청년 해외취업은 인턴 등 단기 취업이 주종이었다. 또 좋은 일자리는 청년 개인의 능력으로 따낸 경우가 대부분이었다. 지자체가 직접 해외 유관기관과 협의하여 구체적인 프로그램을 만든 것은 이례적인 일이었다.

2017년 1월 구미대학교에서 '청년 해외취업 발대식'을 가졌다. 선발된 학생들의 전공은 물리치료, 작업치료, 사회복지 분야였다. 나는 발대식에게 참여하여 청년들의 새 출발을 격려하였다.

또한 2018년에는 독일 사회복지협회 디아코니(Diakonie)의 요청으로 도내 대학생 25명을 선발하여 추가로 파견한다.

이것은 출발에 불과하다, 구미시는 향후 유럽의 일자리 제도와 수요를

* 청년해외취업발대식

조사하여 청년들이 진출할 국가와 분야를 늘려나갈 계획이다. 또 구미에
진출해 있는 독일기업에 취업했다가 근무지를 독일로 옮기는 방안도 연구
하고 있다.

독일 수공업협회(HWL-BLS)와 마이스터 육성 MOU 체결로 구미의 마이
스터고(구미전자공고, 금오공고) 학생 25명에게 해외 선진 기술연수의 기
회를 제공할 계획이다. 이 학생들이 앞으로 배워 올 기술과 세상을 보는 안
목은 상상 이상이 될 것이다

나는 구미시의 사례가 다른 지자체는 물론 중앙정부에도 교훈이 되기를
바란다. 정부 차원의 프로그램이 현재도 있지만, 더욱 내실 있고 구체적인
프로젝트가 필요하다. 구미시의 경우처럼, 현지 관련 기관과 더 긴밀하게
협의하면 지금보다 많은 취업 루트를 발굴할 수 있을 것이라고 생각한다.

나는 소망한다. 독일로 떠난 구미의 청년들이 저마다의 꿈을 펼치기를 간절히 소망한다.

구미대학 학생 10명의 독일 취업 외에도, 구미시는 그동안 일자리 창출을 위해 나름대로 최선을 다했다. 일자리 창출을 위한 구미시의 노력은 '할 수 있는 것은 다 한다'로 요약할 수 있다. 왜 다해야 하는가? 이유는 자명하다. 좋은 일자리를 만드는 것이야말로, 최고의 복지이기 때문이다.

구미시의 이런 노력은 가시적인 결실을 맺었다. 단적인 예가 2015년 청년취업률 전국 최고를 기록한 것이다. 통계청이 발표한 '2015년 하반기 시 · 군별 주요 고용지표 집계' 결과 구미시의 청년 취업자 수가 총 취업자 21만3천명의 19.4%인 4만 1,300명으로 전국 최고를 기록한 것이다.

그린시티 구미

2016년 말 구미시는 큰 영예를 안았다. '그린시티'로 선정된 것이다. 그 것도 전국 1위였다. 무척 감격스러웠다. 오래 공들인 시험에서 아주 좋은 성적표를 받아든 기분이었다.

그린시티 선정은 우리나라 환경 분야 최고의 종합평가 제도다. 환경부가 2004년부터 2년마다 한 번 평가한다.

수 년 전에는 그린시티와 비슷한 슬로시티 열풍이 불었다. 바쁜 현대생 활에서 벗어나, 여유 있고 건강한 삶이 가능한 도시를 인증하는 제도다. 당 시 구미시 외에 여러 지자체들이 슬로시티로 지정받기 위해 경쟁하였다. 그러나 실제로는 당초 취지와는 다르게 그냥 뒤도 느림의 삶이 가능한 도 시들이 지정됐다.

그린시티도 그랬다. 그간 1위인 대통령상에는 순천, 제주, 춘천 등 오래 전부터 청정도시로 잘 알려진 곳들이 선정됐다.

그린시티로 선정되기 위해 구미는 최선의 노력을 했다. 산업도시를 자연

과 인간, 첨단산업이 조화를 이룬 도시로 만드는 데 힘을 쏟은 것이다.

구체적으로 지난 10여년간 구미시는 '일천만 그루 나무 심기 운동', '금오지 올레길 조성 및 하천 정비', '3대 도시 숲 선정', '탄소제로도시 선언', '전국 10대 자전거 거점도시 선정', '낙동강 7경 6락 리버사이드 프로젝트', '세계 최초 무선충전 전기버스 운행' 등의 시책을 추진했다. (주요 시책에 대한 자세한 내용은 다음 페이지부터 소개하겠다.)

물론 쉽지 않았다. 생각해보시라. 매일 입던 옷을 놔두고, 완전히 새 스타일의 옷을 입는데도 용기가 필요한데, 수십 년 세월이 만든 도시 이미지를 바꾸는 게 어찌 간단한 일이었을까. 구미의 미래에 딱 맞는 새 옷을 입기까지 힘겨운 과정을 지나야 했다.

* 일천만그루 나무 심기 운동 달성 기념비

남유진은 경제다

'그린시티 구미'는 구미의 미래에도 매우 긍정적으로 작용할 것이다.

기업과 사람은 살기 좋은 곳, 정주여건이 좋은 곳으로 몰려오게 되어 있다. 이것은 21세기 도시 문화의 필연적인 추세이다. 세계적 도시경제학자인 리처드 플로리다 교수(토론토 대학)도 같은 주장을 폈다.

그의 주장을 요약하면 이러하다.

'과거 산업화시대에 도시 생성의 발단은 공장이었다. 공장이 있는 곳으로 사람들이 몰렸다. 지식정보화 시대에는 반대다. 우수한 인재들이 있는 곳으로 공장이 몰리는데, 그 인재들은 풍광이 좋고, 정주여건과 삶의 질이 높은 곳을 선호한다.'

실제로 미국의 레드먼드라는 도시가 이를 입증한다. 시애틀 밑에 자리한 인구 8만 명의 작은 도시지만, 첨단산업의 중심지로 주목받는 곳이다. 세계 IT산업을 선도하는 마이크로소프트(MS) 본사, 닌텐도 미국법인, 미 통신 분야 최대 기업인 AT&T가 있다.

주목할 점은 별다를 것 없던 이 도시에 그림 같은 집들과 호수, 아름다운 공원, 다양한 교통 및 문화서비스가 갖춰지면서 변화가 생겼다는 것이다. 우수한 두뇌와 기업이 도시에 온 것이다.

나는 그린시티 구미도 얼마든지 레드먼드와 같은 도시로 변화할 수 있을 것이라고 생각한다. 그리하여 구미에 살기를 원하는 국민들이 점점 늘어날 것이다. 구미에 오는 기업도 늘어날 것을 기대한다.

일천만 그루를 심는다고요?

고속도로나 철도로 구미를 지나가다 보면 구미는 산업도시로만 보인다. 이젠 구미시를 대표하여 이런 말씀을 드리고 싶다.

"구미에 반나절만 머물러보세요. 당신이 생각했던 구미와는 전혀 다른 구미를 만날 수 있을 것입니다."

'전혀 다른 구미'란 어디를 가나 사람과 자연이 조화를 이룬 구미이다. 이것은 지난 11년 사이에 구미에서 일어난 근사한 변화이다.

변화를 이끈 범시민운동은 2006년 7월에 시작됐다. 회의석상에서 나는 제안하였다.

"앞으로 10년간 도시 곳곳에 나무 심는 운동을 펼쳤으면 합니다."

"얼마나 심으시려고요?"

"모두 일천만 그루입니다."

내 말에 담당 공무원의 입이 쫙 벌어졌다. 그럴 만도 했다. 천만 그루는 상상해도 그 양을 가늠하기 어려운 숫자였으니까. 더구나 인구가 40만 명이 약간 넘는 지자체에서 이런 사업을 한다고 하니!

이런 생각을 한 사람도 있었을 것이다.

'시장을 10년 넘게 할 건가? 무슨 배포로 이런 장기 프로젝트를 추진한다는 거지?'

난들 왜 그 생각을 하지 않았을까. 하지만 나는 이렇게 긍정적으로 미래를 바라보았다.

'설령 내가 다음 시장 선거에서 떨어진다 해도, 내 후임 시장이 이 운동을 이어갈 것이다. 이것은 구미를 바꾸는 아름다운 혁신이니까!'

일천만 그루 나무 심기를 결심한 것은, 구미의 미래를 위해서는 경제성장도 중요하지만, 건강한 도시 만들기도 병행해야 한다는 생각했기 때문이었다.

그럼 왜 나무인가? 나무와 숲이 가진 생명의 에너지가 도시에 주는 혜택이 참 많기 때문이다. 소중한 세금으로 청사를 리모델링하거나 그럴듯한 조형물을 세우기보다, 천만 그루의 나무를 심는 게 도시의 미래를 위해선 더 가치 있는 일이라는 판단도 하였다.

마침내 나무 심기 운동을 시작하였다. 시청이 일방적으로 추진하는 사업은 지양하고, 시민들의 자발적인 참여를 이끌어내기로 했다. 또 사업을 공공과 민간이 할 수 있는 분야로 나누는 등 세부적인 계획을 세워서 추진하였다.

먼저, 공공부문에서는 민간 단위에서 할 수 없는 대규모 조성사업과 인식개선 캠페인을 주도했다. 그리고 각종 회의, 반상회에서 사업취지를 설명해 시민들과 공감대를 형성하였다. 동시에 공원·녹지 공간을 확대 조성하고 담장 허물기 사업, 학교 숲 조성 사업, 연도변의 자투리 공간 조성

사업을 추진했다.

　민간부문에서는 시민단체, 아파트, 각 가정 단위로 동참해주었다. 기업의 동참도 이어졌다. 대구은행이 3억 원 상당의 나무들을 동락공원에 심었고, 휴대전화 배터리 재생업체인 TMC는 왕벚나무 400그루를 남구미 IC에 심었다. 이외에 여러 기업들이 동참해주었다.

• 시민들의 휴식공간으로 자리 잡은 도심 속 쉼터

　사업은 해를 넘어 지속적으로 추진했다. 구미시 곳곳에 나무들이 심어지고 또 심어졌다. 그리고 2015년 11월, 모두 1천 21만 본을 식재하며 목표치를 초과 달성했다. 10년 대장정을 완료한 것이다. 그 감동의 여정을 시민들과 함께 하기 위해 달성기념식을 개최하기도 했다.

　이 운동은 구미의 생활환경을 크게 개선하였다.

먼저 오염물질이 줄어드는 효과를 거두었다. 공기도 과거보다 깨끗해졌다. 복사열 발생을 차단하는 효과도 가져와, 6~8월 구미시의 평균기온을 1℃ 이상 낮추어주었다.

민관이 합심하여 이룬 이 건강한 변화 덕분에, 구미시는 2014년 산림청이 주관하는 '녹색도시 우수사례 공모'에서 전국 1위(최우수)를 수상하기도 하였다.

이 사업은 종료된 것이 아니다. 현재 구미시는 '제2의 일천만 그루 나무 심기 운동'을 진행하고 있다.

나는 구미시민이 아닌 독자분들께 자신 있게 말씀드리려 한다.

'구미에 와보세요. 봄여름이면 녹색 물결이 넘실대는 도시를 볼 수 있을 것입니다. 가을이면 색색의 단풍이 수놓은 거리를 보실 수 있을 것입니다.'

'크게 생각하자. 멀리 바라보자'는 것은 내가 인생을 살면서 또 구미시장으로 일하면서 흔들림이 없었던 원칙이었다. 일천만 그루 나무 심기 운동도 구미의 10년, 20년 후가 아니라 100년 후까지 내다본 정책이었다.

눈을 감고 50년 후를 상상해본다. 아름드리 나무들로 가득한 구미시의 모습이 떠오른다. 그 나무들이 만드는 초록물결 아래를 걸어갈 후손들도 떠올려본다. 상상만으로도 흐뭇하다.

대왕참나무를 모셔오기 위하여

일천만 그루 나무 심기 운동은 구미의 풍경을 확연히 바꾸어놓았다. 그 중 '도시숲 조성 사업'도 구미의 모습을 아름답게 변화시켰다. 대표적인 케이스인 '인동 도시숲'을 보자.

인동 지역은 구미 국가산업단지의 배후 주거지이다. 유동인구도 많고 해외 바이어의 방문도 잦은 지역이다. 나는 그곳에 도시숲을 조성하고 싶었다.

예산 마련이 우선이었다. 지자체에선 어떤 사업을 하려고 해도 예산 부족으로 지레 포기하는 경우가 있다. 내가 시장으로 있는 동안, 구미시는 이런저런 사업을 추진할 때 미리 포기하지 않았다. 정부 예산을 따오는 방법을 끊임없이 찾았다. 또 예산 부담을 줄이기 위해 관련 기관과의 생산적인 협력을 모색하였다.

인동 도시숲 조성사업도 그런 케이스였다. 예산을 조달할 방법을 적극 찾으니, 길이 보였다. 산림청 산하 녹색사업단의 녹색자금 지원사업에 공

• 인동 도시숲

남유진은 경제다

모하는 것이었다. 2007년 3월 '공단배후도시 인동 도시숲 조성'이라는 제목으로 녹색자금 지원사업에 공모했다. 다행히 최종 선정이 되어 3년 계획으로 추진할 수 있게 되었다.

인동 도시숲 조성 사업은 인동 8차선 대로 옆에 인도를 포함하는 녹지공간을 만들고, 폭 3m 정도의 산책로를 설치하는 것이었다.

사업 착수 첫날, 시공사 현장 소장과 사업 현장을 파악하기 위해 인동 육교에 올라섰다. 주변을 살펴보니 말문이 막혔다. 주변에 각종 쓰레기가 산재해 있었다. 녹지 내에는 불법 간판이 우후죽순이었다. 어떻게 이 많은 불법시설을 없앨 것이며, 또 그 과정에서 어떻게 상가 상인들을 설득해야 할지 눈앞이 깜깜했다. 실제로 추진과정에서 많은 반대가 있었다.

일단 담당 공무원들이 주민들을 일 대 일로 만나 설득작업을 하였다. 상가 주민들의 걱정거리는, 도로변에 나무가 심어질 경우 간판이 시야에 가려지는 문제와, 주차문제였다. 간판이 가려지지 않도록 시야를 확보하고, 상가 방문객의 주차 편의를 배려하겠다는 해결방안을 제시했다.

이제는 위 조건들을 만족시킬 나무를 찾아야 했다. 대왕참나무가 제격이었다. 대왕참나무는 북아메리카가 원산지로, 평균 25~40m의 큰 키를 자랑한다. 가을이면 단풍이 곱게 들고, 추위와 공해에 강해 가로수로 많이 쓰인다.

여기서 흥미로운 이야기 하나!

대왕참나무가 우리나라에 들어온 것은 1936년 베를린 올림픽 마라톤에서 우승한 손기정 선수 덕이다. 당시 마라톤 우승자에게 씌워주는 월계관은 월계수 잎이나 도금양(桃金孃)의 잎으로 만들었는데, 손기정 선수가 쓴 월계관은 미국 수종인 대왕참나무 잎으로 만든 것이었다. 이를 기념하기 위해서 손기정 선수의 모교인 서울 양정고등학교 교정에 심은 것이 우리나라 대왕참나무의 시작이다.

2008년 1월, 우리가 찾는 대왕참나무가 전남 영광군에 있다는 연락을 받고 공원녹지과 담당 공무원들이 달려갔다. 4시간이 걸려 도착한 현장에는 온천지가 눈으로 덮여 있었다. 도착 즉시 수목을 조사했다. 아쉽게도 수형(樹形)은 좋으나 도로변에 심기엔 키가 작고 왜소했다.

다시 수소문을 했다. 충북 청원군에 대왕참나무가 있다는 연락을 받았다. 담당 공무원들이 청원군으로 향했다. 가로수로 맞춤한 수종이 있었다. 그런데 나무들의 소유주인 어느 조경회사가 팔지 않겠다고 했다.

어렵게 찾은 나무를 포기할 수 없었다. 몇 번에 걸쳐 협상을 시도했다. 몇 번 협상에 실패하자, '안 되면 되게 하자'는 오기가 생겼다. 거의 일주일간 매일 담당 공무원이 청원군에 가서 설득을 거듭했다.

끈질긴 설득에 조경회사는 결국 제안을 받아들였다. 그간 총 12번이나 청원군에 간 덕분에 얻은 결실이었다.

첫 삽을 뜬 지 만 2년이 되는 2009년 11월에 드디어 인동 도시숲 준공식을 열 수 있었다.

우리나라 대부분 도로는 옆에 인도를 두고 있다. 그러나 인동 도시숲은 차도 옆에 잔디와 나무를 심어 차폐를 하고, 그 안에 인도를 만들었다. 또 그 다음에 또 나무를 심어, 인도를 보호하는 동시에 쾌적한 산책이 가능하게 하였다.

인동 도시숲 사업에 탄력을 받아 경부고속도로변 원평 시설녹지 2km에도 도시숲을 조성했다. 또 경부선 철로 주변녹지 2.1km도 철로변 도시숲으로 조성했다.

이러한 노력 덕분에 구미는 인동 도시숲을 포함해 가로수 3개소가 산림청이 선정하는 '2012년 아름답고 테마가 있는 한국의 가로수 62선'에 선정

• 송정동 철로변 도시숲

되었다.

　이외에도 일천만 그루 나무 심기 운동은 도심공원의 확충으로도 이어졌다. 구미 4공단의 대표 공원인 '해마루 공원'을 비롯하여 '지산 샛강 생태공원', '들성 생태공원'이 탄생한 것이다. 또 지난 10여 년간 구미에는 크고 작은 공원이 들어섰다. 구미시내 어디를 가도 5분 거리에서 공원을 볼 수 있을 정도이다.

금오산 '올레길', 걸으면 이루어진다

금오산(金烏山)은 구미의 랜드마크다. 금오산의 '금오'(金烏)는 황금까마 귀로, 예로부터 태양에 사는 세발 달린 상상의 새(삼족오, 三足烏)이다.

금오산이라는 명칭에 관해서는 여러 전설이 전해 온다. 옛날 당나라 국 사가 빛을 내는 새를 따라왔더니 이 산에 이르러 자취를 감추었는데, 그 이 후로 까마귀가 빛을 띠며 날아왔다 하여 금오산이 되었다고 한다. 이 산을 지나던 아도(阿道)가 어느 날 노을 속으로 황금빛 까마귀가 나는 모습을 보 았다는 전설도 전해온다.

금오산은 웅장하고 수려하다. 서쪽으로는 김천의 남면, 동남으로는 칠곡 의 북삼을 경계로 면적이 37.9㎢나 된다. 가을 단풍도 아름다워 '영남 8경' 중 하나다. '소금강'이란 별명도 가지고 있다.

오늘날 금오산의 멋진 풍경 중엔 '금오지'도 있다. 계절 따라 변하는 금오 산의 모습을 온몸으로 투명하게 받아들이는 호수이다.

지금은 시민들이 사랑하는 장소가 되었지만, 나의 시장 초임 때는 달랐

다. 농업 인구가 줄어들면서 제대로 관리가 안 돼 주변 미관을 해치고 있었다. 사고 위험에도 노출되어 있었다. 나는 금오지를 아름답게 변화시켜 시민에게 돌려줄 수 있는 방안을 생각했다.

미국 유학시절이 떠올랐다. 조지타운대학에서 공부할 때 교정에서 내려다보이는 포토맥 강은 아름다웠다. 또 주변에 크고 작은 호수가 있어 풍경을 더 근사하게 해주었다. 또 호수 주변에 데크로 산책길을 조성하여, 호수를 따라 쾌적한 보행이 가능했다.

나는 그때의 기억에서 착안해 '금오산 올레길' 조성에 나섰다. 제주도의 올레길처럼, 언제든 찾아와 걷고 싶은 길이라는 의미에서 올레길이라고 이름 지었다.

그러나 계획단계부터 소요될 사업비가 많아 국비 지원 없이 추진하는 데 한계가 있었다. 그러던 중 환경부의 '생태공원 조성사업'에 국비가 지원된다는 사실을 알게 되었다. 환경부를 방문하여 사업 필요성을 설명하였다.

금오산 메타세쾨이어길

그 결과 국·도비를 지원받게 되어 사업 추진에 탄력을 받았다.

2008년 12월, 마침내 1단계 사업을 시작했다. 금오지를 따라 수변산책로와 쉼터, 생태습지원, 수변공연장, 경관조명 등을 단계별로 설치했다. 이 사업 완료 시까지 총 146억 원의 예산이 소요되었는데, 이중 시비 부담은 35%였고 나머지는 국비 50%, 도비 15%였다.

　2009년 4월, 1차 완공 후 처음 개통하던 날, 기뻐하던 시민들의 모습을 잊을 수가 없다. 그날 올레길에는 5천 명이 넘는 시민들이 다녀갔다.

　금오지와 올레길은 현재 시민뿐만 아니라 외지인들도 많은 찾아오는 명소가 되었다. 아직 구미 금오지와 올레길을 구경 못하신 분들께 이 책을 통해 초대장을 보낸다.

• 구미에코랜드

'구미에서 자연과 하나 되는 멋진 산책을 원하신다면, 올레길을 거닐어 보세요. 무엇이든 이루어집니다.'

구미지 밑으로 금오천이 흐른다. 서울 청계천보다 더 멋지게 만들었다. 1년 365일 수심 50cm 정도의 물이 흐른다. 낙동강 물을 끌어다가 순환시키는 방식이다. 도심에 흐르는 맑은 물과 물소리, 벚꽃이 필 때쯤이면 이루 말할 수 없는 장관이 펼쳐진다.또 구미시에는 금오산 이외에도 아름다운 산림 휴식 공간이 많다. 구미시 산동면에는 '구미에코랜드'가 있다. 이곳에는 산동 참생태숲, 자생식물원, 산림복합체험단지, 구미시산림문화관, 2km 구간의 모노레일도 있고, 멋진 산 속 카페도 있다. 또 구미에는 옥성자연휴양림도 있다. '주아지'라는 아름다운 저수지를 배경으로 풍광을 즐길 수 있는 곳이다.

낙동강변 지산동 '쑤'에 가면 75만 평 규모의 체육공원이 있다. 사업비 350억 원 전액을 국비로 지원받았다. 원래 국가 하천 안에는 일체의 인공

• 낙동강체육공원

시설을 설치할 수 없게 되어 있다. 당시 건설교통부에 수차 찾아가서 미국의 사례를 설면하고 구미 낙동강변 둔치에 체육공원, 축구장 10개 등을 만들겠다고 장관을 설득했다. 당시 잔디포로 쓰던 황량한 땅은 지금의 국내 최대 규모의 체육공원으로 탈바꿈했다. 축구장, 야구장, 게이트볼장, 400m 트랙경기장, 농구장, 오토캠핑장 등 수많은 시설이 들어서 있다. 얼마 전 KBS 열린음악회가 열리기도 했다. 사상 최대의 인파가 몰려들었지만 거뜬히 소화를 했다. 100만 명이 운집해도 문제가 없을 것이다.

　내 손으로 만든 시설들, 어느 하나 정이 안 가는 게 없지만 특히 구미 낙동강체육공원은 기존의 장벽을 깨고 만든 것인 만큼 특히 애정이 간다.

탄소제로도시를 향하여

미래학자 앨빈 토플러는 그의 저서 『부의 미래(Revolutionary Wealth)』에서 인류의 역사를 3개의 물결로 구분하였다.

제1물결은 1만 년 전에 시작된 농업혁명이다. 제2물결은 300년이라는 비교적 짧은 시간에 인류를 변화시킨 산업혁명이다. 그리고 제3물결은 1950년대 중반에 시작되어 현재까지 계속되고 있는 지식혁명이다. 그는 또 덧붙이기를, '미래에는 지금 우리가 상상하지도 못하는 엄청난 일들이 벌어질 것'이라며 제3의 물결에 이어 제4의 물결이 전개될 것으로 예측했다.

그의 예측대로 오늘날 지구촌은 제4의 물결을 맞았다. 그중엔 '저탄소 경제혁명'도 있다.

2009년에 코펜하겐 기후변화 회의에서 '코펜하겐 협정'이 체결됐다. 협정의 주요 내용은 '장기 목표로는 기온 상승을 산업화 이전에 비해 2℃를 넘지 않도록 억제한다. 국가별 목표로는 선진국은 2010년 1월까지 2020년의 계량화된 감축목표를 제출하고, 개도국은 감축계획을 2010년 1월까지 제출한다.'이다.

이에 따라 우리나라도 2009년 12월에 '2020 배출 전망 30% 자발적 선제 온실가스 감축안'을 발표했다.

이에 따라 지방자체단체들도 감축 할당량에 대비해야 할 상황이 되었다. 특히 구미의 경우, 산업도시인 탓에 탄소배출량이 많았기 때문에 신속한 대처가 필요했다.

리더는 변화하는 시대상황에 맞춰 발 빠르게 새로운 비전을 만들어야 한다. 당시도 그런 때였다.

나는 구미시의 새로운 비전을 만들었다. '탄소제로도시 구미'였다. 탄소제로(carbon zero)도시는 탄소 중립(carbon-neutral)이 실현된 도시를 말한다. 쉽게 말해 개인, 회사, 단체 등에서 배출한 이산화탄소를 다시 흡수해 실질적인 배출량을 0으로 만든다는 개념이다.

비전 수립에 이어 준비 작업에 착수했다. 2010년 1월에 외국 친환경도시의 사례를 살펴보기 위해 미국 캘리포니아 주의 여러 도시를 방문했다. 이런 일은 정부 차원에서 할 일임에도, 구미시는 선도적으로 새로운 도시비전 만들기에 도전하였다.

여러 성과가 있었다. 롱비치시, 팜데저트시와는 녹색성장 협력 결의문을 채택하였다. 이 사실은 지역신문에도 대대적으로 보도가 되었다. 팜데저트시는 1월 31일을 '구미시의 날'로 선포하는 호의까지 보여주었다.

2010년 3월에는 탄소제로도시 조성 기본계획을 세웠다. 2020년까지, 2005년 대비 온실가스를 10% 감축하기 위한 3대 전략, 10대 정책, 61개의 실행과제를 마련한 것이다.

구미가 탄소제로도시로 성장해나갈 것이라는 사실을 대외에 알려야겠다는 생각도 하였다. 그래서 '탄소제로도시 선포식'을 준비했다. 선포식은

° 탄소제로도시 선언식

자랑하기 위한 행사가 아니었다. 구미 이미지를 개선하고, 사업의 효율적 진행을 위해 계획한 것이었다. 2010년 4월 20일, 국내 최초로 탄소제로도시를 선언했다. 선포식에는 이만의 환경부 장관이 참석하였는데, 이 장관은 '이런 행사는 대통령을 모시고 해야 할 만큼 의미있는 일'이라는 평가를 해주었다.

의도는 적중했다. 선언식은 언론의 주목을 받았고, 구미시 이미지 개선에 도움을 줬다. 환경부도 구미시에 특별한 관심을 보였다. 덕분에 구미시는 탄소제로교육관 건립비용도 지원받게 되었다. 대구경북에서 유일한 탄소제로교육관은 2014년 6월 문을 열었다.

탄소제로도시 선언을 계기로 시민이 자발적으로 온실가스 감축과 에너지 절감에 참여하는 방안도 실시했다.

대표적인 것이 2011년부터는 도내 최초로 실시한 '그린아파트 찾기' 사

업이었다. 관내 200세대 이상 공동주택을 대상으로 참여 신청을 받아 온실가스 감축률, 탄소포인트제 참여율, 녹색생활 실천사례 등을 평가하여 우수아파트에 대해 '그린아파트' 인증 현판 수여 및 에너지 절감 사업비를 지원하는 사업이었다.

막연히 생각하면 코펜하겐협정 같은 세계적 규모의 협정과, 구미시는 별 관계가 없어 보인다. 그러나 좀 더 들여다보면 사안에 따라 직접 영향을 주는 것들이 있다.

그러므로 지자체장은 세계의 뉴스, 이슈, 트렌드에 신경을 써야 한다. 시야를 크게, 넓게 가져야 하는 것이다. 그러면 선제적 대응이 가능하다. 구미도 그러하였다. 발 빠르게 대처한 덕분에, 기후 변화라는 큰 문제가 구미에선 더 살기 좋은 도시로 변화하는 기회가 되었다. 구미공단에서 생산된 제품은 탄소제로도시에서 생산된 덕분에 프리미엄 대접을 받을 것이다.

구미가 '자전거 도시' 라고요?

누구나 자전거에 대한 어릴 적 추억을 하나쯤 가지고 있을 것이다. 단단하지만 포근했던 아버지의 등, 혼자 힘으로 두발 자전거 타기에 성공했을 때의 환희….

나 역시 자전거에 대한 관심이 남다르다. 2006년 시장에 취임한 직후 읍·면 동장에게 자전거를 지급했다. 자전거를 타고 다니며 현장 목소리를 들으라는 취지에서였다. 나도 자전거를 타고 민생투어를 다녔다.

자전거는 대기오염도 없고 운동도 되는 이동수단이다. 그런 의미에서 자전거의 대중화는 온실가스 감축, 에너지 절약, 건강, 교통체증 완화 등 사회·경제·환경 측면에서 여러 이익을 창출한다.

이를 잘 알기에 나는 자전거가 구미의 녹색성장에 대단히 중요한 수단이 될 거라고 확신했다. 그래서 2009년 7월, 시청 녹색정책담당관실 내에 자전거정책 담당을 신설했다. 당시 정부가 추진하던 '저탄소 녹색성장 정책'의 핵심 축으로 떠오르고 있는 자전거 관련 정책에 선제적으로 대응하기

위해서였다.

　같은 해 11월에는 전국 지자체 최초로 '국제 자전거 심포지엄'을 열었다. 또 2010년엔 도내 최초로 전 시민을 대상으로 자전거보험 가입을 추진하는 등 여러 자전거 시책을 발굴하였다.

　그럼에도 여전히 외지 사람들이 보기에 구미시는 자전거는 물론, 녹색정책과는 거리가 먼 산업도시로 인식되고 있었다.

　그러던 중 귀가 솔깃해지는 소식이 들려왔다. 행정안전부에서 자전거 이용 활성화를 위해 '10대 자전거 거점도시'를 육성한다는 거였다. 거점도시로 선정되면 자전거 인프라 및 시스템 구축에 탄력을 받을 수 있었다. 이보다 좋은 기회가 어디 있는가! 망설일 것 없이 도전장을 내밀었다.

　당시만 해도 자전거 하면 상주시가 대표주자였다. 때문에 구미시는 긍정

• 시민 자전거 타는 날 '두발로 데이' 선포식

적인 결과를 기대하기 힘든 게 사실이었다. 그런 상황에서도 내심 기대를 버리지 않았다. 그동안 다른 지자체와 차별화된 자전거 시책을 펼쳐왔기 때문이다.

나는 담당직원들과 행정안전부 자전거 정책팀을 방문했다. 그러나 돌아온 말은 "구미시도 자전거 정책을 하느냐?"는 말이었다. 기운이 빠졌다.

그것도 잠시, 마음을 추스르고 준비해간 구미시의 자전거 정책 성과와 향후 계획을 설명했다. 20분이 흐르자 담당자의 눈빛이 달라졌다.

"구미시가 이렇게 자전거정책을 발 빠르게 펼치고 있었는지 몰랐다."며 의외라는 반응을 보였다.

나중에 알게 된 사실이지만 거점도시 선정평가에서 가장 중점을 둔 것은 단체장의 의지였다고 한다. 구미시는 당연히 좋은 점수를 받을 수밖에 없었다.

　그 후 전문가로 구성된 평가단이 현장 확인차 구미를 방문했다. 나는 모든 일정을 뒤로 하고 평가단을 맞았다. 구미시의 자전거정책과, 향후 추진할 큰 그림들을 일일이 설명했다.

　2010년 6월, 행정안전부로부터 반가운 소식이 날아왔다. 전국 10대 자전거 거점도시에 구미가 당당히 이름을 올린 것이다.

'땅콩 버스' 구미를 달리다

유럽 도시들을 보면 여러 면에서 부럽다. 전통과 현대가 조화를 이루고 있는 풍경, 거리의 아름다운 간판, 낮보다 더 아름다운 야간 경관을 보면서 우리나라 도시도 저러면 얼마나 좋을까 생각하였다.

도시는 그 자체로 삶의 공간이면서 역사의 공간이다. 그렇다면 지금 우리가 할 일은 무엇일까? 장기적인 관점에서 환경, 인간, 기술이 조화로운 도시를 만드는 것이다. 나는 구미를 그런 도시로 만들고 싶었다. 그래서 민선 5기 100대 공약사업에 넣은 것이 있다. 전기버스 도입이었다.

2009년 신문에 KAIST가 무선충전 전기버스를 개발하고 있다는 흥미로운 기사가 실렸다. 무선충전 전기버스는 도로에 매설된 급전 선로에서 발생하는 자기장을, 차량 하부에 장착된 집전장치를 통해 전기에너지로 변환해 움직이는 신개념 전기자동차이다. 미국 〈TIME〉지, 세계경제포럼 등도 미래의 유망기술로 주목하고 있었다.

이거다 싶어, 조사에 착수했다. 플러그형 전기버스가 운행 중인 서울시로, 세종시로 벤치마킹을 다녔다. 무선충전 전기버스가 시험적으로 운행된 여수엑스포와 카이스트(KAIST) 교내 이용자들 이야기도 들어보았다.

조사해보니 일반 연료버스에 비해 소음과 매연이 없고, 연료비가 저렴하였다. 도심 교통수단으로 안성맞춤이란 생각이 들었다.

당시 정부에선 48억 원 예산의 국책사업으로 충전전기버스 시범사업 희망 도시를 모집했다. 구미시는 여기에 도전했고, 대전시와 경쟁하였다. KAIST가 대덕연구단지에 있는지라, 나는 이 시범사업이 대전에 갈까 무척 신경이 쓰였다.

2012년 12월 눈길을 헤치고 당시 KAIST 서남표 총장을 찾아갔다. 구미가 무선충전 전기버스 시범사업 도시로 선정돼야 하는 이유를 자세히 설명하였다. IT융합 산업이 발전한 탓에 유관산업과의 기술 결합 효과가 크다는 점, 국내 최대의 수출 산업단지로서 해외 바이어의 방문이 잦아 신기술의 해외 홍보가 쉽다는 점, 녹색성장을 향한 비전과 의지가 남다른 도시라는 점을 강조하였다.

이런 장점과 노력을 인정받아 이듬해 1월, 구미는 무선충전 전기버스 시범사업 도시로 선정됐다. 그리고 6개월의 준비기간 동안 관련 인프라를 구축했다.

2013년 7월, 무선충전 전기버스가 구미에서 역사적인 시범운행을 시작했다. 일반 도로 위를 달리는 세계 최초의 무선충전 전기버스였다. 버스는 교통 약자를 배려한 저상버스로, 유선형의 친근한 모양으로 디자인 되었다. 그 모습이 땅콩처럼 생겼다 해서 시민들은 '땅콩 버스'라는 별명을 붙여 주었다.

무선충전 전기버스는 2013년 12월 31일까지 약 6개월간 총 742회, 1만 6000여 km를 운행했다. 5,500여 명 시민들의 체험탑승을 거쳐 시스템 성능

• 무선충전 전기버스

개선작업도 수행했다.

성공적으로 시범사업을 종료하고 2014년 3월 25일부터는 일반 노선에

투입되어 정식 운행을 시작하였다. 2016년에는 2대를 추가하여, 운영을

확대하였다.

운행 개시 후 중앙부처, 각 지방자치단체가 벤치마킹을 하러 왔다. 외국의 벤치마킹도 이어졌다. 일본 국토교통성 공무원들이 방문한데 이어, 중국 위남시 시장 등이 구미를 다녀갔다.

구미시가 선도적으로 벌인 이 사업은 관계 전문가로부터 높은 평가를 받았다. 카이스트 교수를 역임한 홍순만 씨는 그의 저서『HUB 거리의 종말』에서 구미시의 무선충전 전기버스 도입을 이렇게 평가하였다.

'(무선충전 버스 시범 사업은) 남유진 구미시장의 새로운 무선충전 기술에 대한 믿음과 지원이 있었기에 가능한 일이었다.'

1969년, 닐 암스트롱은 인류 최초로 달에 첫발을 내딛었다. 2013년, 구미에 첫 발을 내딛은 무선충전 전기버스 역시 훗날 역사적인 장면으로 남을지 모른다. 인류의 미래를 바꾸어놓을 수 있는 꿈의 자동차가 현실이 되었기 때문이다.

불산 누출사고, '국제안전도시'로 승화

지금 생각해도 가슴이 철렁하다. 시간도 정확히 기억한다. 추석을 앞둔 2012년 9월 27일 오후 3시 43분이었다. 구미시 산동면 4공단 화학제품 생산업체인 (주)휴브글로벌에서 탱크로리 작업을 하던 근로자의 실수로 불산이 누출됐다.

불산은 불화수소를 물에 녹인 휘발성 액체로, 반도체 산업에 필수적인 화학물질이다. 그러나 공기 중의 수분과 반응을 일으킬 경우 폭발을 일으킨다. 염산보다 부식성이 커, 관리에 신중을 기해야 하는 물질이다.

사고 소식을 듣고 현장으로 달려가보니 아수라장이었다. 안타깝게도 사고는 23명의 사상자를 냈다.

이 소식을 듣고 전국의 주요 언론이 구미에 왔다. 언론 보도로 구미는 한순간에 '사고의 도시'라는 이미지를 뒤집어썼다. 괴담이 인터넷과 SNS를 타고 퍼져나갔다. 그 피해는 고스란히 구미시민들, 농민들의 몫이 되었다. 농축산물 판로가 끊겨 피해규모는 늘어갔다. 피해지역 주민들은 주거지를 떠나 시에서 마련한 임시 대피소에서 불편한 생활을 이어갔다.

나는 피해지역 주민에게는 시장직을 걸고 약속했다.

"불산 누출사고로 단돈 1원도 손해 보지 않도록 하겠습니다."

옆에서 취재하던 기자들이 걱정스런 얼굴로 나를 보았다. 주민 뜻대로 해결되지 않을 경우 어떻게 감당하려고 저러나 하는 눈빛이었다. 어떤 기자는 '어떻게 책임지려고 그런 말을 하느냐'고 물었다. 하지만 나는 내 말을 거두지 않았다.

이런 약속과 함께, 임시 대피소에 머무는 시민들의 건강을 가족처럼 챙겼다. 매일 아침저녁으로 방문했다. 식사를 같이하며, 때로는 어르신들 어깨와 다리를 주물러드렸다. 어르신들이 먹고 싶은 것이 있으면 바로 사다 날랐다.

며칠 후 한 어르신이 이런 말을 하였다.

"시장님이 처음 여기 왔을 땐 며칠 저러다 말겠지 생각했소. 그런데 이렇게 자꾸 오면 시청 일은 언제 합니까? 주민들이 기대한 것 이상으로 잘하고 계시니, 이제 안 오셔도 됩니다."

그 말을 듣고도 나는 방문을 그치지 않았다.

또 경상북도에 이동진료차를 요청해 조금이라도 의심이 가는 시민들은 무료검진을 받도록 했다. 검진 및 치료를 받은 인원이 12,243명이었다.

이런 일과 동시에, 신속한 사고 수습을 위해 업무를 세밀하게 조직화하였다. 재난안전대책본부를 설치하고 전 구미시 공무원들을 24시간 비상근무체제에 돌입하게 하였다. 매일 아침 관련기관이 참여하는 대책회의를 주재했다. 브리핑실을 운영하고, 대변인을 지정하여 정확하고 신속하게 메시지를 전달하게 하였다. 중앙부처와의 협조체제도 갖추었다.

연인원 8천여 명이 피해 조사 및 보상액 산정 등 사고 수습에 매달렸다.

몇몇 공무원은 과로로 쓰러져 병원에 입원하기도 했다.

나는 시청 공무원들을 모아 이렇게 말했다.

"지금 전 시민, 전 국민 아니 전 세계인이 우리를 보고 있다고 생각해야 합니다. 역사에 부끄러움이 없겠다는 자세로 저마다 혼신의 힘을 모아주십시오."

그 덕에 사고 발생 12일 만인 10월 8일에 피해지역이 특별재난지역으로 선포되었다. 신속한 보상 근거가 마련됐고, 중앙정부 차원의 전방위 지원 방안이 강구됐다. 피해 복구 지원 및 복구비는 554억 원이었다.

농축산물 시가 보상, 건강검진 의료비 전액 지원, 소상공인 영업손실 보상, 도배·장판 교체비용 지원 등 특별재난지역으로는 유례없는 보상을 이끌어 냈다.

그 과정에 타 지역과의 형평성을 우려하여, 과도하게 요구한다는 중앙부처의 따가운 시선도 있었다. 하지만 시민들에게 한 푼도 손해가지 않도록 하겠다는 약속을 지키기 위해 끊임없이 중앙부처를 노크했다.

보상도 서둘렀다. 피해기업의 조기 정상조업과 주민의 생활안정을 위해 동절기가 오기 전에 보상이 필요했다. 보상 절차 소홀 등에 대한 부담감을 감수하며 보상을 서둘렀다. 보상이 늦어지면 늦어질수록 기업과 주민의 피해가 가중되기 때문에 지역의 안정을 책임져야 할 시장으로서 심한 부담감과 뒷감당을 불사했다.

이런 나의 진심이 전해진 것일까. 다음해로 넘어갈 것 같던 사고 수습은 시민들의 협조로 같은 해 12월 5일, 극적인 보상 타결을 이루어냈다. 이날 합의에 의해 12월 24일 봉산리, 임천리 주민들은 임시 대피소 생활을 청산하고 전원 귀가했다.

물론 그 과정에서 보상심의위원회 설치조례 형평성 논란 등 사태 해결에 여러 가지 걸림돌이 있었다. 그러나 피해지역 주민과 기업체가 대승적 결단을 해주어 조기 수습에 큰 도움이 되었다.

피해지역 주민들을 돕기 위한 시민들의 참여도 눈부셨다. 기관, 기업체, 시민단체 등 각계각층에서 온정의 손길이 줄을 이었다. 시민들은 농축산물 판로 급감으로 어려움을 겪고 있는 농민들을 위해 농축산물 팔아주기 운동에도 적극 동참해주었다.

'안전하지 않은 사회는 더 이상 미래가 없다.'

불산 누출사고를 겪으며 뼈저리게 느낀 점이었다. 그래서 시청 내에 '안전재난과'와 '환경안전과'를 신설했다. 또 2013년 5월엔 공단운동장에서 범시민안전실천결의대회를 열고, 안전한 도시 만들기를 위한 결의를 다졌다.

또 중앙정부에 재난 예방을 위한 여러 건의를 하였다. 2013년 8월, 소나기보다 시원한 소식이 들려왔다. 안전행정부가 구미에 '합동방재센터'를 설치하기로 했다는 소식이었다. 그 후 구미에 전국 1호로 '구미 화학재난 합동방재센터'가 설치되었다.

사고 발생 1주년이 된 해에는 전국 순회 사진전도 열었다. '구미, 환경도시로 거듭나다'라는 제목으로 전국 주요 도시 5곳에서 구미가 불산 누출사고를 어떻게 극복했는지, 그 1년의 기록을 국민들과 공유했다.

이때 어떤 사람이 말했다.

"좋은 일도 아닌데 빨리 잊어버려야지, 왜 사진전을 합니까?"

나는 말했다.

"'상기하자 6.25!' 같은 표어를 생각해보십시오. 좋은 사건이 아니더라도 기억해야 할 것은 기억해야 합니다. '상기하자 9.27'이 되어야 하는 것입니다. 그래야 교훈이 됩니다. 그런 자세를 가질 때 재발을 막을 수 있습니다."

보상문제는 2013년 9월 9일 모두 마무리 지었다. 8차에 걸친 보상심의 위원회를 통하여 총예산 554억 원 중 총 보상액 380억 원, 불용액 174억 원의 지급을 마무리한 것이다. 사고 발생 1년이 채 되기 전이었다.

그해 1월 피해지역 주민들이 내게 감사패를 주었다. 상패 문안에는 '보듬어주시고'라는 표현이 있었다. 과분한 표현이었다. 시장으로서 마땅히 할 일을 한 것뿐인데 감사패까지 받으니 오히려 내가 더 감사했다.

불산 누출사고는 지자체 리더인 나를 뒤돌아보는 소중한 기회가 되었다. 그리고 많은 것을 배웠다. 리더십에 대해서도 많은 것을 생각하게 되었다.

첫째, 리더는 위기상황이 발생했을 때 '현장에서 뒹굴어야 한다'는 것을 배웠다. 여기서 뒹군다는 것은 사고 수습은 물론, 사고를 당한 사람들의 슬픔과 고통을 함께 한다는 것이다. 또 그들이 불안하지 않게, 불편하지 않게 리더는 그가 가진 권한과 자원을 총동원해야 한다.

두 번째, 리더는 끝까지 책임지는 사람이 되어야 한다는 것을 배웠다. 끝까지 책임진다는 것은 말이 쉽지, 절대 쉬운 일이 아니다. 그러나 리더는 그런 자세로 위기를 수습해야 하는 사람이라고 생각한다. 나도 시장직을 걸고 끝까지 책임지려고 하였다. 그런 자세는 사고를 당한 시민들의 신뢰로 이어졌고, 조기에 사고를 수습하는 힘이 되어 주었다.

불산 누출사고 수습은 험난했지만 반드시 이겨내야 했던 과정이었다. 전 시민이 힘을 모아 슬기롭게 위기를 극복했다. 구미시는 이에 그치지 않고 안전도시 기본계획을 수립하고 안전도시 조례를 제정하는 등 5년간에 걸친 각고의 노력 끝에 2017년 7월 스웨덴 스톡홀름 국제안전도시 공인센터 (ISCCC)로부터 '국제안전도시'로 공식 승인받았다. 대구 경북권 최초이자 국내에서 12번째이다. 불산 누출 사고는 꾸제 안전 도시로 승화 발전하였다. 위기는 기회라고 하였던가.

쉬운 일은 누가 못합니까

"먹고사는 문제를 제외하면, 살면서 가장 힘든 게 무엇입니까?"

나이가 어느 정도 든 분에게 이런 질문을 던진다면 많은 분들이 이런 대답을 할 것이다.

"인간관계가 가장 힘이 들더군요."

관계의 문제는 힘들 때가 많다. 우정, 사랑, 가족의 갈등도 결국은 관계의 문제이다.

공적 영역도 비슷하다. 문제 중에서 그 문제를 둘러싼 이해관계가 첨예한 문제는 특히 해결하기 어렵다. 난제가 되는 것이다. 구미 시정을 하면서도 그런 경우가 종종 있었다. 두 가지 사례를 소개하겠다.

현재 구미시 산동면 백현리에는 폐기물 처리시설이 운영되고 있다. 2011년에 건립된 환경자원화시설이다. 현대적인 공법과 최신 시설로 악취나 지하수 오염이 없다. 총 41만 1천m² 부지에 사업비 1,736억 원을 들여

• 산동 구미시 환경자원화시설 조성 공사현장 방문

매립면적 11만4천m², 매립 용량 2,417 m³로 소각시설(200t/일), 재활용 선별시설(50t/일)을 갖추고 있다. 덕분에 구미시는 앞으로 100년 동안 폐기물 처리 걱정을 하지 않아도 된다.

하지만 이 시설을 완공하기까지의 과정은 간단치 않았다. 구미에는 기존에 운영해오던 매립장이 있었지만, 2007년 말 종료가 예정되었다. 내가 구미시 부시장으로 일하던 2003년부터 새로운 자원화시설 건립을 추진하였다. 그러나 주민 반발로 1차 추진이 무산되었다. 그렇다고 마냥 방치해서는 안 되는 사안이니, 돌파구를 마련해야 했다.

그때 나온 대책이 관 주도에서 벗어나, 주민들의 참여를 유도하는 방식이었다. 환경자원화시설 건립을 원하는 지역 주민이 직접 판단하고 참여하는 방식으로, 인센티브가 포함된 공개모집이었다.

5 백년 후 경북을 위하여

이 방침에 따라 구미시는 해당 지역에는 발전기금 100억 원을 지원하고, 지역주민을 우선 채용하는 방침을 정했다. 또 영향지역에는 약 100억 원 규모의 주민 편익시설을 설치하기로 했다.

이와 함께 구미시는 후보지 주민을 대상으로 혐오시설에 대한 인식 전환에도 힘썼다. 구미시가 건립하려는 시설과 비슷한 국내 선진시설을 방문해 직접 눈으로 확인하게 했다. 주민설명회도 실시했다.

처음에는 반대가 심했다. 그러나 시민들은 직접 눈으로 보고, 자세한 설명을 들으면서 차츰 마음을 열기 시작했다. 결국 공개모집에 산동면을 포함해 후보지 3곳이 참여했다. 산동면의 경우 유치를 희망하는 마을 단위로 유치위원회를 구성해 참여했다. 행정적인 측면에서는 산동면보다 접근성이 좋은 다른 지역을 고려하기도 했지만, 주민 찬성이 많은 지역인지라 건립지로 최종 결정되었다.

구미시는 이 모든 과정을 투명하게 추진했다. 건립 공사는 민원으로 인한 공사 중단 없이 할 수 있었고, 공사기간도 3개월 정도 단축하였다.

이 경험은 훗날 또 하나의 난제였던 구미시추모공원(시립 화장장) 건설 문제를 해결하는 데 도움을 주었다.

화장장은 대표적인 기피시설이다. 일부 지자체에서는 아직도 화장장 건립을 두고 주민과 대치하는 상황이 벌어지고 있다.

2012년 2월, 시립화장장 건립추진위원회를 구성하고 입지 결정방식을 논의하였다. 나는 환경자원화시설 건립 때의 경험을 떠올려, 입지를 공개모집해보자고 제안하였다. 주민등록상 거주 세대주의 80% 이상 동의를 받은 지역을 공개모집하는 방식이었다. 또 주민 참여를 유도하기 위해 파격적인 지역 인센티브를 주고, 이 또한 사전에 공개하자고 했다.

공개모집을 설명하기 위해 총 12회에 걸쳐 읍면동 순회 설명회를 개최하고, 후보지를 모집했다. 신청을 희망하는 지역 주민을 대상으로 서울추모공원 등 선진 화장시설 견학도 했다.

45일 동안 입지후보지 신청을 한 결과 옥성면 농소 2리, 대원 1리 두 곳이 최종 후보가 되었다. 2012년 8월 13일엔 유치 신청마을 대표 등과 함께 의미 있는 자리를 마련했다. 전국 최초로 시도되는 '시립화장장 유치 신청마을 페어플레이(Fair Play) 협약식'이었다.

이 협약식은 행정기관인 구미시는 입지 선정을 투명하고 공정하게 결정하고, 유치 신청마을은 최종 결과를 겸허히 받아들여, 지역 간 화합을 저해하는 일이 없도록 약속하는 자리였다. 내가 협약식을 기획한 것은, 민감한 사안인 만큼 모든 과정을 시민과 함께 하여, 어느 한쪽도 피해를 보거나 상처받는 일이 없도록 하기 위해서였다.

8월 20일부터 10월 28일까지 약 70일 동안 시립화장장 건립추진위원회와 용역사의 입지 타당성 평가 용역을 통해, 최종적으로 옥성면 농소 2리로 입지를 결정하였다.

입지 확정 발표 후, 탈락한 대원1리 마을에서 다소 불만이 있기는 하였다. 그러나 협약식을 통해 결과를 받아들이기로 약속한 만큼, 주민들은 곧 결과를 받아들여 주었다.

그래도 내 마음은 편치 않았다. 입지 선정 기자회견 후, 탈락한 대원1리 마을을 먼저 찾아갔다. 주민들을 만나 위로하고, 입지 선정 과정동안 협조해 준 것에 감사의 마음을 전했다.

이런 과정을 거쳐 구미시추모공원으로 이름이 정해진 시설이 2016년 9월 27일 개원하였다. 공개모집부터 개원까지 약 4년이라는 짧은 시간 만에 지역 난제를 마무리한 것이다. 그간 수없이 많은 난제들이 앞을 가로막았고 그때마다 시장이 직접 시민들을 만났다. 공사 현장을 트랙터로 막기도 하고 시청으로 쳐들어 오기도 했지만 설득하고 또 설득했다. 고향 어르신에게 읍소도 마다하지 않았다.

이 사업은 공개모집을 통해 입지를 선정하고, 선정지역에 파격적인 인센티브를 지원하며, 지역 주민의 자발적인 유치 의사를 이끌어 냈다는 점에서 외부로부터 긍정적인 평가를 받았다. 또 소통행정으로 기피시설에 대한 시민들의 인식개선을 이루었다는 점에서 타 시도의 벤치마킹 대상이 되고 있다.

박정희 대통령 동상 건립

구미는 대한민국 경제성장을 이끈 박정희 대통령의 고향이다. 나는 어린 시절부터 박 대통령의 고향인 구미에서 태어난 것을 자랑스럽게 생각했다.

구미시장이 되고 나서, 어떻게 하면 박 대통령의 업적을 후손들에게 잘 전해줄 수 있을까 생각했다. 나 혼자만의 생각은 아니었다. 1997년부터 구미시에선 기념관 건립 등 다양한 사업을 추진해오고 있던 터였다.

나는 2009년 박정희 대통령 동상 건립을 제안했다. 서거 30주년이 되는 해였다.

'동상' 그러면 부정적 인식을 가진 분들이 있다. 그러나 세계 곳곳의 유명 관광지에 가보면 관광객은 유명인의 동상을 즐겨 찾는다. 미국의 경우 링컨기념관에 있는 링컨 대통령 동상, 하버드대학 교정에 있는 설립자 존 하버드의 동상이 그런 예이다. 국내에도 많은 동상이 있다.

이전에도 구미에선 동상 건립이 추진된 적이 있었다. 건립위원회까지 만들어 성금을 모금했었다. 그러나 이런저런 시행착오로 무산되었다. 그렇다보니 내 제안에 많은 이들이 이번에도 실패할 것이라 했다.

나는 성공할 수 있다고 생각했다. 시민들의 뜻을 모으고, 투명하게 진행하면 능히 가능하다고 생각했다.

구미지역 사회단체로 구성된 '박정희 대통령동상건립추진위원회'가 중심이 되어 1년 간 성금을 모금했다. 2009년 6월 1일부터 2010년 5월 31일까지 모인 성금은 당초 목표치였던 6억 원을 초과하는 6억3천만 원이었다. 기업체와 시민, 학생 등 총 32,550명이 참여했다. 동상 제작은 공모로 당선된 김영원 작가가 맡았다.

최적의 동상 건립 위치를 선정하기 위해 시민들과 다시 소통의 시간을 가졌다. 후보지는 여러 곳이었다. 구미역 뒤의 광장, 금오산 잔디밭, 동락공원, 생가 옆 공원화 부지였다.

구미역 광장은 큰 건물 뒤에 동상을 세우는 것이 맞지 않다는 지적이 나왔다. 금오산 잔디밭은 산이 너무 커서 동상이 왜소해 보일 수 있었다. 동락공원은 지대가 낮고 시민들만 이용하는 곳이라는 이유로 제외되었다.

결국 시민과 관광객이 두루 많이 찾는 생가 옆 공원화 부지에 동상을 건립하는 것으로 의견을 모았다. 그렇게 해서 동상은 현재 위치인 상모동 151번지 일원에 들어서게 되었다.

동상의 방향을 놓고도 의견이 분분했다. 추진위에서는 공원화부지 중앙에서 낙동강, 경부선 철로, 공단을 바라보는 방향으로 결정하였다. 그러나 김영원 작가는 동상 방향이 동향이면 오후에는 얼굴에 그늘이 지고, 사진을 찍어도 역광이 된다고 조언해주었다. 또 대한민국 동상의 90%는 남향이라는 작가의 의견을 따라, 현재의 방향으로 건립하였다.

동상을 제작하는 3개월 동안 부담감이 컸다. 하나의 흐트러짐도 없는 완벽한 동상을 건립해야 시민과 관람객이 다 만족할 수 있을 터였다. 그래서 설계 보완 및 검토를 약 80회 하였다. 현장 지도는 21회 하였다.

2011년 11월 14일, 박정희 대통령 동상 제막식이 거행됐다. 제94회 탄신제와 병행하여 거행하였다. 제막식엔 약 1만여 명이 참석하였다. 산업화의 불씨가 지펴졌던 70년대를 함께 한 어떤 이들은 동상을 보고 마치 대통령이 되살아난 듯 하다며 눈물을 흘리기도 했다.

몇 해 전에는 영호남 의원들이 동상 앞에서 오래된 지역감정을 해소하고 동서화합을 다짐하기도 하였다.

이렇듯 박정희 대통령 동상은, 과거 대한민국의 눈부신 성장을 그리워하는 이들에게는 진한 향수를, 미래 대한민국의 새로운 길을 찾는 이들에게는 큰 가르침을 주며 오늘도 자리를 지키고 있다.

구미에는 박정희 대통령 동상만 있는 게 아니다. 2013년 1월 15일 개관한 '박정희 대통령 민족중흥관'도 있다.

민족중흥관은 IT산업도시 구미에 걸맞게 최첨단 시설을 자랑한다. 특히 민족중흥관 내에는 아시아 최초의 '하이퍼 돔 영상관'이 있다. 스크린이 180도 반구인 일반 돔과는 다른 360도 시스템으로, 바닥을 제외한 모든 면에서 영상이 표출되는 시스템이다.

이 시설은 나의 아이디어로 만들어졌다. 미국 유학시절, 어디선가(아마도 유니버설 스튜디오가 아닌가 싶다) 360도 돔 영상관에서 동영상을 본 적이 있다. 나폴레옹 시대의 야외 잔디밭 광경이었다.

귀국 후에 보니 한국 어디에서도 그런 영상관을 접할 수 없었다. 박정희 대통령 기념관을 건립하기로 결정되었을 때, 그때의 돔 영상관이 떠올랐다.

민족중흥관의 돔 영상 시스템은 미국 올랜도 유니버설 스튜디오 영상시스템과 동일한 것으로, 돔 시스템 세계 1위 기업인 미국 스카이 스캔사와의 기술제휴로 탄생했다.

여기에는 사연이 있다. 처음에 돔 영상관 제작업체로 한국업체가 선정되었다. 그런데 몇 달이 지나도 360도 시스템은 구현할 수 없다면서, 시공이 어렵다고 했다. 나는 '내가 미국에서 분명 보았는데 무슨 소리냐?'며 불호령을 냈다.

궁하면 통한다고 했던가. 그제야 발등에 불이 떨어진 그 업체는 미국 전역을 뒤졌다고 한다. 결국 보스턴에서 스카이 스캔사를 찾아내 돔 영상관을 완성할 수 있었다.

돔 영상관에서 보여줄 수준 높은 영상물을 만들기 위해서 시나리오의 문구와 글씨체 하나하나까지 신경 썼다. 또 수 차례 수정을 반복하여, 완벽에 가까운 아시아 최초의 하이퍼 돔 영상관이 탄생하였다.

개관을 앞두고 이곳이 많은 이들의 사랑을 받을 것이라는 확신이 있었다. 예상은 적중했다. 개관 직후 주중 평균 2천 명, 주말에는 4천여 명이 방문하였다.

돔 영상실과 더불어 내부 전시실에는 8억 원을 투입하여 박 대통령이 재임시절 사용했던 각종 유품, 주요 업적을 패널로 전시하였다. 홀 중앙에는 3D 흉상 홀로그램도 설치하였다.

국내에는 구미에서 추진한 동상 건립, 기념관 조성에 비판적인 시각을 가진 이들이 있음을 알고 있다.

나는 그런 시각을 가진 분들에게 이렇게 말하고 싶다. 역지사지!

"박정희 대통령의 업적을 이념의 잣대로 평가해선 안 됩니다. 잘한 부분은 인정해야 하지 않을까요? 박정희 대통령이 한국경제를 크게 발전시킨

남유진은 경제다

업적을 생각한다면, 박정희 대통령은 죽어서라도 이런 호사를 누릴 자격이 있는 분입니다. 더구나 이곳은 박정희 대통령의 고향인 구미입니다."

'박정희 대통령 탄생 100주년 기념사업'도 마찬가지다. 나는 2016년 한 언론 인터뷰에서 이렇게 말하였다.

"박정희 대통령의 고향은 구미입니다. 그리고 탄생 100주년이 되는 해는 단 한 번뿐입니다. 100주년 기념사업은 박정희 대통령의 업적을 기념하고 그 의미를 되짚어보자는 것입니다. 또 이를 통해 미래에 도움이 될 좋은 점을 기억하자는 취지입니다. 결국엔 서로에 대한 이해의 마음이 필요하다고 봅니다.

또 한국 역대 대통령의 고향도시가 구미만은 아니지 않습니까. 머지않아 역대 많은 대통령의 탄생 100주년을 기념할 때가 올 것입니다. 그때가 되면 구미시도 기념사업을 하는 도시에 축하사절단을 보낼 것입니다. 진심으로 박수를 쳐주고 축하해줄 것입니다."

박정희 대통령 탄생 100돌 탄신제 기념식 날(2017년 11월 14일) 박대통령역사자료관 기공식도 가졌다. 구미시가 보관하고 있는 박대통령 유품을 전시할 계획이다.

'한 책 하나 구미 운동', 세계로 날다

당나라의 시인 백낙천(白樂天)은 이렇게 썼다.

'밭이 있어도 갈지 않으면 창고는 비고, 책이 있어도 가르치지 않으면 자손은 어리석어진다.'(有田不耕倉廩虛, 有書不敎子孫愚)

독서의 중요성을 강조한 글이다.

이런 말도 있다.

'이 세상에서 가장 듣기 좋은 소리는 자녀가 책 읽는 소리다.' 책이 아이들의 성장에 큰 도움이 되는 것을 뜻하는 말이다.

현실은 어떠한가.

2016년 발표된 국민독서실태 조사에 따르면, 한국인 10명 중 3명은 1년에 책을 한 권도 읽지 않는다고 한다. 한국인의 독서량도 연평균 9.1권으로 매년 줄어드는 추세라 한다.

국민들이 책을 얼마나 많이 읽느냐는 그 나라의 미래와 연결되는 문제이다. 독서량의 차이는 필연적으로 지식의 격차로 이어진다. 지식의 격차가 가져올 국가경쟁력 차이는 자명하다.

　뿐만 아니라, 책을 많이 읽으면 문해력(文解力) 즉 글을 해석하는 힘이 향상된다. 문해력은 그 나라 국민의 전반적인 지적 수준으로 이어진다. 또 문해력은 소통, 공감, 비판 능력으로도 이어진다. 유감스럽게도 우리나라 성인들의 문해력은 OECD 국가 중 하위권에 속해 있다. 빈약한 독서량이 큰 원인이다.

　구미시민들은 매년 한권의 책을 선정하여 함께 읽는다. '올해의 책'으로 선정된 도서를 읽은 후 함께 토론하며 다양한 행사를 통해 정서적 연대감을 키우고, 지역정체성을 형성해가고 있다. 이는 2007년부터 매년 꾸준히 추진해온 '한 책 하나 구미운동' 덕분이다. 구미시민이라면 누구나 1년에 최소한 1권 이상의 책을 읽을 수 있도록 하기 위해 만든 운동이다.

　올해로 11년이 된 이 운동은 미국의 '원 북 원 시티(One book one city) 운동'을 벤치마킹한 것이다. '원 북 원 시티 운동'은 한 도시가 한 권의 책을 선정해, 함께 읽고 토론하는 캠페인이다. 1998년 미국 시애틀 공공도서관에서 시작되어, 미국 전역으로 퍼져나갔다. 다른 나라에도 확산되었다.

　구미에서 이 운동을 시작한 데는 여러 이유가 있었다.

　가장 큰 이유는 좋은 책을 통해 시민들이 정신적으로 함께 성장하는 것이었다. 아울러 한 권의 책을 함께 읽고 토론하는 가운데 소통의 시간도 가질 수 있을 거라고 보았다.

　또 구미시는 어떤 도시보다 책 읽기 운동이 필요했다. 산업도시라는 특성상 타지에서 온 시민들이 많았던 것이다. 그렇기 때문에 한 권의 책으로 계층 간, 세대 간 공감대를 형성한다면 그것이 구미의 또 다른 힘이 될 거라 생각하였다.

이 운동의 구체적 방법은 이러하다.

1년 동안 함께 읽게 될 '올해의 책'은 시민들의 추천과 투표를 거쳐 선정한다. 매년 1월 시민들로부터 후보도서 추천을 받아, 2월에 시민대표로 구성된 '한 책 하나 구미운동 운영위원회'에서 후보도서 5권을 선정한다. 3월에는 후보도서에 대한 시민투표와 운영위원회를 거쳐 '올해의 책'을 선정하고, 4월에 선포식을 갖는다. 처음부터 끝까지 시민의 참여로 이뤄지는 풀뿌리 독서운동인 것이다.

첫 해인 2007년에 선정한 올해의 책은 『마당을 나온 암탉』(황선미 지음)이었다. 이후 2017년까지 매년 올해의 책을 선정하였다. 해가 거듭될수록 '올해의 책'도 다양해져서, 동화부터 인문학 도서까지 범위가 넓어졌다.

'올해의 책'을 선정하면, 전 시민이 릴레이 독서를 할 수 있도록 관내 학교, 읍·면·동사무소, 도서관 등에 책을 배부한다. 선포식, 독후감 공모전, 작가 초청 강연회, 독서토론회도 연다.

이 중 작가 초청 강연회는 인기 프로그램이다. 2010년이 기억난다. 당시 올해의 책은 한비야 씨가 쓴 『지도 밖으로 행군하라』였다. 당시 작가는 미국 보스턴에 있었다. 작가와 수 차례 이메일로 연락하였다. 한비야 씨는 미국에서 먼 길을 달려와주었고, 시민들과 만남의 시간을 가졌다.

현재 '올해의 책' 추천과 투표에는 평균 7만여 명, 독후감 응모와 작가 초청 강연회에도 5천 명이 넘는 시민이 참여할 만큼 이 운동은 구미가 자랑하는 도시문화로 자리 잡았다. 나 역시 시민들이 어떤 책을 '올해의 책'으로 선정할지 매년 기대감으로 설렌다.

'한 책 하나 구미운동'은 현재도 진화 중이다. 지난 2017년 2월, 나는 미국 출장길에 올라 시애틀시를 방문했다. 2월 16일 그곳에서 마셀러스 터너 시애틀 공공도서관장과 현지 교민 등 100여 명이 참석한 가운데 공공도서

관 업무협약을 맺었다. '원 북 원 시티 운동'의 원조인 시애틀 공공도서관이 다른 나라 도시와 업무협약을 맺은 것은 구미시가 처음이었다.

또 이 출장길에선 캐나다 뉴마켓시를 방문, 협약을 체결하여 야외 이동 도서관인 '스토리 팟(The Story Pod)'을 국내 최초로 도입해 금오산과 동락공원에 설치하였다. 스토리 팟은 $7m^2$의 작은 공간으로 주간에는 공원이나 도심의 독서 쉼터가 되고, 야간에는 지붕에 설치된 태양열 전지가 생산한 전기로 LED 조명을 밝혀 주변 경관을 살려준다. 주민들이 놓고 간 책을 다른 방문객이 빌려 읽고 자유롭게 기부하는 순환 방식의 작은 도서관으로 자리 잡을 것이다.

시장으로서 독서와 관련하여 '한 책 하나 구미운동' 외에, 또 하나 역점을 둔 것이 있다. 구미를 '도서관의 도시'로 만드는 것이었다.

'한 도시의 과거를 보려면 박물관을, 미래를 보려면 도서관을 봐야 한다.'

는 말이 있다. 나는 이 말에 100% 공감한다.

그러기에 시장 취임 후 구미를 도서관의 도시로 만드는 일에 힘을 쏟았다. 그 결과 구미는 시립중앙도서관을 비롯해 인동, 봉곡, 선산도서관 등 6개의 공공도서관과 작은 도서관 2개, 왕산 허위 선생 기념관, 근로자문화터 도서관, 새마을문고 39개 등 전국 최고의 독서 인프라를 갖춘 도시가 되었다.'2015년 전국문화시설총람'에 따르면 구미 도서관 열람석은 5,422석으로 인구 40만 명 이상 전국 기초자치단체 중 1위였다. 장서 수는 3위였다. 구미시는 여기에 만족하지 않고 현재 양포도서관을 건립하고 있다.

인프라 못지않게 소프트웨어도 중요하다. 구미에선 연중 다양한 독서 프로그램도 열리고 있다.

초등학생부터 성인까지 계층별로 구성된 '독서아카데미', 고전의 묘미를 배우는 '인문고전독서회', 다양한 분야의 사람들이 인생의 지혜와 경험을 공유하는 '사람책 도서관', 영유아를 위해 책 꾸러미를 배부하는 '북-스타트 운동'이 그런 것들이다.

또한, 산업도시의 특성을 살려 '책 읽는 기업도시'를 펼치고 있다. 2017년 5월 50개 기업체와 '기업체 한 책 하나 구미 운동' 협약을 체결했다. 11만 근로자와 함께하는 범시민 독서운동을 위해 기업체 릴레이 서가 운영, 독서 코칭 파견 · 지도, 독서동아리 운영 등 맞춤형 독서 프로그램을 확대해 나가고 있다.

좋은 책을 함께 읽으며 지적으로 성장하고, 공감하고, 소통한다. 또 어디서나 쉽게 도서관에 가서 책을 읽을 수 있다. 이 얼마나 근사한 일인가! 구미에 산다면 어느 도시보다 편안하게 이 삶의 즐거움을 누릴 수 있다.

천자문 읽는 소리가 들려오는 초등학교 교정

구미의 초등학생들이 다른 도시 아이들과 겨룬다면 결코 빠지지 않는 것이 있다. 한자실력이다.

구미의 많은 초등학교에선 방과 후 한자교실이 열린다. 강제는 아니다. 원하는 학교, 원하는 학생만 참여한다. 구미시는 교재와 강사비를 지원하고 있다. 매년 '한자왕 선발대회'도 열린다. 2017년 3회째를 맞은 한자왕 선발대회에는 각 학교에서 선발한 초등학생 180여 명이 참가하였다. 학교 간 경쟁이 치열했다.

한자교육 지원사업을 벌이는 건 경험에서 우러난 나의 철학 때문이다. 나는 초등학교 시절부터 한자공부를 했다. 그것은 다른 공부에 큰 도움이 되었다. 인성을 바르게 키우는 데도 도움이 되었다.

지금도 초등학교 한자교육에 반대하는 목소리가 있다. 나는 이것이 지나친 '한글 순결주의'라고 생각한다. '한자 = 중국 문자'라는 이분법적 사고에 얽매인 결벽주의라는 것이다.

완강하게 한글 전용을 주장하는 분을 보면 왜 그렇게 경직되어 있는지 안타깝다. 어리석다. 한글 전용 주장은 자기중심적 태도라고 본다. 왜 그런가. 한글 전용을 주장하는 사람들은 학창시절에 한자를 공부한 사람이 대부분인지라, 한글 전용을 해도 단어들의 뜻을 쉽게 헤아릴 수 있을 것이다. 그러나 어린 초등학생이 입학 후의 교육과정에서 한자를 너무 모르면, 차후에 공부를 하는 과정에서 글자의 뜻을 이해하는 데 어려움이 많을 것이다.

실용성의 측면에서도 한글 전용 주장은 설득력이 없다고 본다. 우리말 어휘의 약 70%가 한자로 구성되어 있으니, 한자를 많이 알면 당연히 우리말 배우기도 쉬워진다.

또 풍부한 한자 지식은 학교에서든 실생활에서든 상당히 유용하다. 무엇보다, 한자를 많이 알면 문해력이 좋아진다. 한자는 표의문자이기 때문에, 한자 실력이 좋으면 한자어가 많은 글을 읽을 때 맥락을 파악하는 것이 수월해지는 것이다.

또 한자교육은 어린 시절 좋은 인성을 키우는 데도 도움이 된다. 예를 들어 초등학생이 좋은 뜻을 나타내는 한자에 담긴 의미를 정확히 알게 된다면, 그것은 그 아이의 생각을 건강하게 넓혀 줄 것이다.

예를 들어 한자 '忠'을 보자. 아이들은 한자교육을 받을 때 이 글자가 '가운데 中'과 '마음 心'이 합쳐진 것임을 배울 것이다. 또 '마음이 좌우로 오락가락하지 않고 중심을 잡는 것'이 忠의 의미라는 것을 알게 될 것이다.

이외에도 풍부한 한자 지식은 어휘력, 사고력, 커뮤니케이션 능력 향상에도 긍정적인 영향을 준다. 머리가 좋아지는데도 도움을 준다. 이런 긍정적 요소들이 작용할 때 소위 '문리(文理)'가 터지는 일도 쉬워질 것이다.

천자문 읽는 소리가 들려오는 초등학교 교정! 구미에 오면 그런 풍경을 어렵지 않게 볼 수 있다.